実朝の歌

金槐和歌集訳注

今関敏子著

青簡舎

目次

凡例

一、本書は、定家所伝本『金槐和歌集』に、頭注・現代語訳を付し、研究者・学生はもとより一般の読者が通読しやすい一書とすることを旨とする。
一、底本は、定家所伝本『金槐和歌集』復刻版（佐佐木信綱解説、岩波書店、昭和五年）を用い、校訂せず、原本に忠実に翻刻した。
一、和歌は底本の通り、二行書きとする。
一、詞書・和歌の変体仮名、異体字は通行の文字に改める。
一、詞書・和歌には適宜漢字を当て、ルビにより原態を復元出来るようにした。
一、詞書・和歌には歴史仮名遣いを用いるが、ルビによって定家仮名遣いの原態が復元出来るようにした。
一、詞書・和歌の欠字部分を補う場合、および送り仮名が必要な場合は（　）内に記し、原態を復元出来るようにした。
一、詞書・和歌には、私意による濁点を付す。
一、和歌には国歌大観番号（『新編国歌大観』に拠る）を付す。
一、和歌の末尾には、（　）を付し、貞享本の国歌大観番号及び、他出の歌集名と国歌大観番号を記した。
一、詞書には、句読点を補い、「　」を付した。
一、頭注参考には
　○同語・同語句のみられる和歌
　○語法・発想・構造が類似または共通する和歌
　○表現は異なるが、歌意の類似する和歌
　○類似表現はありながら発想の転換または歌意の相違のみられる和歌
を挙げる。
一、頭注に挙げる和歌は『新編国歌大観』に拠り、私に表記する。

一、引用の略称は次のとおりである。
○大系　小島吉雄校注「金槐和歌集」『山家集・金槐和歌集』（日本古典文学大系29、岩波書店、一九六一年）
○鎌田評釈　鎌田五郎『金槐和歌集全評釈』（風間書房、一九七七年）
○集成　樋口芳麻呂校注『金槐和歌集』（新潮日本古典集成、新潮社、一九八一年）
○全集　井上宗雄「金槐和歌集　雑部」『中世和歌集』（新編日本古典文学全集49、小学館、二〇〇〇年）

1 **参考**「今朝見れば霞の衣おりかけて賤機山（しづはたやま）に春は来にけり」（続古今・春歌上・三・藤原兼実）、「春立つといふばかりにやみ吉野の山も霞みて今朝は見ゆらむ」（拾遺・春・一／近代秀歌・二八・壬生忠岑）「み吉野は山も霞みて白雪の降りにし里に春は来にけり」（新古今・春歌上・一・藤原良経）

2 ○九重の雲居　多く重なることに宮中の意をかける。○大内山　京都市右京区仁和寺北にある山。宇多上皇の離宮があった。**参考**「白雲の九重に立つ峰なれば大内山と言ふにぞありける」（大和物語・三五段・四八・藤原兼輔）「ほのぼのと春こそ空に来にけらし天の香具山霞たなびく」（新古今・春歌上・二／後鳥羽院御集・一三三〇）「ひさかたの雲居に春の立ちぬれば空にぞ霞む天の香具山」（続後撰・春歌上・六・藤原良経）

3 ○みづのえ　水江。浦島伝説に伝えられる丹後の地名もさすが、この場合は、水江にあったと伝えられる熊野宮（よしののみや）。**参考**「春霞立てるを見ればあらたまの年は山より越ゆるなりけり」（拾遺・春・二・紀文幹）「水江の吉野の宮は神さびて齢たけたる浦の松風」（新古今・雑歌中・一六〇四・藤原秀能）

春

1
正月一日詠《よ》める

今朝《けさ》見れば山も霞《かす》みてひさかたの
天《あま》の原《はら》より春《はる》は来《き》にけり　（一）

2
立春の心を詠《よ》める

九重《ここのへ》の雲居《くもゐ》に春《はる》ぞ立《た》ちぬらし
大内山に霞《かすみ》たなびく　（二）

3
故郷立春

朝霞《あさがすみ》立《た》てるを見ればみづのえの
吉野《よしの》の宮に春は来《き》にけり

（七・続後撰五・万代六）

正月一日に詠んだ歌

1今朝になって見ると山も霞んで（景色が一新して）いる、遠い空から春がやって来たのだ。

春が、山なり里なり、ある場所に来た、というのではなく、「天の原より」来たという発想は新鮮。

立春の気分を詠んだ歌

2雲の重なる都の空に春が立ったに違いない、大内山に霞がたなびいている。

1番歌の自己の居場所から宮中へ、さらに3番歌の古都へと空間が広がっていく。

旧都の立春

3朝霞が立っているところをみると、旧都吉野の宮に春がやって来たのだな。

以上の三首は、「霞」と「山」が詠み込まれる『拾遺和歌集』春の冒頭四首に類似する。

春《はる》のはじめに雪《ゆき》の降《ふ》るを詠《よ》める

4 かきくらし猶降《ふ》る雪の寒《さむ》ければ
春《はる》とも知《し》らぬ谷《たに》の鶯《うぐひす》　（五）

5 春立《た》たば若菜《わかな》摘《つ》まむと占《し》め置《を》きし
野辺《のべ》とも見えず雪《ゆき》の降《ふ》れれば　（六・新千載一九）

春《はる》のはじめの歌《うた》

6 うちなびき春《はる》さり来《く》れば楸生《ひさぎお》ふる
片《かた》山かげに鶯《うぐひす》ぞ鳴《な》く　（四・玉葉四五・万代八七）

7 山里《ざと》に家居《いへゐ》はすべし鶯《うぐひす》の
鳴《な》く初声《はつこゑ》の聞《き》かまほしさに　（三）

春のはじめに雪が降るのを詠んだ歌

4 激しく降り続く雪のため寒いので、春だということもまだ知らずにいる、谷の鶯は。

5 立春には若菜を摘もうと印をつけておいた、その同じ野辺とは見えない、一面に降る雪に埋もれて。

春のはじめの歌

6 春が来たので、楸の生えている人気のない山陰で鶯が鳴いている。

鶯が雪のため春を知らないという、4番歌の時間の流れを継ぐ。春浅く、まだ鶯は人気のない山にいるのである。

7 山里に家を構えて住もう、鶯の鳴く、その初音が聞きたいから。

前歌とも人の住む場所ではまだ聞けぬ鶯を詠む。

4　○かきくらし　掻き暗し。空が暗くなるほど。○谷の鶯　鶯は冬の間は谷にいることになっている。参考「鶯の谷より出づる声なくは春来ることを誰か知らまし」（古今・春上・一四・大江千里）「かきくらし雪は降りつつしかすがに我が家の園に鶯ぞ鳴く」（後撰・春上・三三・よみ人しらず）「山深み春とも知らぬ松の戸にたえだえかかる雪の玉水」（新古今・春歌上・三・式子内親王）

5　○占め置く　自分の場所として印をつけておく。参考「明日よりは若菜摘まむと占めし野に昨日も今日も雪はふりつつ」（万葉・巻八・一四二七・山部赤人）の第一句は「春立たば」で、『古今六帖』四三、『和漢朗詠集』三六に載る。「我が背子に見せむと思ひし梅の花それとも見えず雪の降れれば」（後撰・春上・二二・よみ人しらず）

6　○うちなびき　春の枕詞。○楸　キササゲ、アメガシワ。「楸生ふる」と詠まれることが多い。○片山かげ　辺鄙な山陰。参考「うちなびき春さり来れば篠の葉に尾はうちふれて鶯鳴くも」（万葉・巻十・一八三四・作者未詳）

7　参考「梓弓春山近く家居して継ぎて聞くらむ鶯の声」（万葉・巻十・一八二三・作者未詳）

屏風の絵《ゑ》に春日《かすが》の山に雪降《ゆきふ》れる所を詠《よ》める

8　松の葉の白《しろ》きを見れば春日《かすが》山
木《こ》の芽《め》もはるの雪《ゆき》ぞ降《ふ》りける　（一九）

屏風の絵に春日山に雪が降っているところが描かれているのを詠んだ歌

8常緑の松の葉が白いと思って見ると、春日山の木の芽も膨んだところへ春の雪が降っているのだ。

310 311には「杉の葉白く」「杉の葉白し」と詠まれ、針葉樹に積もる雪への美的関心が窺われる。

若菜摘《わかなつ》むところ

9　春日野《かすがの》の飛火《とぶひ》の野守今日《もりけふ》とてや
昔《むかし》がたみに若菜摘《わかなつ》むらむ　（一八）

若菜を摘むところを

9春日野の飛火野の野守は、今日がその日だということで、昔を偲んで籠に若菜を摘み入れるのだろうか。

雪中若菜《わかな》といふことを

10　若菜摘《わかなつ》む衣手《ころもで》ぬれて片岡《かたをか》の
あしたの原《はら》に淡雪《あはゆき》ぞ降《ふ》る　（一七・新後撰二五）

雪が降る中の若菜ということを

10若菜を摘む袖が濡れて気がつけば、あしたの原に淡雪が降っているのだ。

9番歌の「今日」と「あした」を対照させた配列。

梅《むめ》の花《はな》を詠《よ》める

11　梅《むめ》が枝《え》に氷《こほ》れる霜《しも》やとけぬらむ
乾《ほ》しあへぬ露《つゆ》の花《はな》にこぼるる　（二一）

梅の花を詠んだ歌

11梅の枝に凍っていた霜が解けたのだろうか、朝日に乾ききらぬ露が花にこぼれているのは。

霜が解けて花にかかるという発想は、実朝独自。

8　○春日山　春日神社に東に位置する山。○はる　「張る」と「春」をかける。**参考**「霞立ち木の芽もはるの雪降れば花なき里も花ぞ散りける」（古今・春上・九・紀貫之）「吉野山今年も雪のふるさとに松の葉白き春の曙」（新後拾遺・春歌上・八・藤原良経）

9　○飛火野　歌枕。春日山の麓の野。「飛ぶ火」は、奈良時代、非常の際に火を燃やしのろしを上げた装置。○むかしがたみ　「かたみ」に「形見」「筐（竹籠）」をかける。**参考**「春日野の飛ぶ火の野守出でてみよ今幾日ありて若菜摘みてむ」（古今・春歌上・一八・よみ人しらず）「今日とてや磯菜摘むらむ伊勢島や一志の浦の海人のをとめご」（新古今・雑歌中・一六一二・藤原俊成）

10　○片岡　片方の傾斜が急で、もう一方がなだらかな岡。また、孤立した岡。○あしたの原　朝の原。大和国の歌枕。若菜の歌によく詠まれる。**参考**「君がため春の野に出でて若菜摘む我が衣手に雪は降りつつ」（古今・春歌上・二一・光孝天皇）「片岡のあしたの原の雪消えて草は緑に春雨ぞ降る」（続後撰・春歌中・六六・源家長）

11　○乾しあへぬ露　霜の溶けた水滴を露と詠む。**参考**「葛城や豊浦（とよら）の寺の竹の葉に氷れる霜はとくるよもなし」（壬二集・一二五

五五・藤原家隆）「心なき花の袂も花薄露乾しあへぬ秋は来にけり」（新勅撰・秋歌上・二四七・源具親）

12　参考「梅の花枝にか散ると見るまでに風に乱れて雪ぞ降り来る」（万葉・巻八・一六五一・忌部黒麿）「梅の花それとも見えずひさかたの天霧る雪のなべて降れれば」（古今・冬歌・三三四・よみ人しらず）

13　○先づ鶯「待つ鶯」（大系・集成・鎌田評釈）ととるのが大勢であり、自然かも知れないが、勅撰集には用例が見当たらない。一方、定家所伝本には同じ語句を含む歌を並べる配列の特徴があり、次の14番歌は「先づ」を繰り返しているとも考え得る。参考「あらたまの年行きかへり春立たば先づ我が宿に鶯は鳴け」（万葉・巻二十・四五一四・大伴家持）「あらたまの年行きかへり春立たば先づ鶯は我が宿に鳴け」（続後拾遺・冬歌・四九八・大伴家持）「春をだにいつしかとのみ思ひけむ待つ鶯の声もせなくに」（西宮左大臣集・四八・源高明）「藤波のさかりは過ぎぬあしひきの山時鳥などか来鳴かぬ」（続千載・雑体・七〇八・よみ人しらず）

14　○なつかしむ　慕わしく思い出す。参考「春されば先づ咲く宿の梅の花ひとり見つつや春日暮らさむ」（万葉・巻五・八二二・山上憶良）

屏風に梅《むめ》の木に雪降《ゆきふ》りかかれる

12
梅《むめ》の花色《いろ》はそれともわかぬまで
風《かぜ》に乱《みだ》れて雪《ゆき》は降《ふ》りつつ

（三七・続後撰二五）

屏風に、梅の木に雪が降りかかっているのが描かれているのを

12梅の花の白さと見分けがつかぬ位に、風に乱れて雪が降っている。

梅《むめ》の花《はな》咲《さ》ける所を詠《よ》める

13
我《わ》が宿《やど》の梅《むめ》の初《はつ》花咲《さ》きにけり
先《ま》づ鶯《うぐひす》はなどか来鳴《きな》かぬ

（三八）

梅の花が咲いているところを詠んだ歌

13我が家の梅の初花が咲いた、真先に鳴くはずの鶯はなぜ来て鳴かないのだろう。

花（の）間《あひだ》の鶯《うぐひす》といふことを

14
春来《はるく》れば先《ま》づ咲《さ》く宿《やど》の梅《むめ》の花《はな》
香《か》をなつかしみ鶯《うぐひす》ぞ鳴《な》く

（一五）

花の間を縫う鶯ということを

14春が来ると真先に咲く我が家の梅の花、その香をなつかしんで鶯が鳴いていることだ。

13番歌から時間が経過した趣。

梅《むめ》の花風《かぜ》に匂《ほ》ふといふことを人びとに詠《よ》ませ
侍しついでに

15 梅《むめ》が香を夢《ゆめ》の枕《まくら》にさそひきて
覚《さ》むる待《ま》ちける春《はる》の山風《やまかぜ》　（三四）

16 この寝《ね》ぬる朝明《あさけ》の風《かぜ》に香《かほ》るなり
軒端《のきば》の梅《むめ》の春《はる》の初《はつ》花　（三五・新勅撰三一）

梅香薫衣

17 梅《むめ》が香は我《わ》が衣手《ころもで》に匂《ほ》ひきぬ
花より過《す》ぐる春《はる》の初風《はつかぜ》　（三三）

梅《むめ》の花《はな》を詠《よ》める

18 春風《はるかぜ》は吹《ふ》けど吹《ふ》かねど梅《むめ》の花《はな》
咲《さ》けるあたりはしるくぞありける　（一二）

梅の花が風に匂うということを人々に
詠じさせた折に

15 梅の香を夢路を辿る枕辺に誘ってきて、私が目覚めるのを待っていた春の山風よ。
夢うつつに香る梅の先行歌はあるが風が寝覚めを待つという発想は独特。

16 寝ているところまで届く明け方の風に香っていることよ、軒端の梅の春の初花が。

梅の香を衣に薫じて

17 梅の香は私の衣の袖にまで匂ってきた、花を通って吹いてくる春の初風に乗って。

梅の花を詠んだ歌

18 春風が吹いても吹かなくとも香は満ちて、梅の花が咲いているあたりははっきりわかる。
前歌までは、風に匂う梅を詠むが、時が経ち、梅は自ら香る、という趣。ここで梅の歌群は27番歌まで途切れる。

15 ○詠ませ侍し　助動詞「侍り」は、本来、聞き手に対する丁寧の意を表す役割があったが、鎌倉期以降は、雅文的に調子を整えるために添えられるようになる。　参考　「風通ふ寝覚の袖の花の香に薫る枕の春の夜の夢」（新古今・春歌下・一一二・俊成女）「かへりこぬ昔を今と思ひ寝の夢の枕に匂ふ橘」（新古今・夏歌・二四〇・式子内親王）「袖の上に軒端の梅は訪れて枕に消ゆるうたたねの夢」（夫木・春部三・六八五・式子内親王）

16 参考　「秋立ちて幾日もあらねばこの寝ぬる朝明の風は袂涼しも」（万葉・巻八・一五五九・安貴王）「この寝ぬる朝明の風も心あらば花のあたりをよきて吹かなむ」（続後撰・春歌中・一〇六・藤原道家）「うたたねの朝明の袖にかはるなりならす扇の秋の初風」（新古今・秋歌上・三〇八・式子内親王）

17 参考　「野辺の露は色もなくてやこぼれつる袖より過ぐる荻の上風」（新古今・恋五・一三三八・慈円）

18 参考　「山風は吹けど吹かねど白浪の寄する岩根は久しかりけり」（新古今・賀歌・七二二・伊勢）「梅の花匂ふ春辺はくらぶ山闇に越ゆれどしるくぞありける」（古今・春歌上・三九・紀貫之）

春《はる》の歌《うた》

19
早蕨《さわらび》の萌《も》え出《い》づる春《はる》になりぬれば
野辺《のべ》の霞《かすみ》もたなびきにけり　（四四）

霞《かすみ》を詠《よ》める

20
み冬《ふゆ》つぎ春《はる》し来《き》ぬれば青柳《あをやぎ》の
葛《かづら》城《き》山《やま》に霞《かすみ》たなびく　（一一・新勅撰三〇）

21
おほかたに春《はる》の来《き》ぬれば春霞《がすみ》
四方《よも》の山辺《べ》に立《た》ち満《み》ちにけり　（一〇）

22
おしなべて春《はる》は来《き》にけり筑波嶺《つくばね》の
木《こ》の下《もと》ごとに霞《かすみ》たなびく　（一二）

春の歌

19蕨が芽ぐむ春になったので、野辺の霞もたなびいていることよ。

ここから22番歌まで、霞の詠四首。

霞を詠んだ歌

20冬が過ぎまさしく春がやって来たので、葛城山に霞がたなびいている。

21あたり一面に春が来たので、春霞が四方の山辺にすっかり立ち満ちたことよ。

22余すところなく春が来たことだ、筑波山の木の本ごとに霞がたなびいている。

春の到来を霞に詠んだ冒頭三首から時間が経過して霞の様相も変る。野辺（19）葛城山（20）四方の山辺（21）一本一本の木毎（22）に霞が立ち満ち、すっかり春の空間になる。

19　参考　「石ばしる垂水の上の早蕨の萌え出づる春になりにけるかも」（万葉巻八・一四二二・志貴皇子）「早蕨や下に萌ゆらむ霜枯れの野原の煙春めきにけり」（拾遺・雑秋・一一五四・藤原通頼）

20　○み冬つぎ　冬の次に春が来るの意から「春」にかかる枕詞。○青柳の　「葛」「糸」にかかる枕詞。○葛城山　大和国の歌枕。参考「み冬つぎ春は来たれど梅の花君にしあらねば折るひともなし」（万葉・巻十七・三九二三・大伴書持）「白雲の絶え間になびく青柳の葛城山に春風ぞ吹く」（新古今・春歌上・七四・藤原雅経）「冬過ぎて春来たるらし朝日射す春日の山に霞たなびく」（万葉・巻十・一八四八・作者未詳）

21　参考　「おほかたの春は来ぬるにいかなれば下待つ花の遅く咲くらむ」（玉葉・恋歌二・一三七八・円融院）「君により我が名は花に春霞野にも山にも立ち満ちにけり」（古今・恋歌三・六七五・よみ人しらず）

22　参考　「おしなべて木の芽も春の浅緑松にぞ千代の色もこもれる」（新古今・賀歌・七三五・藤原良経）「筑波嶺の木の下ごとに立ちぞ寄る春のみ山のかげを恋ひつつ」（古今・雑歌下・九六六・宮路清樹）

23 ○山城　畿内五カ国のひとつ。現在の京都南部。○常磐の森　山城の歌枕。参考「春雨の降り初めしより青柳の糸の緑ぞ色まさりける」（新古今・春歌上・六八・凡河内躬恒）

24 参考「浅緑糸よりかけて白露を玉にも抜ける春の柳か」（古今・春歌上・二七・遍昭）「浅緑染めかけたりとみるまでに春の柳は萌えにけるかも」（万葉・巻十・一八五一・作者未詳）「浅緑染めて乱れる青柳の糸をば春の風やよるらむ」（新勅撰・春歌上・二四・伊勢）「青柳の枝にかかれる春雨は糸もて抜ける玉かとぞみる」（新勅撰・春歌上・二三・伊勢）

25 ○水たまる「池」の枕詞。○さし柳　挿し木した柳。参考「浅緑染めかけたりとみるまでに春の柳は萌えにけるかも」（万葉・巻十・一八五一・作者未詳）

26 ○青柳の「糸」にかかる枕詞。○こき散らす　本来、しごいて散らす、の意。「散らす」を強める。参考「こき散らす滝の白玉拾ひおきて世の憂き時の涙にぞ借る」（古今・雑歌上・九二二・在原行平）

柳《やなぎ》を詠《よ》める

23
春来《はるく》ればなほ《を》色《いろ》まさる山城《しろ》の
常磐《ときは》の森《もり》の青柳《あをやぎ》の糸《いと》
（三九・夫木七八二）

雨《あめ》の中（の）柳《やなぎ》といふことを

24
浅緑《あさみどり》染《そ》めてかけたる青柳《あをやぎ》の
糸《いと》に玉《たま》抜《ぬ》く春雨《さめ》ぞ降《ふ》る
（四二）

25
水たまる池《いけ》の堤《つつみ》のさし柳《やなぎ》
この春雨《はるさめ》に萌《も》え出《い》でにけり
（四三）

柳《やなぎ》

26
青柳《あをやぎ》の糸《いと》もて抜《ぬ》ける白露《しらつゆ》の
玉《たま》こき散《ち》らす春《はる》の山風《やまかぜ》
（四〇）

柳を詠んだ歌

23春が来るとますます色鮮やかになる、山城の常磐の森の青々した糸のような柳の葉は。

静かな詠。ここから柳の詠四首。

雨の中の柳ということを

24浅緑色に染めて下げてある糸のような青柳に、玉を貫くように春雨が降っていることよ。

春雨が柳に少し動きをもたらす。

25水をたたえている池の堤の挿し木の柳が、この春雨に（誘われるように）芽を出し始めた。

柳

26糸のような青柳に貫かれた玉のような趣の白露を散らしている、春の山風が。

風がさらに動きをもたらす。

27 『和漢朗詠集』紀長谷雄「養得自為花父母」の影響があるか（集成）。○勝長寿院　源頼朝の創建した寺。実朝の生活圏の具体的な名称の初出。**参考**「青柳の糸よりかくる春しもぞ乱れて花のほころびにける」（古今・春歌上・二六・紀貫之）

雨《あめ》そぼ降《ふ》れる朝《あした》、勝長寿院の梅《むめ》所々《ぐ》咲《さ》きたるを見《み》て花に結《むす》びつけし歌《うた》

27 古寺《ふるでら》の朽《くち》木の梅《むめ》も春雨《はるさめ》に
そぼちて花ぞほころびにける　（二一）

雨がしとしとと降った朝、勝長寿院の梅が所々に咲いているのを見て、花に結び付けた歌

27古寺の朽木の梅も春雨に濡れたおかげで、花が咲き初めたことよ。

ここから再び梅の歌群。

春雨は朽木の梅を咲かせる恩恵がある。

28 ○露もまだ乾ぬ　秋、冬の歌の用例が多い。○上毛　鳥や動物の表面に生えている毛。**参考**「村雨の露もまだ乾ぬ槙の葉に霧たちのぼる秋の夕暮」（新古今・秋歌下・四九一・寂蓮）

雨後（の）鶯《うぐひす》といふことを

28 春雨《はるさめ》の露《つゆ》もまだ乾《ひ》ぬ梅《むめ》が枝《え》に
上毛《うはげ》しを《ほ》れて鶯《うぐひす》ぞ鳴《な》く　（一六・夫木四〇六）

雨の後の鶯ということを

28春雨の露もまだすっかり乾いてはいない梅の枝に、濡れた上毛を萎らせたまま鶯が鳴いていることよ。

29 **参考**「春雨はいたくな降りそ桜花いまだ見なくに散らまくも惜しも」（万葉・巻十・一八七四・作者未詳）

梅花厭雨

29 我《わ》が宿《やど》の梅《むめ》の花《はな》咲《さ》けり春雨《はるさめ》は
いたくな降《ふ》りそ散《ち》らまくも惜《を》し　（三六）

梅の花、雨を厭う

29我が家の梅の花が咲いている、春雨はどうかひどく降らないでおくれ、散ってしまうのが惜しいから。

春雨は一方では梅の花を散らす厭わしいものである。

故郷梅花

30 誰《たれ》にかも昔《むかし》も問《と》はむ故郷《ふるさと》の
軒端《のきば》の梅《むめ》は春をこそ知《し》れ
（三二・続拾遺五〇・万代一一四）

故郷の梅の花

30 いったい誰に昔のことまで尋ねようか、故郷の軒端に咲く梅は春という季節だけは知っているのだけれど（答えるわけではない）。

30 ○誰にかも 「かも」は疑問の「か」に詠嘆の「も」がついたもの。参考「梅が香に昔を問へば春の月答へぬ影ぞ袖にうつれる」（新古今・春歌上・四五・藤原家隆）「眺めつる今日は昔になりぬとも軒端の梅は我を忘るな」（新古今・春歌上・五二・式子内親王）

31 年経《としふ》れば宿《やど》は荒《あ》れにけり梅《むめ》の花
花は昔《むかし》の香《か》に匂《ほ》へども
（三〇）

31 年月を経たので家はすっかり荒れ果ててしまった、そこに咲く梅の花は昔のままの香に匂っているけれども。

31 参考「人はいさ心も知らず故郷は花ぞ昔の香に匂ひける」（古今・春歌上・四二・紀貫之）「色も香も昔の濃さに匂へども植ゑけむ人の影ぞ恋しき」（古今・哀傷歌・八五一・紀貫之）

32 故郷《ふるさと》に誰《たれ》しのべとか梅《むめ》の花《はな》
昔忘《むかしわす》れぬ香《か》に匂《ほ》ふらむ
（三一）

32 （変わり果てた）故郷でいったい誰を懐かしめといって、梅の花は昔と同じ香に匂っているのだろう。
ここで梅の歌群は分断される。

32 参考「あやめ草誰しのべとか植ゑおきて蓬がもとの露と消えけむ」（新古今・哀傷歌・七六九・高陽院木綿四手）「袖濡らす萩の上葉の露ばかり昔忘れぬ虫の音ぞする」（新古今・哀傷歌・七八四・藤原忠実）

故郷《ふるさと》の春の月といふことを詠《よ》める

33 故郷《ふるさと》は見《み》しごともあらず荒《あ》れにけり
影《かげ》ぞ昔《むかし》の春の夜《よ》の月
（九九）

故郷の春の月ということを詠んだ歌

33 故郷は昔見た様子とはすっかり変って荒れ果ててしまった、変らないのは昔のままの春の夜の月ばかり。
ここから故郷と月を詠む三首。

33 参考「故郷は見しごともあらず斧の柄の朽ちしところぞ恋しかりける」（古今・雑歌下・九九一・紀友則）「梅の花飽かぬ色香も昔にて同じ形見の春の夜の月」（新古今・春歌上・四七・俊成女）

34 参考 「我が宿の花橘に吹く風を誰が里よりと誰眺むらむ」（千載・夏歌・一七四・平親宗）「誰住みてあはれ知るらむ常磐山奥の岩屋の有明の月」（新拾遺・秋歌下・四三六・源道済）

35 ○衣手霞む 実朝以前には見出せない表現。鎌田評釈には「白妙の衣を月にかざしたポーズを詩的に描いたものであろうか」とあるが、後代には春の月、霞、涙の組み合わせが類型として定着していく。その過程にある実朝詠は、配列から見ても、涙に霞む袖の月ではないかと思われる。○月の都 月の中にある都。また帝都の美称。参考 「ながめつつ思ふもさびしひさかたの月の都の明け方の空」（新古今・秋歌上・三九二・藤原家隆）「梅が香は見し世の春の名残にて苔の袂に霞む月影」（玉葉・雑歌・一八五八・宗尊親王）「春の夜は霞に曇る空なれど涙厭はで月や見るべき」（続千載・春歌下・一八一・平時村）

36 ○八重の紅梅 珍しい歌材。『拾遺集』一一七九の詞書「中将に侍りける時、右大弁源致方朝臣のもとへ八重紅梅を折りてつかはすとて」（実資）に例を見るが、勅撰和歌には見出せない。

37 参考 「鶯はいたくな鳴きそ移

34 誰《たれ》住《す》みて誰《たれ》眺《なが》むらむ故郷《ふるさと》の
吉野《よしの》の宮《みや》の春の夜《よ》の月　（一〇〇）

春月

35 眺《なが》むれば衣手《ころもで》霞《かす》むひさかたの
月の都《みやこ》の春《はる》の夜《よ》の空《そら》　（九八）

梅花を詠《よ》める

36 我《わ》が宿《やど》の八重《やへ》の紅梅《こうばい》咲《さ》きにけり
知《し》るも知《し》らぬもなべて訪《と》はなむ　（二五・夫木六九一）

37 鶯《うぐひす》はいたくな侘《わ》びそ梅《むめ》の花《はな》
今年《ことし》のみ散《ち》るならひならねば　（二九）

34どのような人が住んで誰が（どのように）眺めていることだろう、昔の都、吉野の宮の春の夜の月を。

春の月

35眺めていると（涙で）袖まで霞む、遙か彼方に月の都があるという春の夜の霞の空は。

梅の花を詠んだ歌

36我が家の八重の紅梅が咲いた、知人であろうとなかろうと、皆訪ねてほしいものだ。
おおかたの梅が散る頃、遅く咲き始める八重紅梅を、そのあでやかな花にちなんで賑々しく鑑賞しようという趣向であろう。

37鶯よ、そんなにひどく悲しむな、梅の花は今年だけ散るわけではないのだから。
この歌から散り始めた梅花を詠む。

り香にめでて我が摘む花ならなくに」（躬恒集・三四九）「しるしなき音をも鳴くかな鶯の今年のみ散る花ならなくに」（古今・春歌下・一一〇・凡河内躬恒）

38 **参考**「さりともと思ひし人は音もせで荻の上葉に風ぞ吹くなる」（後拾遺・秋上・三二一・三条小右近）「見むと言はば否と言はめや梅の花散り過ぐるまで君が来まさぬ」（万葉・巻二十・四五二一・中臣清麻呂）

39 **参考**「散りぬとも香をだに残せ梅の花恋ひしき時の思ひ出にせむ」（古今・春歌上・四八・よみ人しらず）「立ちながら着てだに見せよ小忌衣飽かぬ昔の忘れ形見に」（新古今・雑歌下・一七九九・加賀左衛門）

40 **参考**「いたづらに過ぐす月日はおもほえで花見て暮らす春ぞ少なき」（古今・賀歌・三五一・藤原興風）

41 ○あをによし「奈良」にかかる枕詞。**参考**「我が宿の花にな鳴きそ呼子鳥呼ぶ甲斐ありて君も来なくに」（後撰・春中・七九・春道列樹）

38 さりともと思《おも》ひしほどに梅《むめ》の花《はな》
散《ち》り過《す》ぐるまで君《きみ》が来《き》まさぬ
（二八）

39 我《わ》が袖《そで》に香《か》をだに残《のこ》せ梅《むめ》の花《はな》
飽《あ》かで散《ち》りぬる忘《わす》れ形見《がたみ》に
（二七）

40 梅《むめ》の花咲《はなさ》けるさかりを目《め》の前《まへ》に
過《す》ぐせる宿《やど》は春《はる》ぞ少《すく》なき
（二四）

呼子鳥《よぶこどり》

41 あをによし奈良《なら》の山なる呼子鳥《よぶこどり》
いたくな鳴きそ君も来《こ》なくに
（一〇五・万代一八六・夫木一八〇七）

38 よもやそんなことは思って待つうちに、梅の花が散り過ぎるまであなたがいらっしゃらないなんて。

39 私の袖に香だけでも残しておくれ梅の花よ、まだまだ眺めていたいのに散ってしまう忘れ形見に。

40 梅の花の咲く盛りを眼の前に堪能して過ごした家では、春の時間はまことに短く感じられる。

分断されつつ時間序列に沿って配列されてきた梅の歌群を終る。

呼子鳥

41 奈良山に住む呼子鳥よ、そんなにひどく鳴くではない、あの人が来るわけではないのだから。

42 ○故郷人　郷里の人。ふりにし人。**参考**「浅茅生の月吹く風に秋たけて故郷人は衣打つなり」（後鳥羽御集・一五五三）「故郷は浅茅が末になりはてて月に残れる人の面影」（新古今・雑歌中・一六八一・藤原良経）「石上ふりにし人を尋ぬれば荒れたる宿に菫摘みけり」（新古今・雑歌中・一六八四・能因法師）

43 ○高円　高円山。聖武天皇の離宮のあった春日山に続く山。○尾上　峰（お）の上。峰続きの高所。「尾上の」に続く語として、風、雲、雪などの天象、桜、松などの植物、動物では妻恋の鹿が類型化している。雉のような鳥をもってくるのは珍しい。**参考**「狩に来る人もこそあれ春の野に朝鳴く雉の近くもあるかな」（玉葉・春歌上・一一四・源順）

44 ○恋ひ侘ぶ　恋に悶え苦しむ。○あさる　本来は餌を捜す、求める、の意。この場合「妻を捜す」意であろう。**参考**「春の野にあさる雉の妻恋におのがありを人に知れつつ」（万葉・巻八・一四五〇・大伴家持）

45 **参考**「音にきく吉野の桜見に行かん告げよ山守花の盛りは」（続千載・春歌上・七一・柿本人麻呂）「おしなべて花の盛りになりにけり山の端ごとにかかる白雲」（千載・春歌上・六九・円位法師）

菫《すみれ》

42 浅茅原《あさぢはら》ゆくゐも知《し》らぬ野辺《のべ》に出《いで》て《、》
故郷《ふるさと》人は菫摘《すみれつ》みけり
（一〇八）

雉《きゞす》

43 高円《たかまど》の尾上《おのへ》の雉《きゞす》朝《あさ》な朝《〱》な
妻《つま》に恋《こ》ひつつ《ゝ》鳴《な》く音悲《ねかな》しも
（一〇六・夫木一七六九）

44 己《をの》が妻恋《つまこ》ひ侘《わ》びにけり春《はる》の野《、》に
あさる雉《きゞす》の朝《あさ》な朝《〱》な鳴《な》く
（一〇七・玉葉一一一三）

名所桜

45 音《をと》に聞《き》く吉野《よしの》の《、》桜《さくら》咲《さ》きにけり
山の麓《ふもと》にかか《ゝ》る白雲《しらくも》
（五一）

菫

42 浅茅の生えたどこへ続くとも知れぬ広い野辺に出て、故郷の人は菫を摘んでいたっけ。

雉

43 高円山の峰の雉は朝ごとに妻を恋慕っては鳴く、その声の心にしみることだ。

44 妻を恋いわびているのだな、春の野を捜し求める雉が朝ごとに鳴いている。

名所の桜

45 名高い吉野の桜が咲いたことよ、山の麓にかかる白雲のように。
桜花を白雲に譬える。
ここから桜の歌群。

遠《とを》き山の桜《さくら》

46 葛城《かづらき》や高間《たかま》の桜眺《さくらなが》むれば
夕《ゆふ》ゐる雲《くも》に春雨《さめ》ぞ降《ふ》る　（五二・新後撰一一〇）

遠い山の桜

46葛城の高間山の桜を遠く眺めると、夕方になっても留まっている雲のような花々に春雨が降っている。
桜花を「夕ゐる雲」に譬える。前歌に続き雲に見立てた桜の詠を二首並べる。

雨中桜

47 雨降《あめふ》るとたちかくるれば山桜《ざくら》
花《はな》の雫《しづく》にそぼちぬるかな　（五三）

雨の中の桜

47雨が降ってきたかと山桜の下に身を寄せると、花から落ちる雫でかえって濡れてしまったことよ。

48 今日《けふ》もまた《又》花《はな》に暮《くら》しつ春雨《はるさめ》の
露《つゆ》の宿《やど》りを我《われ》に貸《か》さなむ《ん》　（五四）

48きょうもまた一日中花を見て暮れてしまった、春雨の露をしのぐ宿を私に貸してほしいものだ。

山路夕花

49 道遠《みちとを》みけふ越《こ》え暮《く》れぬ山桜《やまざくら》
花《はな》の宿《やど》りを我《われ》に貸《か》さなむ　（五五）

山路の夕べの花

49道が遠いので、今日は越えられずに暮れてしまった、山桜よ、花の宿を私に貸してほしいものだ。

46　○高間　高間山。葛城山系のひとつ。「葛城や高間の（山）」は平安後期の類型表現。○夕ゐる雲　夕刻に留まっている雲。この場合、桜の譬え。実朝独自の趣向。**参考**　「時鳥鳴く初声をしのぶ山夕ゐる雲の底に鳴くなり」（千載・夏歌・一五七・守覚法親王）「葛城や高間の山の桜花雲居のよそに見てや過ぎなむ」（千載・春歌上・五六／近代秀歌・一二・藤原顕輔）

47　**参考**　「桜狩雨は降り来ぬ同じくは濡るとも花の影に隠れむ」（拾遺集・春・五〇／近代秀歌・三三・よみ人しらず）

48　○露の宿り　露の宿。露の多い野中の宿に桜の木下を譬えたもの。春の歌には比較的少ない表現。**参考**　「百敷の大宮人はいとまあれや桜かざして今日も暮らしつ」（新古今・春下・一〇四・山部赤人）（『万葉集』巻十の同歌（一八八七）では第四句は「梅をかざして」）「茂るごと真薦の生ふる淀野には露の宿りぞ人ぞかりける」（拾遺・夏・一一四・壬生忠見）

49　**参考**　「道遠み行きては見ねど桜花心をやりて今日は暮らしつ」（後拾遺・春上・九七・平兼盛）「思ふどちそこ とも知らず行き暮れぬ花の宿貸せ野辺の鶯」（新古今・春歌上・八二・藤原家隆）

春山月

50 風騒《かぜさは》ぐ彼方《をち》の外山《とやま》に空晴《そらは》れて
桜《さくら》に曇《くも》る春の夜《よ》の月　（九七）

屏風絵《ゑ》に旅《たび》人あまた花の下《した》に臥《ふ》せる所

51 木《こ》の下《もと》の花の下臥《したぶし》夜頃《よごろ》経《へ》て
我《わ》が衣手《ころもで》に月ぞ馴《な》れぬる　（六二）

52 木《こ》の下《もと》に宿《やど》りはすべし桜花《さくらばな》
散《ち》らまく惜《を》しみ旅《たび》ならなくに　（六〇）

53 木《こ》の下《もと》に宿《やど》りをすれば片敷《かたし》きの
我《わ》が衣手《ころもで》に花《はな》は散《ち》りつつ、　（六一）

54 今《いま》しはと思（ひ）しほどに桜花《さくらばな》
散《ち》る木《こ》の下《もと》に日数経《ひかずへ》ぬべし　（五九）

春の山の月

50 風が（雲を払って）激しく吹く遠い山の空は晴れていながら、風で散る桜のために曇って見える春の夜の月よ。

屏風絵に、旅人が大勢花の下に臥しているのを描いた光景を

51 花の木の下の旅寝を幾夜も経ると、月が露に濡れた私の袖にすっかり馴染んで宿ることよ。

52 木の下に寝るとしよう、桜花が散るのが惜しいから。旅の途中というわけではないのだけれど。

53 桜木の下に宿をとると、ひとり寝の私の袖に絶え間なく花が散りかかってくる。

54 今こそ帰ろうと思っているうちに、桜花の散る木の下に過ごして日数が経ってしまいそうだ。

50　○外山に　貞享本は「とほやま」　○桜に曇る　新しい表現。後鳥羽院詠の影響が考えられる。参考「あたら夜の真屋のあまりに眺むれば桜に曇る有明の月」（続後撰・春歌中・一〇四・後鳥羽院御集・一二〇六）

51　○下臥し　物の下に臥すこと。和歌表現では花の例が多い。○我が衣手に月ぞ馴れぬる　月が濡れた袖に映る、それに馴染んでしまった、の意。参考「花の影旅寝の嵐夜頃経て月ぞ馴れゆく袖の手枕」（後鳥羽院御集・一二六六）

52　○旅ならなくに　「急ぐ旅ではないので」（集成）、「旅先のような気がしないから」（鎌田評釈）と解される。そのつもりはなかったが桜に魅かれて旅寝をすることになるという気分の詠であろう。参考「秋の野に宿りはすべし女郎花名をむつまじみ旅ならなくに」（古今・春上・二二八・藤原敏行）

53　参考「秋の野に宿りをすれば蟋蟀片敷く袖の下に鳴くなり」（新千載・羈旅歌・八〇二・源兼昌）「木の下に旅寝をすれば吉野山花の衾を着する春風」（山家集・春・一二五・西行）

54　○今しは　今こそは。今は。今はもう。参考「今よりは紅葉のもとに宿りせじ惜しむに旅の日数経ぬべし」（拾遺・秋・二〇四・恵慶法師）

山家見花ところ

55 時の間《ま》と思（ひ）て来《こ》しを山里《やまざと》に
花《はな》見る見る《〱》と長居《ながゐ》しぬべし　（五六）

屏風絵の、山家で花を見ているところを

55ほんのしばらくと思って来たのだけれど、山里で花に見とれて長居をしてしまいそうだ。

55　○長居　和歌表現の「長居す」は打消で用いられることが多い。参考「すみよしとあまは告ぐとも長居すな人忘草生ふといふなり」（古今・雑歌上・九一七・壬生忠岑）「月影は飽かず見るともさらしなの山のふもとに長居すな君」（拾遺・別・三一九・紀貫之）「咲きしより散るまで見れば木の下に花も日数も積りぬるかな」（千載・春歌下・七七・白河院）

花散《ち》れる所に雁《かり》の飛《と》ぶを

56 雁金《かりがね》の帰《かへ》る翼《つばさ》に香《かほ》るなり
花《はな》を恨《うら》むる春の山風《やまかぜ》　（一〇四）

屏風絵の、花が散っている所に雁が飛ぶのを

56帰雁の羽風に誘われて翼に香っている――そんな花を恨めしく思って吹く春の山風よ。

自らが誘う前に、羽風で早くも散った花を山風が恨んでいるという興趣。

56　歌意をとりにくい下の句は「風が花をうらんで花を散らすというのである」（大系）、「花の散ったのを残念がる春の嵐がかおらせたのであろう」（鎌田評釈）、「散る花を惜しむ春の嵐が乗せてやった香りだろう」（集成）と解されてきた。参考「雁金の帰る羽風や誘ふらむ過ぎ行く峰の花も残らぬ」（新古今・春歌下・一二〇・源重之）「散りにけりあはれ恨みの誰なれば花の跡訪ふ春の山風」（新古今・春歌下・一五五・寂蓮）

如月《きさらぎ》の廿日あまりのほどにやありけむ、北向《きたむ》きの縁《えん》に立《た》ち出《いで》て《、》夕暮《ゆふぐれ》の空《そら》を眺《なが》めて一人居《お》るに、雁《かり》の鳴《な》くを聞《き》き《、》て詠《よ》める

57 眺《なが》めつつ《ゝ》思《おも》ふも悲《かな》し帰《かへ》る雁《かり》
行《ゆ》くらむ方《かた》の夕暮《ゆふぐれ》の空《そら》　（一〇三）

二月の二十日過ぎであったろうか、北向きの縁に出て、夕暮の空を眺めてひとりでいる時、雁が鳴くのを聞いて詠んだ歌

57眺めつつ想像するのも心が痛む、帰る雁が飛んで行く北の彼方の夕暮の空は。

詞書と和歌が一体になり、聴覚と視覚で雁を捉える効果を生み出している。

57　参考「聞く人ぞ涙は落つる帰る雁鳴きて行くなる曙の空」（新古今・春歌上・五九・藤原俊成）「眺めつつ思ふもさびし久方の月の都の明け方の空」（新古今・秋歌上・三九二・藤原家隆）

58　○弓遊び　弓を射て競争する遊び。○吉野山のかた　吉野山に似せた作りもの。○山人の花見たる所　山人（山に住む人・山里の人）が花を見ている光景にした作り物。○花をよみ　「よみ」は形容詞「よし」の語幹に「み」のついたもの。よいので。参考「桜咲く遠山鳥のしだり尾のながながし日も飽かぬ色かな」（新古今・春歌下・九九／近代秀歌・三〇一／後鳥羽院御集・一六三二）

59　参考「春霞たなびく野辺の若菜にもなりみてしがな人も摘むやと」（古今・雑体・一〇三二・藤原興風）

60　参考「今は我吉野の山の花をこそ宿のものとも見るべかりけれ」（新古今・雑歌上・一四六六・藤原俊成）

61　○志賀　近江国の歌枕。琵琶湖西南岸。大津宮が置かれた旧都。参考「さざ浪や志賀の都は荒れにしを昔ながらの山桜かな」（千載・春歌上・六六・よみ人しらず）「里は荒れぬ庭の桜も旧りはててたそがれ時を訪ふ人もなし」（拾遺愚草・一五一五・藤原定家）「里は荒れぬ志賀の桜の木のもとに昔語りの春風ぞ吹く」（後鳥羽院御集・一二三二）

弓遊《ゆみあそ》びをせしに、吉野《よしの》山のかたを作《つく》りて山人の花見《はなみ》たる所を詠《よ》める

58
み吉野《よしの》の山《やま》の山守《もり》花《はな》をよみ
なが〱し日を飽《あ》かずもあるかな
（四八）

59
み吉野《よしの》の山《やま》に入《い》りけむ山《やま》人と
なりみてしがな花《はな》に飽《あ》くやと
（四九・続千載九二）

屏風に吉野山《よしのやま》描《か》きたる所

60
み吉野《よしの》の山《やま》にこもりし山人や
花をば宿《やど》のものと見るらむ《ん》
（五〇）

故《古》郷花

61
里《さと》は荒《あ》れぬ志賀《しが》の花園《その》その〱かみの
昔《むかし》の春《はる》や恋《こひ》しかるらむ
（六四）

弓遊びをした折、吉野山の形を作って、山人が花を見ている趣向にしたものを見て詠んだ歌

58吉野山の番人は花が見事なので、長い長い春の一日を飽きずに過ごしていることよ。

59吉野山の山に入ったという山人になってみたいものだな、花に飽き足りるのかどうか。

屏風に吉野山が描いてあるところを

60吉野山の山にこもっている山人は、一面の桜花を我が家のものと見ているのだろうか。

故郷の桜

61故郷は荒れてしまった、変らず花を咲かせる志賀の桜の園は、その昔の春が恋しいことだろう。

62 参考 「宿も宿花は昔に匂へども主なき色はさびしかりけり」（千載・雑歌中・一〇五四・僧正尋範）「故郷の花に昔のこと問はば幾世の人の心知らまし」（続古今・春歌下・一二〇・藤原成範）

63 ○うちひさす 枕詞。「宮」「都」にかかる。○宮路 宮殿に通う道。神社に参詣する道。○団居 車座。参考 「梅の花散らまく惜しみ我が園の竹の林に鶯鳴くも」（万葉・巻五・八二八・阿部奥島）「榊葉の香を芳しみ求め来れば八十氏人ぞ円居せりける」（拾遺・神楽歌・五七七）

64 ○玉鉾の 枕詞。「道」「里」にかかる。○道行きぶり 道で行き会うこと。行きずり。参考 「山守は言はば言はなむ高砂の尾上の桜折りてかざさむ」（後撰・春中・五〇・素性法師）

65 参考 「春の野に若菜摘まむと来しものを散り交ふ花に道は惑ひぬ」（古今・春歌下・一一六・紀貫之）「おのづから言はぬをしたふ人やあると休らふほどに年の暮れぬる」（新古今・冬歌・六九一・西行）

66 参考 「咲けばかつ散りぬる山の桜花心のどかに思ひけるかな」（続後撰・春歌下・一一七・柿本人麻呂）「春風は花のあたりをよきて吹け心づからやうつろふと見む」（古今・春歌下・八五・藤原好風）

62
訪《たづ》ねても誰《たれ》にか問《と》はむ故郷《ふるさと》の
花《はな》も昔《むかし》の主《あるじ》ならねば
（六二）

花を詠《よ》める

63
桜花《さくらばな》散《ち》らまく惜《を》しみうちひさす
宮路《みやぢ》の人ぞ団居《まどゐ》せりける
（四五）

64
桜《さくら》花散《ち》らば惜《お》しけむ玉鉾《たまぼこ》の
道行《みちゆ》きぶりに折《を》りてかざさむ
（四六・新勅撰一〇六）

65
道《みち》すがら散《ち》り交《か》ふ花《はな》を雪とみて
休《やす》らふほどにこの日暮《くら》しつ
（九五）

66
咲《さ》けばかつうつろふ山の桜花《さくらばな》
花のあたりに風《かぜ》な吹《ふ》きそも
（九三）

62訪ねてもいったい誰に昔の様子を訊こうか、故郷の花は変らず咲いても昔の主ではないので。

桜を詠んだ歌

63桜花が散るのを惜しんで、宮路を行く人々が桜を囲んで輪になって座っていることよ。

64桜の花が散ってしまったらさぞ惜しまれるだろう、今のうちに行きずりの枝を手折って冠に挿していよう。

65道の途中で、散り乱れる花を雪のようだと眺めて足を留めているうちに、今日が暮れてしまった。

66咲いたかと思えばすぐに散っていく山の桜なのだ、花の周りにどうか風が吹かないでほしい。

前三首は近景の桜の散るのを惜しむが、この歌は山の落花を詠む。山で桜を惜しむ67番歌以下の歌群に繋ぐ配列。

67　○すさむ　賞玩する。参考「身は留めつ心は送る山桜風のたよりに思ひおこせよ」（新古今・雑歌上・一四七二・安法法師）「山高み人もすさめぬ桜花いたくなわびそ我見はやさむ」（古今・春歌上・五〇・よみ人しらず）

68　参考「はかなくて過ぎにしかたを数ふれば花に物おもふ春ぞ経にける」（新古今・春歌下・一〇一・式子内親王）「植ゑし時花見むとしも思はぬに咲き散る見れば齢老いにけり」（後撰・春中・四七・藤原扶幹）「桜花多くの春に逢ひぬれど昨日今日をやためしにやせむ」（千載・春歌上・五〇・藤原師実）

69　○よしや　たとえ。○花の名立て　女郎花によく使われる慣用句。参考「桜花散らば散らなむ散らずとて故郷人の来ても見なくに」（古今・春歌下・七四・惟喬親王）

70　参考「春の野に菫摘みにと来し我ぞ野をなつかしみ一夜寝にける」（万葉・巻八・一四二八・山部赤人）「桜花咲かばまづ見むと思ふまに日数経にけり春の山里」（新古今・春歌上・八〇・藤原隆時）

67
人のもとに詠《よ》みて遣《つか》はし侍し
春《はる》は来《く》れど人もすさめぬ山桜《ざくら》
風《かぜ》のたよりに我《われ》のみぞ訪《と》ふ　（七三）

68
「山家見花」といふことを、人び《ぐ》とあまたつかうまつりしついでに
桜《さくら》花咲《さ》き散《ち》る見《み》れば山里《やまざと》に
我《われ》ぞ多《おほ》くの春《はる》は経《へ》にける　（五七・万代三一四二）

69
屏風に山中に桜咲《さくらさ》きたる所
山桜《ざくら》散《ち》らば散《ち》らなむ惜《お》しげなみ
よしや人見《み》ず花の名《な》立《だ》てに　（七四）

70
花《はな》を尋《たづ》ぬといふことを
花《はな》を見むとしも思《おも》はで来《こ》し我《われ》ぞ
深《ふか》き山路《やまぢ》に日数《かず》経《へ》にける　（五八）

人のもとに詠んで贈った歌

67春は来ても人に目も留められない山桜を、風が教えてくれて私だけが訪ねたことですよ。

「山家に花を見る」という題で人々がたくさん詠進した折に

68桜が咲いては散るのを見ているうちに、何と私は春のほとんどを山里で過ごしてしまったことよ。

屏風に山中に桜が咲いている所を描いたのを

69山桜よ散るのなら散るがよい、何を憚ることもないのだから。たとえ人は見なくともうつろいやすい花の評判通りに。

花を尋ねたということを

70花を見ようなどとは少しも思わないでやって来た私だったが、花のために深い山路で幾日も過ごしてしまったことだ。

屏風の絵《ゑ》に

71
山風《かぜ》の桜《さくら》吹《ふ》きまく音《をと》すなり
吉野《よしの》の滝《たき》の岩《いは》もとど《ゞ》ろに　（七六）

72
滝《たき》の上《うへ》の三船《みふね》の山の山桜《やまざくら》
風《かぜ》に浮《う》きてぞ花《はな》も散《ち》りける　（七五・万代四一六・夫木一二四二）

散《ち》る花

73
春《はる》来《く》れば糸鹿《いとか》の山《やま》の山桜《ざくら》
風《かぜ》に乱《みだ》れて花ぞ散《ち》りける　（九二・夫木一三〇四）

花風《かぜ》を厭《いと》ふ

74
咲《さ》きにけり長等《ながら》の山の桜花《さくらばな》
風《かぜ》に知《し》られで春も過《す》ぎなむ《ん》　（六九）

屏風の絵にある光景を

71山風が桜を吹いて巻き上げる音がする、吉野の滝が岩もとどろかして落ちるのとともに。

ここから77番歌まで、風と落花を詠む。

72滝の上に咲く三船山の山桜は雲に浮く船さながら、風に浮いて花びらが散ることよ。山の上からの落花が風に舞ってなかなか水面や地面に落ちない光景の興趣。

散る花

73春が来ると咲く糸鹿山の山桜は、今は糸がもつれるように風に乱れて花が散っていることだ。

花が風を厭う

74ようやく咲いた、長等山の桜花が。名前の通りそのまま長く、風に知られないで散らずに春が過ぎてほしいものだ。

71 参考「山風に桜吹き巻き乱れなむ花のまぎれに立ち止まるべく」（古今・離別歌・三九四・遍昭）「氷解く春立ち来らしみ吉野の吉野の滝の音まさるなり」（寛平中宮歌合・五・よみ人しらず）

72 ○滝　宮滝・宮の滝（三船の山の北西）をさすのではなく、吉野川の滝を想像していると考えられる。「浮く」は「滝」の縁語。○三船の山　御船の山。大和の国の歌枕。「船」は「滝」「浮く」の縁語。空を海に、雲を波に、山を舟に見立てることが多い。「滝の上の三船の山」は慣用句。参考「滝の上の三船の山の紅葉葉はこがるるほどになりにけるかな」（玉葉・秋歌下・八〇六・隆源法師）

73 ○糸鹿の山　糸鹿山。紀伊国の歌枕。「張る（春の掛詞）」「散る」「乱る」は「糸」の縁語。参考「梅の花枝にか散ると見るまでに風に乱れて雪ぞ降り来る」（万葉・冬雑歌・一六五一・忌部黒麿）

74 ○長等の山　近江国の歌枕。「乍ら」「長し」の掛詞。参考「さざ浪や長等の桜長き日に散らまく惜しき志賀の浦風」（続拾遺・春歌下・九二・平重時）

花を詠《よ》める

75 み吉野《よしの》の山下蔭《やましたかげ》の桜花《さくらばな》
咲《さ》きて立《た》てりと風《かぜ》に知《し》らすな （四七）

花を詠んだ歌

75吉野山の麓の蔭の桜花よ、見事に咲いていることを風にわからせるなよ。

75 ○山下陰　珍しい語例。「み吉野の山下風」が花を散らす詠には先行歌があり、実朝も次の76番歌に詠んでいる。○咲きて立てり　「咲き立つ」（自夕下二）（「盛んに咲く」の意）。「立てり」は「立つ」（下二）の連用形に助動詞「り」がついたもの。この場合「立つ」は動詞の連用形について、その動作が際立つ意を表す。**参考**　「あしひきの山隠れなる桜花散り残れりと風に知らるな」（拾遺・春・六六・小弐命婦）

名所（の）散《ち》る花

76 桜花《さくらばな》うつろふ時はみ吉野《よしの》の
山下風《やましたかぜ》に雪《ゆき》ぞ降《ふ》りける （八二）

名所の散る花

76桜花が散るときというのは、吉野山の山おろしに乗って雪が降る、そんな趣だな。

76 ○山下風　山おろし。**参考**　「桜散る木の下風は寒からで空に知られぬ雪ぞ降りける」（拾遺・春・六四・紀貫之）「白雪の降りしく時はみ吉野の山下風に花ぞ散りける」（古今・賀歌・三六三・紀貫之）

花雪に似たりといふことを

77 風《かぜ》吹《ふ》けば花は雪《ゆき》とぞ散《ち》りまがふ
吉野《よしの》の山は春やなからむ （八三）

花が雪に似ているということを

77風が吹くと花は雪となって散り乱れる、吉野の山には春がないのだろうか。

落花を雪に見立てる先行歌は珍しくないが、春の季節がない、という実朝詠の趣向は独自。

77 **参考**　「風吹けば花は波とぞ越えまがふ分け来し旅も末の松山」（後鳥羽院御集・一五二九）

78 山深《ふか》み尋《たづ》ねて来《き》つる木《こ》の下《もと》に
雪《ゆき》と見るまで花《はな》ぞ散《ち》りける （八五）

78山が深いのでやっと尋ねてあてた木の下には、雪と見紛うほどに花が散り積もっていることよ。

78 **参考**　「冬籠り思ひかけぬを木の間より花と見るまで雪ぞ降りける」（古今・冬歌・三三一・紀貫之）「春深くなりぬと思ふを桜花散る木の下はまだ雪ぞ降る」（拾遺・春・六三・紀貫之）

79　前歌に重なる趣向。参考「あしひきの山路に散れる桜花消えせぬ春の雪かとぞみる」（拾遺・春・六五・よみ人しらず）

80　○今は　今は限り。参考「立田姫今はの頃の秋風に時雨を急ぐ人の袖かな」（新古今・秋歌下・五四四・藤原良経）

81　参考「枝よりもあだに散りにし花なれば落ちても水の泡とこそなれ」（古今・春歌下・八一・菅野高世）

82　○嵐の山　嵐山。山城国の歌枕。桜、紅葉の名所。参考「空蝉の世にもにたるか桜花咲くと見しまにかつ散りにけり」（古今・春歌下・七三・よみ人しらず）

79
春の来《き》て雪は消《き》えにし木《こ》の下《もと》に
白《しろ》くも花《はな》の散《ち》りつもるかな
（八四）

雨中夕花

80
山桜《ざくら》今《いま》はの頃《ころ》の花《はな》の枝《え》に
夕《ゆふ》べの雨《あめ》の露《つゆ》ぞこぼるる
（八七）

81
山桜《やまざくら》あだに散《ち》りにし花の枝《え》に
夕《ゆふ》べの雨《あめ》の露《つゆ》の残《こ》れる
（八六）

落花を詠《よ》める

82
春深《はるふか》み嵐《あらし》の山《やま》の桜花《さくらばな》
咲《さ》くと見しまに散《ち》りにけるかな
（九一・風雅二四一・夫木一五〇〇）

79春が来て雪はすっかり消えた木の下に、白く雪のように花が散り積もっていることよ。

雨が降る中の夕べの桜

80山桜がもう終る頃の花の枝には、夕刻の雨がしたたり落ちている。

81山桜が儚く散ってしまった花の枝には、夕刻に降った雨の雫が残っている。

80 81の落花の頃の枝、雨滴に寄せる実朝の視点は独特。

落花を詠んだ歌

82春も深まったので嵐山の桜は、山の名の通り嵐に吹かれたかのように咲いたと思ったらもう散ってしまったことよ。

三月の末《すゑ》つ方、勝長寿院にまうでたりしに、ある僧《そう》山蔭《かげ》に隠《かく》れをるを見て「花《はな》は」と問ひしかば、「散《ち》りぬ」となむ答《こた》へ侍しをききて詠《よ》める

83 行《ゆ》きて見むと思（ひ）しほどに散《ち》りにけり
あやなの花《はな》や風《かぜ》立《た》たぬまに　（七一）

三月の終わり頃、勝長寿院に参詣したところ、ある僧が山裾に隠れているのを見て「桜は」と尋ねたところ、「散ってしまいました」と答えたのを聞いて詠んだ歌

83行って見ようと思っているうちに散ってしまった、甲斐のない花だな、風も立たないうちに。

83 ○あやな　形容詞「あやなし」の語幹。甲斐がない。**参考**「起きて見むと思ひしほどに枯れにけり露よりけなる朝顔の花」（新古今・秋歌上・三四三・曽禰好忠）

84 桜《さくら》花咲《さ》くと見しまに散《ち》りにけり
夢《ゆめ》か現《うつゝ》か春の山風《やまかぜ》　（七二）

84桜花が咲いたと思ったらもう散ってしまった。夢か現か、春の山風が吹いて。

84 **参考**「空蝉の世にもにたるか桜花咲くと見しまにかつ散りにけり」（古今・春歌下・七三・よみ人しらず）「桜花夢か現か白雲の絶えて常なき峰の春風」（新古今・春歌下・一三九・藤原家隆）

水辺落花といふ事を

85 桜花《さくらはな》散《ち》り交《か》ひ霞《かす》む春《はる》の夜《よ》の
朧《おぼろ》月夜《よ》の賀茂《かも》の上風《うはかぜ》　（八〇・夫木一一五二）

水辺の落花ということを

85桜花が散り乱れて霞む春の夜に、朧月夜の賀茂川を吹き渡るかぐわしい風よ。

幻想的な光景。

85 ○賀茂　山城国の歌枕だが、この場合は賀茂川。○上風　草木、水の上を吹きわたる風。**参考**「桜花散り交ひ霞む久方の雲居に香る春の山風」（新千載・春歌下・一三〇・藤原家隆）「照りもせず曇りも果てぬ春の夜の朧月夜にしくものぞなき」（新古今・春歌上・五五・大江千里）

86
87 参考「枝よりもあだに散りにし花なれば落ちても水の泡とこそなれ」（古今・春歌下・八一・菅野高世）

88 ○散る花の 「散る花に」の誤写か。○志賀の浦波 志賀の湖（琵琶湖）の浦波。参考「山風に桜吹きまき乱れなむ花の紛れに立ち止まるべく」（古今・離別歌・三九四・遍昭）「春風に志賀の山越え花散れば嶺にぞ浦の波は立ちける」（千載・春歌下・八八・藤原親隆）「桜咲く比良の山風吹くままに花になりゆく志賀の浦波」（千載・春歌下・八九・藤原良経）

89 ○さざなみや 近江国の地名に冠する枕詞。参考「八重匂ふ軒端の桜うつろひぬ風より先に訪ふ人もがな」（新古今・春歌下・一三七・式子内親王）

90 参考「故郷は花こそいとどしのばるれ散りぬるのちは訪ふ人もなし」（千載・春歌下・一〇二・藤原基俊）「春来てぞ人も訪ひける山里は花こそ宿の主なりけれ」（拾遺・雑春・一〇一五・藤原公任）

86 行《ゆ》く水に風《かぜ》吹《ふ》き入《い》るる、桜花《さくらばな》
流《なが》れて消《き》えぬ泡《あは》かとも見《み》ゆ　（七九）

87 山桜《ざくら》木《き》々《ゞ》の梢《こずゑ》に見《み》しものを
岩間《いはま》の水《みづ》の泡《あは》となりぬる　（七八）

湖辺落花

88 山風《やまかぜ》の霞《かすみ》吹《ふ》きまき散《ち》る花の
乱《みだ》れて見《み》ゆる志賀《しが》の浦波《うらなみ》　（七七）

故郷惜花心を

89 さざなみや志賀《しが》の都《みやこ》の花《はな》ざかり
風《かぜ》より先《さき》に訪《と》はましものを　（九〇）

90 散《ち》りぬれば訪《と》ふ人もなし故郷《ふるさと》は
花ぞ昔《むかし》の主《あるじ》なりける　（八九）

86流水に風が吹き入れた桜花は、まるで流れても消えない泡のように見える。

87山桜の花を木々の梢に見ていたのに、今や岩間の水の泡となり果てたことだ。

湖畔の落花

88山風が霞を吹き上げて舞い散る花に紛い、乱れて打ち寄せるように見える、志賀の浦波は。

旧都で花を惜しむ心境を

89志賀の旧都の花盛りは、花を散らす風より先に訪ねたかったのに。

90散ってしまえばもう訪ねる人もいない、旧都では人ではなくて花こそが昔からの主なのであったよ。

91　○今年さへ　それまでもそうだったけれど、今年までも。参考「今年さへ志賀の弥生の花盛り訪はれで暮れぬ春の故郷」（後鳥羽院御集・一五七九）

92　○散りぬべらなる　「べらなり」は推量の助動詞。「〜のようである」「〜しそうである」の意。延喜から天暦の頃流行した歌語。実朝歌は連体形止めで余情を表す。参考「山風の吹きのまにまに紅葉葉はこのもかのもに散りぬべらなり」（後撰・秋下・四〇六・よみ人しらず）「春立ちて猶降る雪は梅の花咲くほどもなく散るかとぞみる」（拾遺・春・八・凡河内躬恒）

93　参考「吉野山花の故郷跡絶えてむなしき枝に春風ぞ吹く」（新古今・春歌下・一四七・藤原良経）「人住まぬ不破の関屋の板庇荒れにし後はただ秋の風」（新古今・雑歌中・一六〇一・藤原良経）

94　○過ぎがてに　行き過ぎようとして行き過ぎ得ないで。過ぎることが堪えられないように。「過ぎ」は「山路」の縁語。参考「榊採る夏の山路や遠からむゆふかけてのみ祭る神かな」（詞花・夏・五四・源兼昌）「我が宿に咲ける藤波立ち返り過ぎがてにのみ人の見るらむ」（古今・春歌下・一二〇・凡河内躬恒）

91
今年《ことし》さへ訪《と》はれで暮《く》れぬ桜花《さくらばな》
春《はる》もむなしき名《な》にこそありけれ　（八八）

92
花恨風

心憂《う》き風《かぜ》にもあるかな桜花《さくらばな》
咲《さ》くほどもなく散《ち》りぬべらなる　（七〇・夫木一七二八五）

93
春風を詠《よ》める

桜花《さくらばな》咲《さ》きてむなしく散《ち》りにけり
吉野《よしの》の山《やま》はただ春の風《かぜ》　（八一）

94
桜《さくら》を詠《よ》める

桜花《さくらばな》咲《さ》ける山路《やまぢ》や遠《とを》からむ《ん》
過《す》ぎがてにのみ春《はる》の暮《く》れぬる　（九六）

91今年までも誰にも訪ねられずに春が暮れてしまった桜花には、春といっても空しい名ばかりのものでしかない。

花の身になって詠んだと解する。「訪はれで」の「れ」（助動詞「る」の未然形）を、受身、可能のどちらにとるかによって解釈が違ってくる。

花、風を恨む

92無情な風であることよ、桜花が咲いたと思ったらすぐ散ってしまいそうなのは。

春風を詠んだ歌

93桜花は咲いてはかなく散ってしまった、吉野の山は（散らすものもない）春の風だけが吹いている。

桜を詠んだ歌

94まだ桜花の咲いている山路が遠くにあるのだろうか、ただもう過ぎかねるようにゆっくり春が暮れるのは。

95　参考「春深み狭山の池のねぬなはの苦しげもなく蛙鳴くなり」（永久百首・一二二・藤原仲実）「水底に春や暮るらむみ吉野の吉野の河に蛙鳴くなり」（続後撰・春歌下・一五〇・醍醐天皇）

96　○玉川の里　井手の玉川。「山吹」「かはづ」の名所。参考「駒とめてなほ水かはむ山吹の花の露そふ井出の玉川」（新古今・春歌下・一五九・藤原俊成）「吹く風に花橘や匂ふらむ昔覚ゆる今日の庭かな」（新古今・釈教歌・一九五三・寂然）

97　○わたり　ほとり。参考「山吹の花のさかりに井手に来てこの里人になりぬべきかな」（拾遺・春・六九・恵慶法師）「見し人にまたもや逢ふと梅の花咲きしあたりに行かぬ日ぞなき」（伊勢集・三四）

98　参考「宮城野のもとあらの小萩露を重み風を待つごと君をこそ待て」（古今・恋歌四・六九四・よみ人しらず）

95
春深《はるふか》み花散《ち》りかか《ゝ》る山の井の
古《ふる》き清水《しみづ》に蛙鳴《かはづな》くなり
（九四・夫木一九二九）

河辺款冬

96
山吹《ぶき》の花《はな》の雫《しづく》に袖濡《そでぬ》れて
昔覚《むかしおぼ》ゆる玉川《たまがは》の里《さと》
（一一三・夫木二〇四七）

97
山吹《やまぶき》の花《はな》のさかりになりぬれば
井手《で》のわたりに行《ゆ》かぬ日ぞなき
（一一四）

款冬を見て詠《よ》める

98
わが宿《やど》の八重《やへ》の山吹露《ぶきつゆ》を重《ゝも》み
うち払《はら》ふ袖《そで》のそぼちぬるかな
（一二〇・夫木二〇四六）

95春が深まったので、花の散りかかる山の井の古くからある清水では蛙が鳴いている。

河辺の款冬

96山吹の花の雫に袖が濡れて、昔を偲ばせる玉川の里よ。
ここから山吹歌群。見頃から散るまでが、時間序列に従って配別される。

97山吹の花が満開になったので、井手の玉川のほとりに見に行かぬ日はない。

款冬を見て詠んだ歌

98我が家の八重山吹にしとどに置いた露が重いので、それを払う袖が濡れてしまったことよ。

99
雨《あめ》の降《ふ》れる日山吹《ぶき》を詠《よ》める
春雨《はるさめ》の露《つゆ》の宿《やど》りを吹《ふ》く風《かぜ》に
こぼれて匂《にほ》ふ山吹《ぶき》の花《はな》
（一二一）

雨の降る日山吹を見て詠んだ歌
99春雨のしずくの宿りを吹く風のために露がこぼれ、あふれるように匂う山吹の花よ。

100
山吹《ぶき》を折《を》りて詠《よ》める
いま幾日《いくか》春しなければ春雨《はるさめ》に
濡《ぬ》るとも折《お》らむ山吹《ぶき》の花《はな》
（一一九）

山吹を手折って詠んだ歌
100もう幾日も春がないのだから、春雨に濡れても手折ろう、山吹の花を。

101
山吹《ぶき》に風の吹《ふ》くを見て
我《わ》が心いかにせよとか山吹《やまぶき》の
うつろふ花《はな》に嵐《あらし》立《た》つらむ《ん》
（一二二）

山吹に風が吹くのを見て
101私の心をどうせよと、散っていく山吹の花にさらに強い風が吹くのだろう。

102
立《た》ち返《かへ》り見《み》れども飽《あ》かず山吹《やまぶき》の
花散《はなち》る岸《きし》の春《はる》の川波《かはなみ》
（一一八）

102立ち戻って何度見ても飽き足らない、山吹の花が散る岸辺の春の川波は。

99　参考「浅緑野辺の霞は包めどもこぼれて匂ふ山桜かな」（拾遺・春・四〇・よみ人しらず）

100　参考「いま幾日か春しなければ鶯もものはながめて思ふべらなり」（古今・物名・四二八・紀貫之）「露時雨洩る山陰の下落葉濡るとも折らむ秋の形見に」（新古今・秋歌下・五三七・藤原家隆）

101　参考「我が心いかにせよとて時鳥雲間の月の影に鳴くらむ」（新古今・夏歌・二一〇・藤原俊成）

102　この一首に「風」の語はなく、詞書が欠落したものとも考えられる（集成・頭注）。○立ち返り　行ってすぐに帰っては。「川波」の縁語。参考「春深み井手の川波立ち返り見てこそゆかめ山吹の花」（拾遺・春・六八・源順）「桜麻のの浦波立ち返り見れども飽かず山梨の花」（新古今・雑歌上・一四七三・源俊頼）

103　参考「ながむれば我が山の端に雪白し都の人よあはれとも見よ」（新古今・冬歌・六八〇・慈円）「お

のづからあはれとかけむ一言に誰かはつてむ八重の白雲」（玉葉・恋歌三・一五七六・藤原定家）

山吹《やまぶき》の花《はな》を折りて人のもとに遣《つか》はすとて詠《よ》める

103 自《をの》づからあはれとも見よ春深《はるふか》み
散《ち》りゐる岸《きし》の山吹《やまぶき》の花《はな》
（一一三）

山吹の花を折って人に贈るということで詠んだ歌

103 お心のままにいとおしんで御覧下さい、春が深まったので散っている岸辺の山吹の花ですよ。

104 散《ち》り残《のこ》る岸《きし》の山吹春深《ぶきはるふか》み
この一枝《ひとえだ》をあはれといはなむ《ん》
（一一四）

104 春が深まったので散り残った岸辺の山吹です、この一枝をいとおしいとおっしゃっていただきたいものです。

104 参考「宮人のかざす雲居の桜花この一枝は君がためとて」（秋篠月清集・一〇四〇・藤原良経）「折らずとて散らでも果てじ桜花この一枝は家づとにせむ」（風雅・春歌下・二二八・俊恵）

山吹《ぶき》の散《ち》るを見て

105 玉藻刈《たまもか》る井手《で》の川風吹《かはかぜふ》きにけり
水泡《みなは》に浮《うか》ぶ山吹《ぶき》の花《はな》
（一一六・続拾遺一三八・万代四四三）

山吹が散るのを見て

105 井手の玉川に川風が吹いた、水の泡となって浮ぶ山吹の花よ。

105 ○玉藻刈る　枕詞。海の地名、海や水に関係の深い「沖」「井堤（ゐで）」「舟」「池」などにかかる。○水泡に浮かぶ　水の泡となって。恋の心情を表現することが多い。実朝詠は叙景歌。参考「潮満てば水泡に浮かぶ砂（まなご）にも吾はなりてしか恋ひは死なずて」（万葉・巻十一・二七四三・作者未詳）「滝つ瀬の水泡に浮かぶあはれとも思はぬ人に消えやしなまし」（万代・恋歌二・一九九五・殷富門院大輔）

106 玉藻刈《たまもか》る井手《で》のしがらみ春かけて
咲《さ》くや川瀬《かはせ》の山吹《ぶき》の花
（一一五・新勅撰一二八）

106 井手の玉川の柵に春を堰き止めて咲いていることよ、川瀬の山吹の花は。
柵にとどめられて水面に溜まる花びらを川瀬に咲く山吹とみる趣向。

106 ○しがらみ　柵。水を堰き止めるため杭を並べ竹や木を渡したもの。○春かけて　春を堰き止めて。参考「立田山風のしがらみ秋かけてせくや川瀬の嶺の紅葉葉」（壬二集・最勝四天王院御障子和歌・一八四四・藤原家隆）

的弓《まとゆみ》の風流《ふりう》に大井川《がは》を作《つく》りて松《まつ》に藤《ふぢ》かゝる所

107
立《た》ち返《かへ》り見《み》てを渡《わた》らむ大井川《がは》
川辺《かはべ》の松《まつ》にかゝる藤波《ふぢなみ》

（一〇九・夫木二一二六）

的弓の飾り物に大井川を作って松に藤がかかる所を

107 立ち戻って花を見て、それから大井川を渡るとしよう、川辺の松にかかる見事な藤波よ。

ここから藤の詠四首。

107 ○的弓　的を射る弓術。遊戯化した競射。○風流　意匠を凝らした飾り物。州浜。○大井川　山城国の歌枕。大堰川。「立ち返り」「川」「かかる」「波」は縁語。作り物の中にいる人物の立場で詠んだ一首。**参考**「立ち止まり見てを渡らむ紅葉葉は雨と降るとも水は増さらじ」（古今・秋歌下・三〇五・凡河内躬恒）「大井川川辺の松に言問はむかかる御幸やありし昔も」（拾遺・雑上・四五五・紀貫之）

屏風絵《ゑ》に多古《たこ》の浦《うら》に旅人《たび》の藤《ふぢ》の花《はな》を折りたる所《ところ》

108
多古《たこ》の浦《うら》の岸《きし》の藤波《ふぢなみ》立《た》ち返《かへ》り
折《お》らでは行《ゆ》かじ袖《そで》は濡《ぬ》るとも

（一一〇）

屏風絵に多古の浦に旅人が藤の花を折っているところが描いてあるのを

108 多古の浦の岸の藤波に立ち戻って花を折らずには行くまい、波で袖が濡れようとも。

108 ○多古の浦　田子の浦。多祜の浦。越中国の歌枕。藤の名所として名高い。「浦」「岸」「波」「立ち返り」「濡る」は縁語。**参考**「濡れつつぞしひてや折らむ多古の浦の底さへ匂ふ春の藤波」（紫禁和歌集・六三三・順徳院）「秋萩を折らでは過ぎじ月草の花摺り衣露に濡るとも」（新古今・秋歌上・三二〇・永縁）

池《いけ》の辺《へん》の藤《ふぢ》の花《はな》

109
故郷《ふるさと》の池《いけ》の藤波《ふぢなみ》誰《たれ》植《う》ゑ《へ》て
昔忘《むかしわす》れぬ形見《かたみ》なるらむ《ん》

（一一一）

池のほとりの藤の花

109 故郷の池の藤波は、誰が植えて昔を忘れぬよすがとなっているのだろう。

109 **参考**「いそのかみ布留野の桜誰植ゑて春は忘れぬ形見なるらむ」（新古今・春歌上・九六・源通具）

110
いと早《はや》も暮《く》れぬる春か我《わ》が宿《やど》の
池《いけ》の藤波《ふぢなみ》うつろはぬまに
（二一一・続後撰一六〇・万代四五七）

110 こんなにも早く暮れてしまう春なのか、我が家の池の藤波の花も散らぬうちに。

110 参考 「いと早も鳴きぬる雁か白露の彩る木々ももみぢあへなくに」（古今・秋歌上・二〇九・よみ人しらず）

正月ふた《二》つありし年《とし》、三月に時鳥《ほとゝぎす》鳴《な》くを聞《き》き、
て詠《よ》める

111
聞《き》かざりき三月《やよひ》の山の時鳥《ほとゝぎす》
春加《はるくは》はれる年《とし》はありしかど
（一三一）

一月が二度あった年、三月に時鳥が鳴くのを聞いて詠んだ歌

111 今まで聞いたことがなかった、三月の春の山で時鳥が鳴くなんて。春に閏月が加わった年はあったのだけれど。

111 ○正月ふたつありし年　一月が閏月だった年。建暦元（一二一一）年。実朝二十歳。○春加はれる年はありしかど　正治二（一二〇〇）年に閏二月があった。実朝九歳。参考「桜花春加はれる年だにも人の心に飽かれやはせぬ」（古今・春歌上・六一・伊勢）

春の暮《くれ》を詠《よ》める

112
春深《ふか》み嵐《あらし》もいたく吹《ふ》く宿《やど》は
散《ち》り残《のこ》るべき花《はな》もなきかな
（一二五）

春の暮を詠んだ歌

112 春が深まり強風がひどく吹く家には、散り残るような花もないことよ。

112 参考 「雁金の帰る羽風や誘ふらむ過ぎ行く峰の花も残らぬ」（新古今・春歌下・一二〇・源重之）

113
ながめこし花《はな》もむなしく散《ち》りはてて
はかなく春《はる》の暮《く》れにけるかな
（一二六）

113 眺めてきた春の花々も跡形もなく散り果てて、あっけなく春が暮れてしまったことよ。

113 参考 「醒めやらであはれ夢かとたどる間にはかなく年の暮れにけるかな」（続拾遺・雑歌下・一三一三・藤原忠良）

114
いづかたに行《ゆ》き隠《かく》るらむ春霞《はるがすみ》
立《た》ち出《い》でて山の端《は》にも見えなで
（一一七）

115
行《ゆ》く春の形見《かたみ》と思《おも》ふを天《あま》つ空《そら》
有明《ありあけ》の月はかげも絶《た》えにき
（一一八）

三月尽

116
惜《お》しむとも今宵《こよひ》明《あ》けなば明日《あす》よりは
花《はな》の袂《たもと》を脱《ぬ》ぎや替《か》へてむ
（一三〇）

114 どこに移って隠れてしまったのだろう春霞は。立ち去って山の端にさえ見えなくなって。

霞に春の到来を知る冒頭三首、立ち満ちてすっかり春めく19～22番歌を経て、いつの間にか霞は消え、春は終りを告げる。

115 行く春の名残と思って大空を眺めていたのに、有明の月はすっかり消えてしまった。

三月末日

116 どんなに惜しんでも今夜が明けてしまえば、明日からは春の衣裳から夏衣へ脱ぎ替えてしまうのだな。

114 ○立ち出でて　立ち去って。「立つ」は「霞」の縁語。**参考**「人知れず思ふ心は春霞立ち出でて君が目にも見えなむ」（古今・雑歌下・九九九・藤原勝臣）「いづかたに立ち隠れつつ見よとてか思ひぐまなく人のなりゆく」（後撰・恋三・七四八・藤原千景）

115 **参考**「行く春の形見とや咲く藤の花そをだに後の色のゆかりに」（拾遺愚草・一九八六・藤原定家）

116 ○花の袂　春の衣裳。**参考**「行く先を惜しみし春の明日よりは来にし方にもなりぬべきかな」（後撰・春歌下・一四二・凡河内躬恒）「夏衣花の袂を脱ぎ替へて春の形見もとまらざりけり」（千載・夏歌・一三六・大江匡房）

夏

更衣を詠《よ》める

117 惜《お》しみこし花の袂《たもと》も脱《ぬ》ぎ替《か》へつ
人の心ぞ夏《なつ》にはありける　（一三三）

夏のはじめの歌《うた》

118 夏衣《なつごろも》龍田《たつた》の山の時鳥《ほとゝぎす》
いつしか鳴《な》かむ声《こゑ》を聞《き》かばや　（一三四）

119 春過《す》ぎて幾日《いくか》もあらねど我《わ》が宿《やど》の
池《いけ》の藤波《ふぢなみ》うつろひにけり　（一三五）

時鳥《ほとゝぎす》を待《ま》つといふことを詠《よ》める

120 夏衣《ごろも》たちし時よりあしひきの
山時鳥《ほとゝぎす》待《ま》たぬ日ぞなき　（一四二）

夏

更衣を詠んだ歌

117 名残惜しんできた春の衣裳を脱ぎ替えた、その途端、人の気分はもうすっかり夏になっていることよ。

春の最終歌にある語句の反復と変化により、時間の流れが滑らかである。「花の袂」（同語）、「惜しむとも」→「惜しみこし」、「脱ぎや替へてむ」→「脱ぎ替へつ」。

夏のはじめの歌

118 もうすっかり夏、龍田山の時鳥は早く鳴いてほしいな、声を聞きたいものだ。

119 春が過ぎてそう日が経ってはいないのだけれど、我が家の池の藤の花は散ってしまった。

時鳥を待つということを詠んだ歌

120 立夏よりこのかた、山時鳥の声を待たない日はない。

117 ○花の袂　華やかな衣裳。ここでは春の衣裳をいう。○惜しみこし　実朝同時代より使われる新しい表現。後鳥羽院が好んで用いた。**参考**「惜しみこし花の袂はそれながら憂き身を替ふる今日とならばや」（太皇太后小侍従集・二八）「惜しみこし花や紅葉の名残さへさらにおぼゆる年の暮かな」（風雅・冬歌・八九三／後鳥羽院御集・二七〇）「惜しみこし同じ名残のゆかりとて花の道より春や行くらむ」（後鳥羽御集五二〇）

118 ○夏衣　「たつ」にかかる枕詞。○龍田の山　大和国の歌枕。「夏が立つ」に「衣」の縁語「裁つ」をかける。○いつしか　早く鳴いてほしいという気分の表現。**参考**「唐衣龍田の山の時鳥うら珍しき今朝の初声」（続千載・夏歌・二三七・藤原基俊）

119 ○藤波　「池」と「波」は縁語。**参考**「時鳥待つとせしまに我が宿の池の藤波うつろひにけり」（風雅・春歌下・三〇七・藤原家隆）

120 ○夏衣たちし　「夏が立つ」と「衣を裁つ」とをかける。**参考**「夏衣たちかへてけるけふよりは山時鳥ひとへにぞ待つ」（新勅撰・夏歌・一三八・二条皇太后宮大弐）

121 時鳥《ほとゝぎす》聞《き》くとはなしに武隈《たけくま》の
まつにぞ夏の日数《ひかず》経《へ》ぬべき
（一四〇・夫木二八七一）

121 時鳥の声をぜひ聞こうと思っているわけでもないのだけれど、待っているだけで夏の日々が過ぎてしまいそうだ。
121〜123は時鳥が気にかかる心境を詠む。

121 ○武隈のまつ　陸奥国の歌枕。「松」から「待つ」を導く。**参考**「今よりは紅葉のもとに宿りせじ惜しむに旅の日数経ぬべし」（拾遺・秋・二〇四・恵慶法師）

122 初声《はつこゑ》を聞《き》くとはなしに今日《けふ》もまた《又》
山時鳥《やまほとゝぎす》待《ま》たずしもあらず
（一四一）

122 初声をぜひ聞こうと思っているのでもないのだけれど、今日もやはり山時鳥を待たないわけではない。

122 **参考**「月夜よし夜よしと人に告げやらば来てふに似たり待たずしもあらず」（古今・恋歌四・六九二・よみ人しらず）

123 時鳥《ほとゝぎす》かならず待《ま》つとなけれども
夜《よ》な〳〵目《め》をも覚《さ》ましつるかな
（一三九）

123 時鳥を何としても待つというわけではないのだけれど、夜毎に、目を覚ましてしまうことだな。

122 123 **参考**「初声の聞かまほしさに時鳥夜深く目をも覚ましつるかな」（拾遺・夏・九六・よみ人しらず）「一声と聞くとはなしに時鳥夜深く目をも覚ましつるかな」（後撰・夏・一七二／拾遺・夏・一〇五・伊勢）

山家時鳥

124 山近《やまちか》く家居《いゑゐ》しせれば時鳥《ほとゝぎす》
鳴《な》く初声《はつこゑ》は我《われ》のみぞ聞《き》く
（一四三）

山家の時鳥

124 山の近くに家を構えているので、時鳥の鳴く初声は私だけが聞いたことよ。
7番歌に通じる詠。

124 **参考**「野辺近く家居しせれば鶯の鳴くなる声は朝な朝な聞く」（古今・春歌上・一六・よみ人しらず）「時鳥まだうちとけぬ忍び音は来ぬ人を待つ我のみぞ聞く」（新古今・夏歌・一九八・白川院）

時鳥《ほとゝぎす》歌

125 あしひきの山時鳥《やまほとゝぎす》木隠《こがく》れて
目《め》にこそ見えね音《おと》のさやけさ　（一四九）

126 葛城《かづらき》や高間《たかま》の山の時鳥《ほとゝぎす》
雲居《くもゐ》のよそに鳴《な》きわたるなり　（一五五）

127 あしひきの山時鳥《やまほとゝぎす》深山出《みやまいで》て、
夜深《よぶか》き月の影《かげ》に鳴《な》くなり　（一五〇・風雅三三二）

128 有明《ありあけ》の月は入《い》りぬる木《こ》の間《ま》より
山時鳥《やまほとゝぎす》鳴《な》きて出《い》づなり　（一五一）

129 みな人の名《な》をしも呼《よ》ぶか時鳥《ほとゝぎす》
鳴《な》くなる声《こゑ》の里《さと》を響《とよ》むか　（一五八）

時鳥の歌

125 山時鳥は木の陰にいて姿こそ目に見えないけれど、声のあざやかなこと。

126 葛城の高間山の時鳥は、高い雲の彼方で空いっぱいに鳴き続けている。

127 山時鳥は深山を飛び立って、真夜中の月の光の中で鳴いている。

128 有明の月が木の後ろに沈むと、その木々の間から、山時鳥が鳴きながら飛び立った。

129 （田長だけではなく）まさに皆の名を呼んでいるのか時鳥は。それで鳴いている声が里を轟かせるのか。

125 **参考**「木隠れて五月待つとも時鳥羽ならはしに枝移りせよ」（後撰・夏・一五九・伊勢）「秋萩をしがらみふせて鳴く鹿の目には見えずて音のさやけさ」（古今・秋歌上・二一七・よみ人しらず）

126 **参考**「夜を重ね待兼山の時鳥雲居のよそに一声ぞ聞く」（新古今・夏歌・二〇五・周防内侍）

127 **参考**「時鳥夜深き声は月待つと起きていを寝ぬ人ぞ聞きける」（続古今・夏歌・二〇七・凡河内躬恒）

128 ○「入る」（月）と「出づ」（時鳥）の対照。**参考**「有明のつれなく見えし月は出でぬ山時鳥待つ夜ながらに」（新古今・夏歌・二〇九・藤原良経）「都人寝で待つらめや時鳥今ぞ山辺を鳴きて出づなり」（拾遺・夏・一〇一・右大将道綱母）

129 時鳥の異称「死出の田長」を踏まえた詠と思われる。○里を響む時鳥の鳴き声にどよめく人々の声と解する説（大系・鎌田評釈）もある。**参考**「幾ばくの田を作ればか時鳥死出の田長を朝な朝な呼ぶ」（古今・雑体・一〇一三・藤原敏行）「恋ひ死なば恋ひも死ねとや時鳥もの思ふ時に来鳴き響むる」（万葉・巻十五・三八〇二・中臣宅守）

130 ○たづたづし　はっきりしない。おぼつかない。危なっかしい。勅撰集には用例があるが、『万葉集』には見当たらない表現。参考「たそがれのたづたづしさに藤の花折り迷ふ袖に春雨の空」（後鳥羽院御集・一五二六）「夜や暗き道や惑へる時鳥我が宿をしも過ぎがてに鳴く」（古今・夏歌・一五四・紀友則）

131 ○五月待つ　時鳥、橘に使われることが多い。○小田の益荒男　農夫。田夫。○暇なみ　暇がないので。田植えで忙しいのである。参考「雨降れば小田の益荒男暇あれや苗代水を空に任せて」（新古今・春歌上・六七・勝命法師）

132 ○末葉　先端の葉。参考「五月雨に水まさるらし宇治橋や蜘蛛手にかかる波の白糸」（山家集・二〇八・西行）「三島江の入り江の真薦雨降ればいとど萎れて刈る人もなし」（新古今・夏歌・二二八・源経信）

133 ○葺く　菖蒲、蓬などを軒端に押しかざし邪気を払う。参考「つれづれと音絶えせぬは五月雨の軒の菖蒲の雫なりけり」（後拾遺・夏・二〇八・橘俊綱）後代の例に「隠れ沼に生ひて根深き菖蒲草心も知らず誰か引きけむ」（新後拾遺・夏歌・二〇八・寛尊法親王）

夕時鳥

130
夕闇《ゆふやみ》のたづたづ《〱》しきに時鳥《ほとゝぎす》
声《こゑ》うら悲《がな》し道《みち》や惑《まど》へる　（一四四）

夏歌

131
五月待《さつきま》つ小田《をだ》の益荒男暇《ますらおいとま》なみ
堰《せ》き入《い》るる《ゝ》水《みづ》に蛙鳴《かはづな》くなり　（一三八）

132
五月雨《さみだれ》に水まさるらし菖蒲草《あやめぐさ》
末葉《うれは》隠《かく》れて刈《か》る人のなき　（一六三）

五月雨降《あめふ》れるに菖蒲草《あやめぐさ》をみて詠《よ》める

133
袖濡《そでぬ》れて今日《けふ》葺く宿《やど》の菖蒲草《あやめぐさ》
いづれの沼《ぬま》に誰《たれ》か引《ひ》きけむ　（一六二）

夕べの時鳥

130 夕闇のぼんやりした中で鳴く時鳥の声が何となく悲しく聞こえる、道に迷ったのだろうか。

夏の歌

131 雨の五月を待っている農夫は脇目も振らずに働いているので、堰きとめて田に引き入れた水の中で我がもの顔に蛙が鳴いている。

雨の降る前の多忙な状況。人の目が届かないので農夫の引き入れた水田で蛙がのどかに鳴いている光景のおもしろさ。

132 五月雨で水かさが増えたのだろう、菖蒲草の葉先まで水に隠れて刈る人がいない。

待っていた五月雨が降る。

五月雨が降っている折、菖蒲草を見て詠んだ歌

133 五月雨に袖を濡らして今日軒先にかざす菖蒲草の見事なこと、どこの沼で誰が引いてきたのやら。

134 五月雨は心あらなむ雲間《くもま》より
出《い》でくる月を待《ま》てば苦《くる》しも　（一六四）

134 五月雨には思いやりの心があってほしいな、雲の間から出てくる月を待っているのはとても辛いものなのだよ。

135 五月雨《さみだれ》に夜の更《ふ》けゆけば時鳥《ほとゝぎす》
ひとり山辺《やまべ》を鳴《な》きて過《す》ぐなり　（一五二）

135 五月雨の降るまま夜が更けてゆくと、時鳥が一羽山辺を鳴いて飛んでいった。
　この歌から138番歌までは、五月雨と時鳥を詠む。

136 五月雨《さみだれ》の露《つゆ》もまだひぬ奥山《おくやま》の
真木《まき》の葉隠《はがく》れ鳴《な》く時鳥《ほとゝぎす》　（一五三）

136 五月雨の水滴もまだ乾かない奥山、その槙の葉の蔭で鳴く時鳥よ。

137 五月雨の雲《くも》のかゝれる巻目《まきもく》の
檜原《ひはら》が峰《みね》に鳴《な》く時鳥《ほとゝぎす》　（一五四・夫木二八七〇）

137 五月雨の雲に覆われている巻向の檜原、その峰に鳴く時鳥よ。

138 五月《さ》山木高《こだか》き峰《みね》の時鳥《ほとゝぎす》
たそがれ時の空《そら》に鳴《な》くなり　（一五七）

138 五月雨時の木高い山の峰にいる時鳥は、たそがれ時の空で鳴くのだ。

134 五月雨の中月を待つ心境を詠む。この歌から138番歌まで、詞書にそぐわない。脱落したか。**参考**「三輪山をしかも隠すか雲だにも心あらなむ隠さふべしや」（万葉・巻一・一八・井戸王）「雁金は今は来鳴きぬ我が待ちし紅葉はやつげ待てば苦しも」（万葉・巻十・二一八七・作者未詳）

135 **参考**「五月雨の晴れ間も見えぬ雲路より山時鳥鳴きて過ぐなり」（山家集・一九八・西行）

136 **参考**「村雨の露もまだ乾ぬ槙の葉に霧立ち上る秋の夕暮」（新古今・秋歌下・四九一・寂蓮）

137 ○巻目　巻向に同じ。奈良県三輪の地名。垂仁・景行両天皇の皇居があった。巻目の檜原の山と時鳥を組み合わせた歌は珍しい。○檜原　巻目の景。雲、霧と取り合わせて詠まれることが多い。**参考**「時鳥聞きつとや思ふ五月雨の雲のほかなる空の一声」（新勅撰・夏歌・一七三・慈円）

138 **参考**「五月雨の雲の晴れ間に月冴えて山時鳥空に鳴くなり」（千載・夏歌・一八八・賀茂成保）

139　○いにしへ　過ぎし日。参考「五月待つ花橘の香をかげば昔の人の袖の香ぞする」（古今・夏歌・一三九・よみ人しらず）「浮雲のいざよふ宵の村雨に追ひ風著く匂ふ橘」（千載・夏歌・一七三・藤原家基）

140　○夜の衣　ねまき。○物思ふ宿　秋の歌によくみられる表現。橘を配するのは珍しい。参考「橘の匂ふあたりのうたた寝は夢も昔の袖の香ぞする」（新古今・夏歌・二四五・俊成女）「鳴きわたる雁の涙や落ちつらむ物思ふ宿の萩の上の露」（古今・秋歌上・二二一／近代秀歌・四一・よみ人しらず）

141　参考「五月山卯の花月夜時鳥聞けども飽かずまた鳴かむかも」（万葉・巻十・一九五七・作者未詳）「時鳥心して鳴け橘の花散る里の五月雨の空」（後鳥羽院御集・四二三）

142　○幣に手向けて　幣として神に手向けて。「紅葉葉」の例は多いが、「五月雨」を手向ける、という表現は珍しい。○三熊野　熊野三社の別称。参考「紅葉葉を幣と手向けて散らしつつ秋とともにや行かむとすらむ」（後撰・離別　羇旅・一三三八・大輔）「降る雪を空に幣とぞ手向けつる春のさかひに年のこゆれ

故郷盧橘

139
いにしへを偲《しの》ぶとなしに故郷《ふるさと》の
夕《ゆふべ》の雨《あめ》に匂《にほ》ふ橘《たちばな》　（一六〇・続後拾遺五四七）

盧橘薫衣

140
うたゝねの夜《よる》の衣《ころも》に香《かほ》るなり
物思《ものおも》ふ宿《やど》の軒《のき》の橘《たちばな》　（一六一）

時鳥《ほとゝぎす》を詠《よ》める

141
時鳥《ほとゝぎす》聞《き》けども飽《あ》かず橘《たちばな》の
花散《ち》る里《さと》の五月雨《さみだれ》のころ　（一五九・新後撰二〇九）

社頭時鳥

142
五月雨《さみだれ》を幣《ぬさ》に手向《たむ》けて三熊野《みくまの》の
山時鳥《ほとゝぎす》鳴《な》き響《とよ》むなり　（六三八）

故郷の盧橘（花橘）

139とりたてて恋しい昔があるわけではないけれど懐かしい気がする、故郷の夕刻の雨にひときわ匂う橘は。

盧橘を衣に薫じて

140うとうととまどろむ夜着に薫っている、物思いに沈む家の軒端の橘は。

時鳥を詠んだ歌

141時鳥の声はいくら聞いても、飽きないことだ、橘の花が散る里の五月雨の頃は。

橘の詠を二首挟み、ここから145まで、再び時鳥の歌群が配される。

社頭の時鳥

142五月雨を幣として神に供えて、熊野三社の山時鳥は鳴き声を轟かせている。

ば」（新勅撰・冬歌・四四二・紀貫之）

143　○あやな　甲斐がない。**参考**「年を経て深山隠れの時鳥聞く人もなき音をのみぞ鳴く」（拾遺・雑春・一〇七三・藤原実方）

144　**参考**「五月闇くらはし山の時鳥おぼつかなくも鳴きわたるかな」（拾遺・夏・一二四・藤原実方）「五月闇おぼつかなきに時鳥鳴くなる声のいとどはるけさ」（和漢朗詠・夏・一八三・明日香王子）「時鳥深き峰より出でにけり外山の裾に声の落ちくる」（新古今・夏歌・二一八・西行）

145　○神南備山　大和国の歌枕。**参考**「己が妻恋ひつつ鳴くや五月闇神南備山の山時鳥」（新古今・夏歌・一九四・よみ人しらず）

146　○玉　しらたま。真珠。宝石。**参考**「さ牡鹿の朝たつ野辺の秋萩に玉と見るまでおける白露」（万葉・巻八・一六〇二・大伴家持）「青柳の糸より伝ふ白露を玉と見るまで春雨ぞ降る」（貞享本『金槐和歌集』・四一・実朝）

雨いたく降《ふ》れる夜《よ》、ひとり時鳥《ほとゝぎす》を聞《き》きて詠《よ》める

143
時鳥《ほとゝぎす》鳴《な》く声《こゑ》あやな五《さ》月闇《やみ》
聞《き》く人なしみ雨《あめ》は降《ふ》りつつ　（一四八）

深夜郭公

144
五《さ》月闇《やみ》おぼつかなきに時鳥《ほとゝぎす》
深《ふか》き峰《みね》より鳴《な》きて出《い》づなり　（一四五）

145
五月闇神南備山《さつきやみかみなびやま》の時鳥《ほとゝぎす》
妻恋《つまご》ひすらし鳴《な》く音悲《ねかな》しも　（一四六・万代六一三）

蓮露似玉

146
小夜更《さよふ》けて蓮《はす》の浮葉《うきは》の露《つゆ》の上《うへ》に
玉《たま》と見るまで宿《やど》る月影《かげ》　（一六七）

雨がひどく降る夜、ひとり時鳥を聞いて詠んだ歌

143 五月の闇夜では時鳥の鳴く声も甲斐のないことだ、聞く人もいないし雨ばかりが降っていて。

深夜の時鳥

144 五月の闇夜は景色もわからず頼りないのに、時鳥は深い峰から鳴いて出てきたことだ。

145 五月の闇夜に神南備山の時鳥は妻を恋い慕っているようだ、鳴く声の切ないことよ。

蓮の露、玉に似たり

146 夜が更けると蓮の浮き葉に置く露の上に、玉かと見紛うほどに美しく映る月の光よ。

河風似秋

147
岩潜《いはくゞ》る水《みづ》にや秋の龍田川《たつたがは》
川風涼《かはかぜすゞ》し夏の夕暮《ゆふぐれ》
（一六八）

河風、秋に似たり

147 岩の下を流れる水にはもう秋が立ったのだろうか、龍田川の川風が涼しい夏の夕暮だ。

147 ○龍田川　秋が「立つ」をかける。**参考**「岩潜る滝の白糸絶えせでぞ久しく世々に経つつ見るべき」（後拾遺・賀・四五四・後冷泉院）「紅葉葉の流れざりせば龍田川水の秋をば誰か知らまし」（古今・秋歌下・三〇二・坂上是則）

「蛍火乱飛秋已近」といふ事を

148
杜若《かきつばた》生《お》ふる沢辺《さはべ》に飛《と》ぶ蛍《ほたる》
数《かず》こそまされ秋や近《ちか》けむ
（一六九・夫木三二七〇）

「蛍火乱れ飛び秋已に近し」という事を

148 杜若の生えている沢辺に飛ぶ蛍の数がずいぶん増えた、秋が近いのだろうな。

148 ○蛍火乱飛秋已近　辰星早没夜初長」（元稹『和漢朗詠集』）に拠る。**参考**「五月闇鵜川に点す篝火の数増すものは蛍なりけり」（詞花・夏・七四・よみ人しらず）

149
夏山《やま》に鳴《な》くなる蝉《せみ》の木隠《こがく》れて
秋近《ちか》しとや声《こゑ》も惜《お》しまぬ
（一七〇）

149 夏山に鳴いている蝉は、木陰に隠れ、秋が近いと告げているのか、声の限りを尽している。

149 詞書にそぐわぬ歌意である。脱落したか。**参考**「嵐吹く梢遥かに鳴く蝉の秋を近しと空に告ぐなり」（拾遺愚草・八二五・藤原定家）

水無《みな》月の廿日あまりの頃《ころ》、夕風簾《すだれ》を動《うご》かすを詠《よ》める

150
秋近《ちか》くなるしるしにや玉垂《たまだ》れの
小簾《こす》の間通《まとを》し風《かぜ》の涼《すゞ》しき
（一七三）

六月二十日過ぎ頃、夕風が簾を動かすのを詠んだ歌

150 秋が近くなった兆しなのだろうな、簾の間を通して風が涼しいのは。

150 ○玉垂れ　枕詞。「小簾」にかかる。○小簾　こす。古くは「をす」。簾の意。**参考**「玉垂れの小簾の間通しひとり居て見るしるしなき夕月夜かも」（万葉・巻七・一〇七七・作者未詳）

「夜風冷衣」といふことを

151 夏深《なつふか》み思（ひ）もかけぬうたゝねの
夜《よる》の衣《ころも》に秋風《あきかぜ》ぞ吹《ふ》く　（一七二）

夏の暮《くれ》に詠《よ》める

152 昨日まで花の散《ち》るをぞ惜《お》しみこし
夢《ゆめ》か現《うつゝ》か夏も暮《く》れにけり　（一七五）

153 禊《みそぎ》する川瀬《かはせ》に暮《く》れぬ夏の日の
入相《いりあひ》の鐘《かね》のその声《こゑ》により　（一七六）

154 夏はたゞ今宵《こよひ》ばかりと思（ひ）寝《ね》の
夢路《ゆめぢ》に涼《すゞ》し秋の初《はつ》風　（一七四）

「夜風衣に涼し」ということを

151 夏も盛りとばかり思っていたので全く予期しなかった、短夜にまどろむ単衣の夜着に秋風が吹くとは。

「思ひもかけぬ」は「秋風ぞ吹く」にかかる。次の歌に並んで、季節の移ろいに驚きを感じている一首。

夏の暮に詠んだ歌

152 ついこの間まで春の花が散るのを惜しんできた気がするのに、夢か現か早くも夏も暮れてしまった。

153 禊をする川瀬に暮れたことだ、夏の最後の日は、入相の鐘の音に導かれて。

154 夏はまさに今夜限りと思いながら寝る夢の通い路に涼しく吹くことだ、秋の初風が。

151 ○夜風冷衣　「冷」は「すずし」と読む。**参考**「夏衣まだ単なるうたたねに心して吹け秋の初風」（拾遺・秋・一三七・安法法師）「水無月や竹うちそそぐうたたねの覚むる枕に秋風ぞ吹く」（後鳥羽院御集・一三五）

152 **参考**「昨日まで惜しみし花も忘られて今日は待たるる時鳥かな」（後拾遺・夏・一六六・藤原明衡）「いつの間に紅葉しぬらむ山桜昨日か花の散るを惜しみし」（新古今・秋歌下・五二三・具平親王）

153 ○禊する　水無月祓の禊。○入相の鐘　日没を告げる鐘。**参考**「禊する川瀬に小夜や更けぬらん返る袂に秋風ぞ吹く」（千載・夏歌・二二五・よみ人しらず）「今日過ぎぬ命もしかとおどろかす入相の鐘の声ぞ悲しき」（新古今・釈教・一九五五・寂然）

154 **参考**「帰り来ぬ昔を今と思ひ寝の夢の枕に匂ふ橘」（新古今・夏歌・二四〇・式子内親王）「夏と秋と行き交う空の通ひ路はかたへ涼しき風や吹くらむ」（古今・夏歌・一六八・凡河内躬恒）

秋

七月一日の朝《あした》に詠《よ》める

155 昨日《きのふ》こそ夏は暮《く》れしか朝戸出《あさといで》の
衣《ころも》手《で》寒《さむ》し秋の初風《はつかぜ》
（一八〇・新続古今三四七・万代七七九）

海辺（に）秋来《き》たるといふ心を

156 霧《きり》立《た》ちて秋《あき》こそ空《そら》に来《き》にけらし
吹上《ふきあげ》の浜《はま》の浦《うら》の潮風《しほかぜ》
（一八三）

157 うちはへて秋は来《き》にけり紀《き》の国《くに》や
由良《ゆら》の御崎《みさき》の海人《あま》の浮子縄《うけなは》
（一八四）

秋

七月一日の朝に詠んだ歌

155 昨日夏が暮れたばかりなのに今朝外に出たら衣の袖の寒いこと、秋の初風が吹いて。夏の最終歌から秋冒頭歌に続く時間の流れは滑らか。夢路ではない、現実に「秋の初風」が吹いている。

海辺に秋が来たという趣を

156 霧が立って秋がまさに空にやってきたようだ、砂を巻き上げる吹上の浜の浦の潮風に乗って。

157 見渡す限り秋はやって来た、紀の国の由良の御崎に海人が仕掛けた浮け縄の遠く延びたはるか彼方まで。

155 秋 ○朝戸出　朝、戸を開けて外に出ること。⟷夜戸出　参考「昨日こそ秋は暮れしかいつのまに岩間の水の薄氷るらむ」（千載・冬歌・三八七・藤原公実）「朝戸出の衣手寒し雁金の聞こゆる空に秋風ぞ吹く」（万代・秋歌上・九〇五・信生法師）

156 ○吹上の浜　和泉国の歌枕。波や風と詠まれることが多い。『公任集』四四七番歌詞書に「吹上の浜に至りぬ。風の砂《いさご》を吹き上ぐれば、霞のたなびくやうなり。げに名にたがはぬ所なりけり」とある。風で砂が吹き上げられ、霞か霧のように見える、というのが「吹上の浜」の由来のようである。参考「ほのぼのと春こそ空に来にけらし天の香具山霞たなびく」（新古今・春歌上・二・後鳥羽院）「打ち寄する波の声にてしるきかな吹上の浜の秋の初風」（新古今・雑歌中・一六〇九・祝部成仲）

157 ○うちはへて　打ち延へて。「浮子縄」の縁語。時間と空間を示す語だが、この場合は空間の広大さ。○由良の御崎　紀伊国の歌枕。由良の湊、由良の門に接していると理解されている。○浮子縄　うきをつけた縄。網、延縄を浮かせる。「海人の浮子縄」「網の浮子縄」も後代に定着する表現。参考「うちはへて苦しきものは人目のみしのぶの浦の海人のたく縄」（新古今・恋歌二・一〇九六・二条院讃岐）「浦人の難波の春の朝凪に霞を結ぶ網の浮子縄」（後鳥羽院御集・六六七）

158 ○山の蝉　寒蝉。蜩。つくつく法師。カナカナ。夏から秋にかけて鳴く。勅撰集には用例が見当たらない。参考「山の蝉鳴きて秋こそ更けにけれ木木の梢の色まさりゆく」（後鳥羽院御集・一六三八）

159 参考「しきたへの枕の上を過ぎぬなり露を尋ぬる秋の初風」（新古今・秋歌上・二九五・源具親）「野原より露のゆかりを尋ね来て我が衣手に秋風ぞ吹く」（新古今・秋歌下・四七一／後鳥羽院御集・一二四三）

160 参考「年を経て住みこし宿を出でていなばいとど深草野とやなりなむ」（古今・雑歌下・九七一・在原業平）「深草の露のよすがを契にて里をば離れず秋は来にけり」（新古今・秋歌上・二九三・藤原良経）

161 参考「草木まで秋のあはれをしのべばや野にも山にも露こぼるらむ」（千載・秋歌上・二六三・慈円）

寒蝉鳴

158
吹《ふ》く風《かぜ》の涼《すず》しくもあるかお《を》のづから
山の蝉《せみ》鳴《な》きて秋は来《き》にけり
（一八九）

秋のはじめの歌《うた》

159
住《す》む人もなき宿《やど》なれど荻《おぎ》の葉《は》の
露《つゆ》を尋《たづ》ねて秋《あき》は来《き》にけり
（一八六）

160
野《の》となりて跡《あと》は絶《た》えにし深草《ふかくさ》の
露《つゆ》の宿《やど》りに秋は来《き》にけり
（一八五）

白露

161
秋は早《や》来《き》にけるもの《物》をおほかたの
野《の》にも山にも露ぞ置《を》くなる
（一八七）

寒蝉鳴く

158 吹く風が涼しいわけだ、自然に時は移り山の蜩が鳴き秋はやって来たのだ。

秋のはじめの歌

159 住む人もいない家だけれど、そこにも荻の葉に置く露を尋ねて秋はやって来たことだ。

160 野となって昔の痕跡もとどめていない深草の里の、露だけが置く家にも秋はやって来た。

白露

161 秋が早くも来てしまったことよ、あたりいっぱい野にも山にも露が置いていることは。

秋風

162 夕《ゆふ》されば衣手《ころもで》涼《すず》し高円《たかまど》の
尾上《をのへ》の宮《みや》の秋の初《はつ》風　（一八二・新勅撰二〇七）

163 眺《なが》むれば衣手《ころもで》寒《さむ》し夕月夜《ゆふづくよ》
佐保《さほ》の川原《かはら》の秋の初風《はつかぜ》　（一八一）

秋のはじめに詠《よ》める

164 天《あま》の川《がは》水泡《みなは》逆巻《さかま》き行《ゆ》く水の
早《はや》くも秋《あき》の立《た》ちにけるかな　（一九二）

165 ひさかたの天《あま》の川原《かはら》をうち眺《なが》め
いつかと待《ま》ちし秋も来《き》にけり　（一九三）

166 彦星《ひこぼし》の行合《ゆきあひ》を待《ま》つひさかたの
天《あま》の川原《かはら》に秋風ぞ吹《ふ》く　（一九四・新勅撰二〇八）

秋風

162 夕刻になると袖が涼しい、高円の尾上の宮に秋の初風が吹いて。

163 夕月夜を眺めていると袖が寒いことだ、佐保の川原に秋の初風が吹いて。

秋のはじめに詠んだ歌

164 天の川の激しく波を立てて流れる水のように、早くも秋が立ったことよ。

165 遠い空の天の川原を眺めては、いつになったら、と待ち望んでいた秋ももうやって来た。

166 彦星が織姫との逢瀬を待つ天の川原に、その時の近いことを告げる秋風が吹いている。

162 参考「夕されば衣手寒しみ吉野の吉野の山にみ雪降るらし」（古今・冬歌・三一七・よみ人しらず）「いたづらに花や散るらむ高円の尾上の宮の春の夕暮」（続後撰・春歌下・一二七・藤原行能）

163 ○夕月夜　夕方の月。陰暦十日以前の夕方に月が出る頃の夜。参考「眺むれば衣手涼しひさかたの天の川原の秋の夕暮」（新古今・秋歌上・三二一式子内親王）

164 ○天の川水泡逆巻き行く水の「早くも」を導く。○逆巻く　水底から湧き上がるように激しく波立つ。参考「宇治川の水泡逆巻き行く水のことかへらずぞ思ひそめてき」（万葉・巻十一・二四三四・作者未詳）「石走る初瀬の川の波枕早くも年の暮れにけるかな」（新古今・冬歌・七〇三・藤原実定）

165 参考「時鳥いつかと待ちし菖蒲草今日はいかなるねにか鳴くべき」（新古今・恋歌一・一〇四三・藤原公任）「秋風の吹きにし日よりひさかたの天の川原に立たぬ日はなし」（古今・秋歌上・一七三・よみ人しらず）

166 参考「彦星の行合を待つ鵲の門渡る橋を我に貸さなむ」（新古今・雑歌下・一七〇〇・菅原道真）

167
夕《ゆふ》されば秋風涼《かぜすゞ》し七夕《たなばた》の
天《あま》の羽《は》衣《ごろも》裁《た》ちや替《か》ふらむ《ん》
（一九五）

167 夕方になると秋風が涼しい、織女は布を裁って天の羽衣を新しく仕立てるのだろうか。

167 ○裁ち替ふ　布を裁って衣服に作り変える。参考「七夕の天の羽衣うち重ね寝る夜涼しき秋風ぞ吹く」（新古今・秋歌上・三一八・藤原高遠）「蝉の羽も裁ち替へてける夏衣かへすを見てもねは泣かれけり」（源氏物語・四三）

七夕

168
天《あま》の川霧《がはきり》立《た》ち渡《わた》る彦星《ひこぼし》の
妻迎《つまむか》へ舟《ぶね》はやも漕《こ》がなむ《ん》
（一九六）

168 天の川に霧が立ちこめる——彦星の織女を迎えに出る舟は早く漕がなくては。

168〜171に詠む。
舟を漕ぐ彦星、逢瀬、別れの時までを、

168 ○漕がなむ「なむ」は終助詞。参考「天の川霧立ち渡り彦星の舵の音聞こゆ夜の更け行けば」（万葉・巻十・二〇四八・作者未詳）「彦星の妻迎へ舟漕ぎつらし天の川原に霧の立てるは」（万葉・巻八・一五三一・山上憶良）「松も引き若菜も摘まずなりぬるをいつしか桜はやも咲かなむ」（後撰・春上・五・藤原実頼）

169
恋ひ恋ひ《〱》てまれに逢《あ》ふ夜《よ》の天《あま》の川《がは》
川瀬《かはせ》の鶴《たづ》は鳴《な》かずもあらなむ
（一九七・夫木四〇一七）

169 恋心を募らせてまれの逢瀬をもつ今宵の天の川、川瀬の鶴は鳴いて邪魔しないでほしいな。

169 参考「恋ひ恋ひて逢ふ夜は今宵天の川霧立ち渡りあけずもあらなむ」（古今・秋歌上・一七六・よみ人しらず）「恋ひ恋ひてまれに今宵ぞ逢坂の木綿付鳥は鳴かずもあらなむ」（古今・恋歌三・六三四・よみ人しらず）

170
七夕《たなばた》の別《わか》れを惜しみ天《あま》の川《がは》
安《やす》の渡《わたり》に鶴《たづ》も鳴《な》かなむ《ん》
（一九八・夫木四〇一八）

170 牽牛・織女の別れを惜しんで、天の川の渡しで鶴も鳴くがよい。

170 ○安の渡り　天の川の渡し。参考「七夕の逢瀬はかたき天の川安の渡も名のみなりけり」（風雅・秋歌上・四六八・藤原重家）

171 いまはしも別《わか》れもすらし七夕《たなばた》は
天《あま》の川原《かはら》に鶴《たづ》ぞ鳴《な》くなる
（一九九）

171 いままさに別れるところなのだろうな、牽牛と織女は——天の川原で鶴が鳴いているということは。

171 参考「七夕はいまや別るる天の川川霧立ちて千鳥鳴くなり」（新古今・秋歌上・三三七・紀貫之）

秋のはじめ月明《あ》かかりし夜《よ》

172 天《あま》の原雲《はらくも》なき宵《よゐ》にひさかたの
月冴《さ》えわたる鵲《かさゝぎ》の橋《はし》
（二〇〇）

秋のはじめの月の明るい夜

172 大空に雲ひとつない晴れた宵には、はるか彼方まで月が冴え渡っている、鵲の橋を照らして。

172 ○ひさかたの「月」にかかる枕詞。○月冴えわたる「わたる」は「月」「橋」の縁語。貞享本の表記は「月さへ渡る」。○鵲の橋 牽牛と織女を会わせるために、鵲が羽を広げて並べ、橋を作るという想像上の橋。宮中の御階。参考「天の川扇の風に霧晴れて空澄みわたる鵲の橋」（元輔集・七三・清原元輔）

173 秋風《かぜ》に夜《よ》の更《ふ》けゆけばひさかたの
天《あま》の川原《かはら》に月傾《かたぶ》きぬ
（二〇一・新続古今四七三・万代一〇一〇）

173 秋風に乗って夜が更けていくと、遠い天の川の川原に月が沈みかけている。
172 173は、七夕の逢瀬も過ぎた静かな天空の世界を想定し、そこに射す月と沈もうとする月を並べたものか。

173 参考「秋風に夜の更けゆけば天の川川瀬に波の立ち居こそ待て」（拾遺・秋・一四三・紀貫之）「小夜千鳥吹飯（ふけひ）の浦に訪れて絵島が磯に月傾きぬ」（千載・雑歌上・九九〇・藤原家基）

七月十四日夜、勝長寿院の廊《らう》に侍りて、月のさし入《い》りたりしを詠《よ》める

174 眺《なが》めやる軒《のき》のしのぶの露《つゆ》の間《ま》に
いたくな更《ふ》けそ秋の夜《よ》の月
（二〇二）

七月十四日夜、勝長寿院の回廊にいて、月光が射し込んできたのを詠んだ歌

174 眺めて昔をしのぶわずかの間に、そんなに早く更けていくな、秋の夜の月よ。

174 ○しのぶ 忍草。軒先に吊るして鑑賞する。○軒のしのぶの「露」を引き出す序詞。○露の間 露が消えようとするわずかな間。暫く。しばし。参考「故郷は散る紅葉葉に埋もれて軒のしのぶに秋風ぞ吹く」（新古今・秋歌下・五三三／近代秀歌・七・源俊頼）「君待つと寝屋へも入らぬ槙の戸にいたくな更けそ山の端の月」（新古今・恋歌三・一二〇四・式子内親王）

曙《あけぼの》に庭《には》の荻《おぎ》を見《み》て

175 朝《あさ》ぼらけ荻《おぎ》の上《うへ》吹《ふ》く秋風に
下葉《したば》押《を》し靡《な》み露《つゆ》ぞこぼるる
（二一一）

夜明け方に庭の荻を見て

175 明け方に荻の上を吹く秋風のせいで、下葉が伏すように靡いて露がこぼれ散っている。

頭注に挙げた歌と異なり、実朝詠は心情を表出しない叙景歌である。

175 ○押し靡み　押し伏せられて。**参考**「秋はただものをこそ思へ露かかる荻の上吹く風につけても」（新古今・秋歌上・三五四・源重之女）「秋の野の尾花が上を押し靡みて来しくも著く逢へる君かも」（万葉・巻八・一五八一・安倍虫麿）

「秋の野に置《お》く白露《しらつゆ》は玉《たま》なるや」といふことを
人々《く》に仰《おほ》せてつかうまつらせし時詠《よ》める

176 ささがにの玉《たま》抜《ぬ》く糸《いと》の緒《を》を弱《よは》み
風《かぜ》に乱《みだ》れて露《つゆ》ぞこぼるる
（二五六）

「秋の野に置く白露は玉なるや」を題に人々に命じて進献させた折に詠んだ歌

176 蜘蛛が玉を貫く糸が脆いので、風に乱れて露がこぼれ落ちていることよ。

176 ○仰せて　自敬語。○ささがに　蜘蛛の異称。○糸の緒　同じ意の語を重ねて不自然であるが、実朝は「糸」と「緒」を異なるニュアンスで捉えているのかも知れない。**参考**「秋の野に置く白露は玉なれや貫きかくる蜘蛛の糸筋」（古今・秋歌上・二二五・文屋朝康）「片糸もち貫きたる玉の緒を弱み乱れやしなむ人の知るべく」（万葉・巻十一・二八〇一・作者未詳）

秋歌

177 花に置《を》く露《つゆ》を静《しづ》けみ白菅《しらすげ》の
真野《まの》の萩原《はぎはら》しを《ほ》れあひにけり
（二〇六・万代八五五）

秋の歌

177 花々に置く露がしっとりと動かないので、その重さで真野の萩原は折り重なるように撓んでいる。

前二首の「動」とは対照的な「静」の光景。

177 ○白菅の　枕詞。「真野」「知る」にかかる。**参考**「置く露も静心なく秋風に乱れて咲ける真野の萩原」（新古今・秋歌上・三三二・祐子内親王家紀伊）

178 ○小野 「を」は接頭語。野原。○立ち返り 夕霧が「立つ」に「立ち返る（戻る）」をかける。参考「春深み井手の川波立ち返り見てこそゆかめ山吹の花」（拾遺・春・六八・源順）

179 ○きつつ 「着つつ」と「来つつ」をかける。参考「唐衣着つつなれにし妻しあればはるばる来ぬる旅をしぞ思ふ」（古今・羇旅歌・四一〇・在原業平）「山路にてそぼちにけりな白露の暁おきの木々の雫に」（新古今・羇旅・九二四・源国信）

180 ○きて 「着て」と「来て」をかける。参考「主知らぬ香こそ匂へれ秋の野に誰脱ぎかけし藤袴ぞも」（古今・秋歌上・二四一・素性法師）「山吹の花色衣主や誰問へど答へずくちなしにして」（古今・雑体・一〇一二・素性法師）

181 ○鳥狩 鷹を使って鳥を捕える狩。○砥上が原 相州鎌倉にあった野原。現在の神奈川県藤沢市鵠沼付近。○蘭 藤袴の古称。○主は旧りにし 「旧る」は「年をとる」「忘れ去られる」の意。参考「宿りせし人の形見か藤袴忘られがたき香に匂ひつつ」（古今・秋歌上・二四〇・紀貫之）「里は荒れて人は旧りにし宿

路頭萩

178
道《みち》の辺《べ》の小野《おの》の夕霧《ゆふぎり》立《た》ち返《かへ》り
見てこそ行《ゆ》かめ秋萩《はぎ》の花《はな》
（二〇九・新勅撰二三六）

草花を詠《よ》める

179
野辺《のべ》に出《いで》てそぼちにけりな唐衣《からごろも》
きつつわけゆく花の雫《しづく》に
（二〇三）

180
藤袴《ふぢばかま》きて脱《ぬ》ぎかけし主《ぬし》や誰《たれ》
問《と》へど答《こた》へず野辺《のべ》の秋風
（二一五）

鳥狩《とがり》しに砥上《とがみ》が原《はら》といふ所にいで侍りし時、
荒《あ》れたる庵《いほり》の前《まへ》に蘭《らん》咲《さ》けるを見《み》て詠《よ》める

181
秋風《かぜ》になに匂《ほ》ふほふらむ藤袴《ふぢばかま》
主《ぬし》は旧《ふ》りにし宿《やど》と知《し》らずや
（二一六）

路頭の萩

178 道端の野原に夕霧が立つ、立ち戻ってしっかり目に留めていこう、秋萩の花を。

草花を詠んだ歌

179 野に出てすっかり衣が濡れてしまったことよ、花を分けて進む、その雫で。

180 藤袴を着てやって来て脱いで掛けて行った人は誰なのだと、聞いても答えてはくれぬ、野辺の秋風は。

鷹狩りをしに砥上が原に出かけた折、荒れた庵の前に藤袴が咲いているのを見て詠んだ歌

181 秋風に乗って何故匂うのか藤袴よ、主人はもう年老いてしまった家だと知らないのか。

なれや庭も籬も秋の野良なる」（古今・秋歌上・二四八・遍昭）

182 ○もとあら　根元に葉も花もない荒れた状態。枯れ残った状態。○見る人なしみ　見る人がいないので。参考「故郷のもとあらの小萩咲きしより夜な夜な庭の月ぞうつろふ」（新古今・秋歌上・三九三・藤原良経）「高円の野辺の秋萩いたづらに咲きか散るらむ見る人なしに」（万葉・巻二・二三一・笠金村）

183 参考「春雨はいたくな降りそ桜花いまだ見なくに散らまく惜しも」（万葉・巻十・一八七四・作者未詳）

184 参考「もの思はでただおほかたの露にだに濡るれば濡るる秋の袂を」（新古今・恋歌四・一三二四・藤原有家）「雲かかる遠山端の秋さればば思ひやるだに悲しきものを」（新古今・雑歌上・一五六二・西行）

185 参考「おほかたの夕べはさぞと思へども我がために吹く荻の上風」（秋篠月清集・八三六・藤原良経）「秋風のいたりいたらぬ袖はあらじただわれからの露の夕暮」（新古今・秋歌上・三六六・鴨長明）

故郷萩

182
故郷《ふるさと》のもとあらの小萩《こはぎ》いたづらに
見る人なしみ咲《さ》きか散《ち》りなむ《ん》
（二〇八・新勅撰二三七）

庭《には》の萩《はぎ》を詠《よ》める

183
秋風はいたくな吹《ふ》きそ我《わ》が宿《やど》の
もとあらの小萩《こはぎ》散《ち》らまくも惜《お》し
（二〇七）

夕秋風といふことを

184
秋ならでただおほかたの風《かぜ》の音《をと》も
夕《ゆふべ》はことに悲《かな》しきものを
（二六五）

夕《ゆふべ》の心を詠《よ》める

185
おほかたにもの思（ふ）としもなかりけり
ただ我《わ》がための秋の夕暮《ゆふぐれ》
（二六四）

故郷の萩

182 故郷の枯れ残った萩は見る人がないので、甲斐もなく咲いては散ってしまうのだろう。
前歌「主は旧りにし」から「見る人なしみ」への連想があるか。

庭の萩を詠んだ歌

183 秋風は強く吹くなよ、私の家の庭の枯れ残った萩が散ってしまうのが惜しいから。

夕べの秋風ということを

184 秋に限らずどんな風の音も夕暮れ時は特に悲しいのに、まして秋の夕暮の風はなおのこと。

夕べの思いを詠んだ歌

185 誰もと同じ物思いをしているわけではないのだ、ひたすら私を悲しませるための秋の夕暮には。

186 たそがれにもの思（ひ）居《を》れば我《わ》が宿《やど》の
荻《おぎ》の葉《は》そよぎ秋風《かぜ》ぞ吹《ふ》く

（二一二・玉葉四八六）

186 黄昏時にじっと物思いをしていると、我が家の荻の葉がそよいで秋風が吹いてくる。

187 我《われ》のみや侘《わび》しとは思《おも》ふ花薄《はなすすき》
穂《ほ》に出《い》づる宿《やど》の秋の夕暮《ゆふぐれ》

（二一三）

187 私だけがわびしいと思うのだろうか、花薄の穂が出ている家の秋の夕暮は。

庭《には》の萩《はぎ》わづかに残《のこ》れるを、月さし出《い》でて、後《のち》見るに、散《ち》りにたるにや、花の見《み》えざりしかば

188 萩《はぎ》の花《はな》暮《く》れ暮《ぐ》れまでもありつるが
月出《い》でて見るになきがはかなさ

（二一〇）

庭の萩がわずかに残っていたのを、月が出た後に見ると、散ってしまったのだろう、花が見えなかったので

188 萩の花は暮れ方まで咲いていたのに、月が出てから見るとない、わずかな間のそのあっけなさよ。

参考歌はいずれも人の不在を詠む。萩に注目する実朝歌は、技巧のない素直な詠である。

秋を詠《よ》める

189 秋萩《はぎ》の下葉《したば》もいまだうつろはぬに
今朝《けさ》吹《ふ》く風《かぜ》は袂寒《たもとさむ》しも

（二〇四）

秋を詠んだ歌

189 秋萩の下葉もまだ色が変らないというのに、今朝吹く風は袂を通して寒いことだ。

186 **参考**「君待つと我が恋ひ居れば我が宿の簾動かし秋の風吹く」（万葉・巻四・四九一・額田王）「年を経て荒れのみまさる故郷の荻の葉さやぎ秋風ぞ吹く」（正治初度百首・一〇四四・藤原経家）

187 **参考**「我のみやあはれと思はむ蟋蟀鳴く夕影の大和撫子」（古今・秋歌上・二四四・素性法師）「今よりは植ゑてだに見じ花薄穂に出づる秋は侘びしかりけり」（古今・秋歌上・二四二・平貞文）

188 ○暮れ暮れ　暮れ方。日の暮れようとする頃。**参考**「遠き山関も越え来ぬいまさらに逢ふべきよしのなきがさびしさ」（万葉・巻十五・三七五六・中臣宅守）「うつくしと思ひし妹を夢に見て起きてさぐるになきが悲しさ」（拾遺抄・雑下・五六二・よみ人しらず）

189 **参考**「寝覚めする長月の夜の床寒み今朝吹く風に霜や置くらむ」（新古今・秋歌下・五一九・藤原公継）「秋立ちて幾日もあらぬにこの寝ぬる朝明の風は袂涼しも」（万葉・巻八・一五五九・安貴王）

朝顔《あさがほ》

190 風《かぜ》を待《ま》つ草《くさ》の葉《は》に置《を》く露《つゆ》よりも
あだなるもの《物》は朝顔《あさがほ》の花
（二二〇）

野辺《のべ》の刈萱《かるかや》をよめる

191 夕《ゆふ》されば野路《のぢ》の刈萱《かるかや》うちなびき
乱《みだ》れてのみぞ露《つゆ》も置《を》きける
（二一四・新後撰三〇七）

秋歌

192 朝《あさ》な〱露《つゆ》に折《お》れ伏《ふ》す秋萩《はぎ》の
花踏《はなふ》みしだき鹿《しか》ぞ鳴《な》くなる
（二四三・続後撰二九七）

193 萩《はぎ》が花うつろひゆけば高砂《たかさご》の
尾上《おのへ》の鹿《しか》の鳴《な》かぬ日《ひ》ぞなき
（二四二）

朝顔

190 風が吹くのを待つばかりの草の葉に置く露よりも、もっとはかないものは朝顔の花だ。

野辺の刈萱を詠んだ歌

191 夕方になると野路の刈萱が（風に）靡くものだから、露もすっかり乱れて置いていることだ。

秋の歌

192 毎朝毎朝、露の重みで折れ付す萩の花を踏み荒らして鹿が鳴いていることだ。

193 萩の花が散り始めたので、（それを惜しんでか）高砂の峰の鹿が鳴かぬ日はない。

190 参考「風を待つ野原の萩の上露をはかなく宿る夜半の月かな」（忠盛集・一二四・平忠盛）「露をなどあだなるものと思ひけむ我が身も草に置かぬばかりを」（古今・哀傷歌・八六〇・藤原惟幹）「起きて見むと思ひしほどに枯れにけり露よりけなる朝顔の花」（新古今・秋歌上・三四三・曽禰好忠）

191 参考「秋風は吹きむすべども白露の乱れて置かぬ草の葉ぞなき」（新古今・秋歌上・三一〇・大弐三位）

192 参考「奥山に紅葉踏み分け鳴く鹿の声聞く時ぞ秋は悲しき」（古今・秋歌上・二一五／近代秀歌・四七・よみ人しらず）「秋萩をしがらみふせて鳴く鹿の目には見えずて音のさやけき」（古今・秋歌上・二一七・よみ人しらず）

193 参考「秋萩の花咲きにけり高砂の尾上の鹿は今や鳴くらむ」（古今・秋歌上・二一八・藤原敏行）

194 小牡鹿《さをしか》の己《をの》が住《す》む野《の》の女郎花《をみなへし》
花《はな》に飽《あ》かずと音《ね》をや鳴《な》くらむ　（二四一）

194 牡鹿は、自身が住んでいる野の女郎花では物足りない、妻が恋しいと、声を立てて鳴いているのだろうか。
　女性に見立てられる女郎花を詠む面白さ。

194　○花に飽かず　「堪能して見飽きない」、「物足りない」という二通りの解釈が可能。参考　「妻恋ふる鹿ぞ鳴くなる女郎花己が住む野の花と知らずや」（古今・秋歌上・二三三・凡河内躬恒）

195 よそに見て折《お》らでは過ぎじ女郎花《をみなへし》
名《な》をむつまじみ露《つゆ》に濡《ぬ》るとも　（二一七）

195 縁のないものとみて折らずに通り過ぎはしまい、美しい女性という女郎花の名を慕って、露に濡れようとも。

195　○よそに見て　関係のないものとみて。参考　「秋の野に宿りはすべし女郎花名をむつまじみ旅ならなくに」（古今・秋歌上・二二八・藤原敏行）「よそにのみ見つつは行かじ女郎花折らん袂は露に濡るとも」（後拾遺・秋上・三二六・源道済）

196 秋風《かぜ》はあやなな吹《ふ》きそ白露《しらつゆ》の
あだなる野辺《のべ》の葛《くず》の葉《は》の上《うへ》に　（二一九）

196 秋風はむやみに吹くではない、白露がはかなく置いている野辺の葛の葉の上には。

196　○あやな　「あやなし」の語幹。甲斐がない。無意味だ。参考　「山吹はあやなな咲きそ花見むと植ゑけむ君が今宵来なくに」（古今・春歌下・一二三・よみ人しらず）

197 白露《しらつゆ》のあだにも置《を》くか葛《くず》の葉《は》に
たまれば消《き》えぬ風立《かぜた》たぬまに　（二一八）

197 白露は何とはかなく置くものか、葛の葉の上に溜まれば消えてしまうものを、風も立たぬうちに。

197　参考　「夕されば野もせにみがく白露のたまればかてに秋風ぞ吹く」（万代・秋歌上・九三四・藤原有家）

198 蟋蟀《きり〱す》鳴《な》く夕暮《ゆふぐれ》の秋風《かぜ》に
我《われ》さへあやなものぞ悲《かな》しき　（二五四）

198 こおろぎの鳴く夕暮れ時、秋風に吹かれていると、私までがわけもなくひどく物悲しくなることよ。

198　○蟋蟀　こおろぎの古名。参考　「我のみかあはれと思ふ蟋蟀鳴く夕暮の大和撫子」（新撰万葉・八九・作者未詳）「彦星の妻待つ宵の秋風に我さへあやな人ぞ恋しき」（拾遺・秋・一四二・凡河内躬恒）

「山家晩望」といふことを

199 暮《く》れかかる夕《ゆふべ》の空《そら》を眺《なが》むれば
木高《こだか》き山に秋風《かぜ》ぞ吹《ふ》く　（二五八）

200 秋を経《へ》てしのびもかねにものぞ思（ふ）
小野《をの》の山辺《やまべ》の夕暮《ゆふぐれ》の空《そら》　（二五九）

201 声高《こゑたか》み林《はやし》に叫《さけ》ぶ猿《さる》よりも
我《われ》ぞもの思《おも》ふ秋の夕《ゆふべ》は　（二五七）

秋の歌《うた》

202 玉垂《たまだ》れの小簾《こす》の隙《ひま》洩《も》る秋風《かぜ》の
妹恋《いもこ》ひしらに身にぞしみける　（二六六・万代二四六三）

「山家の夕べの眺め」ということを

199 暮れかかっている夕刻の空を眺めると、高い木立をそよがせて山に秋風が吹いている。

200 秋の日々が過ぎ、こらえ難い物思いをしてしまうことだ、小野の山辺の夕暮れ時の空を眺めていると。

201 声高く林に叫ぶ猿よりも、私のほうがよほど物思いを深くしているのだ、秋の夕暮は。

秋の歌

202 御簾の隙間から洩れてくる秋風は、妻が恋しい身にはいっそうしみ入ることだ。

199 **参考**「暮れかかるむなしき空の秋を見ておぼえず溜まる袖の露かな」（新古今・秋歌上・三五八・藤原良経）「思ひあまりそなたの空を眺むれば霞をわけて春雨ぞ降る」（新古今・恋歌二・一一〇七・藤原俊成）

200 ○小野　京都市左京区八瀬・大原の辺。**参考**「秋を経て思ひぞ出づる雲の上の星にまがひし菊のとの花」（夫木・秋部五・五九七一・藤原俊成）「眺めわびそれとはなしにものぞ思ふ雲のはたての夕暮の空」（新古今・恋歌二・一一〇六・源通光）

201 ○猿　実朝詠は歌語「マシラ」ではなく、「サル」である。「声高く叫ぶ猿」は漢詩には登場するが和歌には用例が少ない。**参考**「わびしらにましらな鳴きそあしひきの山のかひある今日にやはあらぬ」（古今・雑体・一〇六七・凡河内躬恒）

202 ○玉垂れの　「小簾」「越智」にかかる枕詞。○小簾　「おす」の誤読。みす、すだれ。**参考**「玉垂れの小簾の間通しひとり居て見るしるしなき夕月夜かも」（万葉・巻七・一〇七七・作者未詳）「あたら夜を伊勢の浜荻折り敷きて妹恋しらに見つる月かな」（千載・羇旅歌・五〇〇・藤原基俊）「吹く風の色も見えねど冬来ればひとり寝る夜の身にぞしみける」（後撰・冬・四四九・よみ人しらず）

203
秋風《あきかぜ》はやや肌寒《はださむ》くなりにけり
ひとりや寝《ね》なむ長《なが》きこの夜《よ》を
（二六七）

204
雁鳴《かりな》きて秋風寒《さむ》くなりにけり
ひとりや寝《ね》なむ夜《んよる》の衣薄《ころもうす》し
（二三一）

205
小笹《をざ》原《はら》夜半《は》に露吹《つゆふ》く秋風を
やや寒《さむ》しとや虫《むし》の侘《わ》ぶらむ
（二四七）

206
秋深《ふか》み露寒《つゆさむ》き夜の蟋蟀《きりぎりす》
ただいたづらに音《ね》をのみぞ鳴《な》く
（二五〇）

207
庭草《にはくさ》に露《つゆ》の数添《かずそ》ふ村雨《むらさめ》に
夜深《よふか》き虫《むし》の声《こゑ》ぞ悲《かな》しき
（二四八・夫木五五六七）

203秋風がしだいに肌寒くなってきたことだ、それなのにひとり寝で過ごすのか、長いこの夜を。

204雁が鳴いて秋風が一段と寒くなったことだ、それなのにひとり寝で過ごすのか、夜着の薄いことよ。

205生い茂る笹原の夜更け、露に吹きつける秋風を、ああ寒いと嘆いて虫が鳴いているのだろうか。

206秋が深まったため冷たい露が置く夜のこおろぎは、ただ術もなく声を立てて鳴くことだ。

207庭草に置く露の数をさらに増して降る村雨に、夜更けの虫の声の悲しげなことよ。

203 参考「秋風のやや肌寒く吹くなべに荻の上葉の音ぞ悲しき」（新古今・秋歌上・三五五・藤原基俊）「今よりは秋風寒く吹きなむをいかにかひとり長き夜を寝む」（万葉・巻三・四六五・大伴家持）

204 参考「雁鳴きて吹く風寒み唐衣君待ちがてに打たぬ日ぞなき」（新古今・秋歌下・四八二・紀貫之）

205 ○小笹原 笹の生い茂っている原。参考「小笹原風待つ露の消えやらずこのひとふしを思ひ置くかな」（新古今・雑歌下・一八二二・藤原俊成）

205 **206** 参考「秋の夜は露こそことに寒からし草叢ごとに虫の侘ぶれば」（古今・秋歌上・一九九・よみ人しらず）

207 ○村雨 叢雨。にわか雨。驟雨。参考「たらちねの心を知れば和歌浦や夜深き鶴の声ぞ悲しき」（拾遺愚草・四八五・藤原定家）

208 参考「跡もなき庭の浅茅にむすぼほれ露の底なる松虫の声」（新古今・秋歌下・四七四・式子内親王）「秋更けぬ鳴けや霜夜の蟋蟀やや影寒し蓬生の月」（新古今・秋歌下・

五一七／後鳥羽院御集・一一八三）

208 浅茅原《あさぢはら》露《つゆ》しげき庭《には》の蟋蟀《きりぎりす》
秋深《ふか》き夜《よ》の月に鳴《な》くなり
（二二五一）

208 浅茅の生い茂った草叢にしとどに露の置いた庭では、こおろぎが秋深い夜の月の下で鳴いている。

209 秋《あき》の夜《よ》の月の都《みやこ》の蟋蟀《きりぎりす》
鳴《な》くは昔《むかし》の影《かげ》や恋《こ》ひしき
（二二五二・夫木五六二二）

209 秋の夜の美しい月光の中のこおろぎよ、鳴いているのは、昔の人の面影が恋しいからだろうか。

210 天《あま》の原《はら》ふりさけ見れば月清《きよ》み
秋の夜《よ》いたく更《ふ》けにけるかな
（二二七一・新拾遺四二五・万代九七九）

210 大空を遠く仰ぎ見ると月の清朗なことよ、秋の夜はたいそう更けてしまったのだなあ。

参考歌は月の出を詠むが、実朝詠は更け行く月。

月を詠《よ》める

211 我《われ》ながら覚《おぼ》えず置《を》くか袖《そで》の露《つゆ》
月にもの思（ふ）夜頃経《よごろへ》ぬれば
（二二七二）

月を詠んだ歌

211 我ながら思わず知らず置くものだな、袖の露（涙）は。月を眺めては物思いに沈む夜が重なると。

209 ○月の都　月宮殿。帝都の美称。月の異称。○月の都の蟋蟀　「月中のこおろぎ。月光に照らされた中のこおろぎをこのように言ったのであろう」（大系）、「月光界のキリギリス」（鎌田評釈）、「昔地上にいた時に浴びた月光を懐かしみ、月宮殿で鳴いているこおろぎを空想している」（集成）。明るい月光の下に響く虫の声を詠んだ歌と解する。○昔の影　大系、集成、鎌田注釈とも「月影」と解しているが、和歌に詠まれる場合は「亡き人の面影」の意が多い。**参考**「住みわびて月の都を出でしかど憂き身離れぬ有明の影」（十六夜日記・三五・阿仏尼）「映りけむ昔の影や残るとて見るに思ひの増鏡かな」（新古今・哀傷歌・八二五・新少将）「時鳥花橘の香をとめて鳴くは昔の人や恋しき」（新古今・夏・二四四・よみ人しらず）
210 **参考**「天の原ふりさけ見れば春日なる三笠の山に出でし月かも」（古今・羇旅歌・四〇六・安倍仲麿）
211 ○夜頃　幾夜。数夜このかた。**参考**「暮れかかるむなしき空の秋を見て覚えず溜まる袖の露かな」（新古今・秋歌上・三五八・藤原良経）「呉竹の葉末にすがる白雪も夜頃経ぬれば氷とぞなる」（秋篠月清集・九三八・藤原良経）

212 ○秋の半ば　中秋・仲秋。陰暦八月十五日。○空に知る　心で推し量ってそれとなく理解する、の意をかける。参考「大空の月の光し清ければ影見し水ぞまづ氷りける」（古今・冬歌・三一六・よみ人しらず）「数へねど今宵の月のけしきにて秋の半ばを空に知るかな」（山家集・三三〇・西行）

213 ○伊勢の海の清き渚　催馬楽「伊勢の海」の「伊勢の海の清き渚に潮間になのりそや摘まむ貝や拾はむや玉や拾はむや」に拠る。参考「伊勢海の渚を清みすむ鶴の千歳の声を君に聞こえむ」（万代・神祇歌・一六二七・大伴黒主）「二見潟月をもみがけ伊勢の海の清き渚の春の名残に」（後鳥羽院御集・一四四〇）

214 ○波にたけたる　他に用例を見ない表現。参考「小夜更けて半ばたけ行くひさかたの月吹き返せ秋の山風」（古今・物名・四五二・景式王）「しをれこし袂乾す間も長月の有明の月に秋風ぞ吹く」（後鳥羽院御集・一五七五）

215 ○秋風に　第五句に「秋の夜の月」とあり、「秋」が重なる。貞享本「潮風に」の方がふさわしいか。○うらみて　「恨みて」と「裏見て」「浦見て」をかける。参考「須磨の海人の袖に吹きこす潮風のなるとはすれど手にもたまらず」（新古今・恋歌二・一一一七・藤原定家）

八月十五夜

212
久方《ひさかた》の月の光《ひかり》し清《きよ》ければ
秋の半《なか》ばを空《そら》に知《し》るかな　（二八六）

海辺月

213
たまさかに見るものにもが伊勢《いせ》の海《うみ》の
清《きよ》き渚《なぎさ》の秋の夜《よ》の月　（二七九）

214
伊勢《いせ》の海《うみ》や波《なみ》にたけたる秋の夜《よ》の
有明《ありあけ》の月に松風《まつかぜ》ぞ吹《ふ》く　（二八〇）

215
須磨《すま》の海人《あま》の袖《そで》吹《ふ》き返《かへ》す秋風《かぜ》に
うらみて更《ふ》くる秋の夜《よ》の月　（二八一）

八月十五夜

212 月の光が実に明るいので、今日が八月十五夜ということを自然に空から知ることよ。

海辺の月

213 機会があるなら見たいものだ、伊勢の海の清らかな渚を照らす曇りのない秋の夜の月を。

214 伊勢の海では、寄せては返す波とともに更けて行く秋の夜の有明の月の下で、松風が吹いていることよ。

「有明の月」に風が吹くという表現は後鳥羽院以外に見出し難い。実朝詠は「秋風」を「松風」に置き換え、海辺の叙景歌に転じている。波が時間を先導する趣。

215 須磨の海人の袖を裏返して吹く薄情な潮風に追われて、心残りに更けていく、秋の夜の月は。

216
塩釜《しほがま》の浦吹《うらふ》く風《かぜ》に秋《あき》たけて
籬《まがき》の島《しま》に月傾《かたぶ》きぬ
（二八二）

月前雁

217
天《あま》の原《はら》ふりさけ見ればますかが《ゞ》み
清《きよ》き月夜《よ》に雁鳴《かりな》きわたる
（二二九）

218
むばたまの夜は更《ふ》けぬらし雁金《かりがね》の
聞《き》こゆる空《そら》に月傾《かたぶ》きぬ
（二三〇）

219
鳴《な》きわたる雁《かり》の羽風《はかぜ》に雲消《くもき》えて
夜深《よふか》き空《そら》に澄《す》める月影《かげ》
（二二七）

220
九重《こゝのへ》の雲居《くもゐ》をわけてひさかたの
月の都《みやこ》に雁《かり》ぞ鳴《な》くなる
（二二六）

216 塩釜の海辺を吹く風に乗って秋が深まり、籬の島では月が沈もうとしている。
前歌同様、風が時間を先導する。

月前の雁

217 大空を仰ぎ見ると、澄み切った月夜に雁が鳴きながら渡っていく。

218 夜はすっかり更けたようだ、雁の声が聞こえる空には月が沈もうとしている。

219 鳴きながら飛んでいく雁の羽風に吹き払われて雲が消え、夜更けの空に澄んでいる月よ。

220 幾重にも重なる雲を分けて、はるか彼方の月の都で雁が鳴いていることだ。
後鳥羽院詠は春の帰雁を詠むのに対し、実朝詠は秋にやって来た雁を詠む。月夜に雁の声がはるか遠くに聞える光景。「雲居を分けて」という表現は実朝独自。

216 ○籬の島　塩釜湾の島。陸奥の国の歌枕。**参考**「塩釜の浦吹く風に霧晴れて八十島かけて澄める月影」（千載・秋歌上・二八五・藤原清輔）「浅茅生の月吹く風に秋たけて故郷人は衣打つなり」（後鳥羽院御集・一五五三）

217 ○ますかがみ　真澄鏡。「清き」にかかる枕詞。**参考**「七夕の舟乗りすらしますかがみ清き月夜に雲立ちわたる」（万葉・巻十七・三九二二・大伴家持）

218 ○むばたまの　ぬばたまの。「夜」にかかる枕詞。**参考**「さ夜中と夜は更けぬらし雁金の聞ゆる空に月わたる見ゆ」（古今・秋歌上・一九二・よみ人しらず）

219 **参考**「雲居飛ぶ雁の羽風に月冴えて鳥羽田の里に衣打つなり」（後鳥羽院御集・一四三三）「鳴きわたる雁の涙や落ちつらむ物思ふ宿の萩の上の露」（古今・秋歌上・二二一／近代秀歌・四一・よみ人しらず）「村雲や雁の羽風に晴れぬらむ声聞く空に澄める月影」（新古今・秋歌下・五〇四・朝恵法師）

220 **参考**「ひさかたの天の橋立霞みつつ雲居を渡る雁ぞ鳴くなる」（後鳥羽院御集・一四三〇）

221 ○天の戸　天の岩屋の戸。「あけ方」を導く序詞。「あけ方」は「明け方」「開け方」をかける。「あける」と「天の戸」は縁語。**参考**「天の戸をおしあけ方の雲間より神代の月の影ぞ残れる」（新古今・雑歌上・一五四七・藤原良経）「和歌の浦や潮路をさして行く鶴の翼の波に宿る月影」（夫木・雑部・一二六〇六・源通光）

222 ○八重の潮路　はるかな海路。長い海路。○翼の波　連なって飛ぶ雁の翼が波のように見えること。**参考**「松浦潟明くる霞に行く雁の翼の波に春風ぞ吹く」（夫木・春部五・一六五六・円快）

223 ○絶えぬ　「絶ゆ」の連用形に助動詞「ず」がついたもの。「堪えぬ」とする解釈もあるが如何。**参考**「眺めやる心のはてぞなかりける明石の沖に澄める月影」（千載・秋歌上・二九一・俊恵法師）

224 **参考**「秋風に山飛び越ゆる雁金はいや遠ざかる雲隠れつつ」（万葉・巻十・二一三二・作者未詳）「横雲の峰に分かるるしののめに山飛び越ゆる初雁の声」（新古今・秋歌下・五〇一・西行）

221
天《あま》の戸《と》をあけ方《がた》の空《そら》に鳴《な》く雁《かり》の
翼《つばさ》の露《つゆ》に宿《やど》る月影《かげ》
（一二一八）

222
海の辺《ほとり》を過《す》ぐとて詠《よ》める
海《わた》の原《はら》八重《やへ》の潮路《しほぢ》に飛《と》ぶ雁《かり》の
翼《つばさ》の波《なみ》に秋風《あきかぜ》ぞ吹《ふ》く
（一二二五・新勅撰三一九）

223
眺《なが》めやる心も絶《た》えぬ海《わた》の原《はら》
八重《やへ》の潮路《しほぢ》の秋の夕暮《ゆふぐれ》
（一二六三・新後撰二九一）

224
雁を
秋風に山《やま》飛《と》び越《こ》ゆる初雁《はつかり》の
翼《つばさ》に分《わ》くる峰《みね》の白雲《しらくも》
（一二三二）

221 明け方の空に鳴く雁の翼に置く露に、影を映して宿っている月よ。
良経歌の光景に雁を配した趣の一首。「翼の露」という表現は実朝独自。

222 海辺を通り過ぎるということで詠んだ歌
大海のはるか彼方の潮路に飛んで行く雁の翼の列は波のよう、その波に秋風が吹いていることだ。

223 遠く見やって物思う心も果てがない、大海の彼方の潮路に果てしない秋の夕暮は。

224 雁を
秋風に乗って山を飛び越えていく初雁の、その翼で押し開かれていく、峰の白雲は。

225 あしひきの山《やま》飛《と》び越《こ》ゆる秋の雁《かり》
幾重《いくへ》の霧《きり》をしのぎ来ぬらむ
（一二二二）

226 雁金《かりがね》は友惑《ともまど》はせり信楽《しがらき》や
真木《まき》の杣山《そまやま》霧立《きりた》たるらし
（一二三四・万代九〇七）

夕雁

227 夕《ゆふ》されば稲葉《いなば》のなびく秋風《あきかぜ》に
空飛《そらと》ぶ雁《かり》の声《こゑ》も悲《かな》しや
（一二二三）

田家夕雁

228 雁《かり》の居《ゐ》る門田《かどた》の稲葉《いなば》うちそよぎ
たそがれ時に秋風《かぜ》ぞ吹《ふ》く
（一二二四）

225 山を飛び越える秋の雁は、幾重にもかかる霧を幾多乗り越えてきたことだろう。

226 （一羽の）雁が仲間にはぐれている、信楽の里では、杉の生い茂った山に霧が立ったようだ。

夕べの雁

227 夕暮になると稲葉が靡く秋風に添えて、空飛ぶ雁の声までもせつないことよ。

田家の夕べの雁

228 雁が羽を休めている門田の稲葉をそよがせて、この夕暮時に秋風が吹いている。

225 参考「あしひきの山飛び越ゆる雁金は都に行かば妹に逢ひて来ね」（万葉・巻十五・三七〇九・作者未詳）「往き帰るたびに年ふる雁金は幾その春をよそに見るらむ」（後拾遺・春上・六九・藤原道信）「白雲の幾重の峰を越えぬらむ慣れぬ嵐に袖をまかせて」（新古今・羇旅歌・九五五・藤原雅経）

226 ○友惑はせり「惑はす」は「見失う」の意。○信楽　近江国の歌枕。参考「夕されば佐保の川原の川霧に友惑はせる千鳥鳴くなり」（拾遺・冬・二三八・紀友則）

227 228 参考「夕されば門田の稲葉おとづれて葦の丸屋に秋風ぞ吹く」（金葉・秋部・一七三／近代秀歌・四五・源経信）「昨日こそ早苗とりしかいつの間に稲葉そよぎて秋風の吹く」（古今・秋歌上・一七二・よみ人しらず）

野辺露

229 ひさかたの天飛《あまと》ぶ雁《かり》の涙《なみだ》かも
おほあらき野《の》の笹《さ》が上《うへ》の露《つゆ》
（二二二二・夫木四八九六）

田家露

230 秋田守《たも》る庵《いほ》に片敷《かたし》く我《わ》が袖《そで》に
消《き》えあへぬ露《つゆ》の幾重《いくへを》置きけむ
（二二六一）

田家夕

231 かくて猶堪《たえ》へてしあらばいかがせむ《ん》
山田守《だも》る庵《いほ》の秋の夕暮《ゆふぐれ》
（二二六二）

田家秋といふ事を

232 唐衣《からごろも》稲葉《いなば》の露《つゆ》に袖《そで》濡《ぬ》れて
物思《ものおも》へともなれる我《わ》が身か
（二二六〇）

野辺の露

229 大空を飛ぶ雁の涙なのだろうか、大荒木の野の笹の上に置く露は。

田家の露

230 秋の田を守る仮小屋にひとり寝るわが袖に、消え果てぬ涙の露が幾重置いたことか。

田家の夕べ

231 こんなふうにずっと（独居の寂しさに）堪えていたら、どうなってしまうのだろう、山の田を守る仮小屋の秋の夕暮は（ひときわ辛い）。

田家の秋ということを

232 稲葉の露で衣の袖が濡れ涙に紛う、物思いをせよということにでもなっている我が身なのかな。

229 ○おほあらき　大荒木。大和国の歌枕。参考「秋の夜の露をば露と置きながら雁の涙や野辺を染むらむ」（古今・秋歌下・二五八・壬生忠岑）「鳴きわたる雁の涙や落ちつらむ物思ふ宿の萩の上の露」（古今・秋歌上・二二一／近代秀歌・四一・よみ人しらず）

230 参考「秋田守る仮の庵作り我が居れば衣手寒し露ぞ置きける」（新古今・秋歌下・四五四・よみ人しらず）

231 参考「山田守る秋の仮庵に置く露はいなおほせ鳥の涙なりけり」（古今・秋歌下・三〇六・壬生忠岑）「堪へてやは思ひありともいかがせむ葎の宿の秋の夕暮」（新古今・秋歌上・三六四・藤原雅経）

232 ○唐衣「袖」にかかる枕詞。○物思へとも「とも」は格助詞「と」＋係助詞「も」○なれる「なる（成）る」（四段活用）已然形＋助動詞「り」の連体形。貞享本を底本にした『金槐和歌集』（『新編国歌大観』）では「物おもへどもなれるわが身は」と表記されているが、その場合は、「なれる」ではなく「なるる」となろう。参考「穂に出でぬ山田を守ると唐衣稲葉の露に濡れぬ日ぞなき」（古今六帖・一・五七八・紀友則）「穂にも出でぬ山田を守ると藤衣稲葉の露に濡れぬ日ぞなき」（古今・秋歌下・三〇七・よみ人しら

ず）「待ちえては恨み顔なる涙かなもの思へとて出づる月かな」（月詣・巻九・八五四・湛覚法師）

233　山田《だ》守《も》る庵《いほ》にし居《を》れば朝《あさ》な〳〵
絶《た》えず聞《き》きつる小牡鹿《さをしか》の声《こゑ》　（二四六）

233 山の田を守る仮小屋に居るものだから毎朝毎朝いつも聞いている、牡鹿の声を。

233　参考　「野辺近く家居しせれば鶯の鳴くなる声は朝な朝な聞く」（古今・春歌上・一六・よみ人しらず）「梓弓春山近く家居して絶えず聞きつる鶯の声」（新古今・春歌上・二九・山部赤人）

夕鹿

234　鳴《な》く鹿《しか》の声《こゑ》より袖《そで》に置《を》くか露《つゆ》
物《もの》思（ふ）頃《ころ》の秋の夕暮《ゆふぐれ》　（二四五）

夕べの鹿

234 鳴く鹿の声によって袖に（涙の）露が置くものなのか、物思いをする時節の秋の夕暮には。

234　○置くか露　実朝詠と後鳥院詠にしか見当たらぬ語法。参考　「秋萩に乱るる露は鳴く鹿の声より落つる涙なりけり」（続古今・秋歌下・四四二・紀貫之）「聞くままに片敷く袖の濡るるかな鹿の声には露や添ふらむ」（千載・秋歌下・三一八・藤原秀能）「ならはずよ秋なればとて置くか露片敷く袖のうちしめるまで」（後鳥羽院御集・一五四九）

鹿《しか》をよめる

235　妻恋《つまこ》ふる鹿《しか》ぞ鳴《な》くなる小倉山《をぐらやま》
山《やま》の夕霧《ゆふぎり》立《た》ちにけむかも　（二三五）

鹿を詠んだ歌

235 妻を慕って鹿が鳴いている、小倉山には山を覆う夕霧が立っているのかも知れないな。

この歌から237までは霧の中に鳴く鹿。先行歌は多くはない。後代の勅撰集には、霧の中ではぐれた妻を捜す、霧に妻を籠めるなどの趣向が増える。

235　参考　「妻恋ふる鹿ぞ鳴くなる女郎花己が住む野の花と知らずや」（古今・秋歌上・二三三・凡河内躬恒）「小倉山たちども見えぬ夕霧に妻惑はせる鹿ぞ鳴くなる」（後拾遺・秋上・二九二・江侍従）

236　夕《ゆふ》されば霧《きり》立《た》ち来《く》らし小倉《をぐら》山
山の常陰《とかげ》に鹿《しか》ぞ鳴《な》くなる　（二三六・新千載四六六）

236 夕方になったので霧が立ってきたのだろう、小倉山の山陰で鹿が鳴いていることだ。

236　参考　「あしひきの山の常陰に鳴く鹿の声聞かずやも山田守らす児」（万葉・巻十・二一六〇・作者未詳）

237
雲《くも》の居《ゐ》る梢《こずゑ》はるかに霧《きり》こめて
高師《たかし》の山《やま》に鹿《しか》ぞ鳴《な》くなる

（一二三七・新勅撰三〇三）

237 雲のかかる梢の彼方にまで霧が立ちこめ、高師の山に鹿が鳴いていることよ。

237 ○高師の山　三河の国の歌枕。山の高さを強調して詠むことが多い。**参考**「雲かかる高師の山の明け暮れに妻惑はせる牡鹿鳴くなり」（夫木・秋部三・四七一四・源仲正）後代の作品に「鹿の音ぞ空に聞こゆる夕霧の隔つる方や尾上なるらむ」（新拾遺・秋歌下・四六〇・二条師良）

238
小夜更《さよふ》くるままに外山《とやま》の木《こ》の間《ま》より
誘《さそ》ふか月をひとり鳴《な》く鹿《しか》

（一二三九）

238 夜が更けて行くにつれて、里近い山の木々の間から、月を招いているのか、ひとり鳴く鹿は。

月が招くのではなく、鹿が月を招くという興趣。

238 **参考**「憂き世思ふ柴の庵の隙を荒み誘ふか月の西に傾く」（玉葉・雑歌五・二五〇二・慈円）

239
月をのみあはれと思（ふ）を小夜更《さよふ》けて
深山隠《みやまがく》れに鹿《しか》ぞ鳴《な》くなる

（一二三八）

239 月ばかりをすばらしいと思っていたら、夜が更けて山奥深く潜んでいる鹿が鳴いて興趣を添えることよ。

月と鹿の声に時間差をつけたところが面白い。

239 **参考**「思ふこと有り明け方の月影にあはれを添ふるさ牡鹿の声」（金葉二・秋部・二三三・右衛門佐）

240
閑居望月
苔《こけ》の庵《いほ》にひとり眺《なが》めて年《とし》も経《へ》ぬ
友《とも》なき山の秋の夜《よ》の月

（一二七四）

240 閑居に月を望む

苔むした庵にひとり物思いをして年月が経った、仲間のいない山の秋の夜の月を眺めて。

240 **参考**「年も経ぬ長月の夜の月影の有明方の空を恋ひつつ」（後拾遺・恋一・六一四・源則成）「故郷を恋ふる涙やひとり行く友なき山の道芝の露」（新古今・哀傷歌・七九四・慈円）

名所秋月

241
月見《み》れば衣《ころも》手《で》寒《さむ》し更級《さらしな》や
姨捨山《をばすてやま》の峰《みね》の秋風《かぜ》
（二八四・続千載四五九）

242
山寒《さむ》み衣手《で》薄《うす》し更級《さらしな》や
姨捨《をばすて》の月に秋更《ふ》けしかば
（二八五）

243
さざなみや比良《ひら》の山風《やまかぜ》小夜《さよ》更《ふ》けて
月影《かげ》寒《さむ》し志賀《が》の唐崎《からさき》
（二八三・続千載五一〇）

秋歌

244
月清《きよ》み秋の夜《よ》いたく更《ふ》けにけり
佐保《さほ》の川原《かはら》に千鳥《ちどり》しば鳴《な》く
（二七〇）

名所の秋の月

241 月を見ていると衣の袖を通して寒いことだ、更級では姨捨山の峰に秋風が吹いて。

242 山が寒いので着ている衣が薄く感じられる、更級では姨捨山の月をながめているうちに秋も更けたので。

243 比良の山風が吹く夜が更けて、月の光が冷え冷えと射している、志賀の唐崎は。

秋の歌

244 月はますます澄み冴えて秋の夜がすっかり更けてしまったことよ、佐保の川原では千鳥がしきりに鳴いている。

241 242 ○更級　信濃国の歌枕。姨捨山一帯。参考「我が心慰めかねつ更級や姨捨山に照る月を見て」（古今・雑歌上・八七八・よみ人しらず）「明けぬるか衣手寒し菅原や伏見の里の秋の初風」（新古今・秋歌上・二九二・藤原家隆）「吹き払ふこの山風狭筵に衣手薄し秋の夜の月」（新千載・羇旅歌・八一七・藤原定家）

243 ○さざなみや　志賀にかかる枕詞。○比良の山　近江国の歌枕。○唐崎　近江国の歌枕。参考「さざなみや比良の山風冴え冴えて志賀の唐崎氷りしにけり」（万代・冬歌・一四一二・藤原長方）

244 ○佐保の川原　佐保山（大和国の歌枕）の麓を流れる川。千鳥は佐保川の景物としてしばしば詠まれた。○しば鳴く　しきりに鳴く。参考「天の原ふりさけ見れば月清み秋の夜いたく更けにけるかな」（定家所伝本・二一〇・実朝）「行く先は小夜更けぬれど千鳥鳴く佐保の川原は過ぎ憂かりけり」（新古今・冬歌・六四二・伊勢大輔）「ぬばたまの夜更け行けば久木生ふる清き川原に千鳥しば鳴く」（万葉・巻六・九二〇・山部赤人）

月前擣衣

245 秋《あき》たけて夜深《よふか》き月《つき》の影《かげ》見れば
荒《あ》れたる宿《やど》に衣《ころも》打《う》つなる（二八七）

245 秋がすっかり深まり、夜更けの月を見ていると、荒れ果てた家で衣を打つ音が聞こえる。

246 小夜更《さよふ》けて半《なか》ばたけゆく月影《かげ》に
飽《あ》かでや人の衣《ころも》打《う》つらむ（二八八・新後拾遺四二八）

246 夜が更けて半ば傾いていく月を堪能して、人は衣を打つのだろうか。

247 夜《よ》を長《なが》み寝覚《ねざ》めて聞《き》けば長《なが》月の
有明《ありあけ》の月に衣打《う》つなり（二八九・風雅六七一）

247 夜が長いので寝覚めて耳を澄ますと、晩秋九月の有明の月の下で衣を打っているのだ。

以上、待つ女の哀切を擣衣に投影するのではなく、秋の月に風情を添えるものとして砧の音が詠まれる一連。

擣衣を詠《よ》める

248 ひとり寝《ぬ》る寝覚《ねざ》めに聞《き》くぞあはれなる
伏見《ふしみ》の里《さと》に衣《ころも》打《う》つ声《こゑ》（二九一）

擣衣を詠んだ歌

248 ひとりで寝る寝覚めに聞くのは実に哀しい、伏見の里で衣を打つ音は。

245 ○擣衣　艶を出すため砧で衣を打つこと。男を待つ女の寂しさを象徴する文学表現。参考「浅茅生の月吹く風に秋たけて故郷人は衣打つなり」（後鳥羽院御集・一五五三）「深草や霧の籬に誰住みて荒れにし里に衣打つらむ」（続千載・秋歌下・五四五・藤原雅経）

246 参考「小夜更けて半ばたけゆくひさかたの月吹き返せ秋の山風」（古今・物名・四五二・景式王）「小夜更けて砧の音ぞたゆむなる月を見つつや衣打つらむ」（千載・秋歌下・三三八・覚性法親王）

247 参考　実朝歌に通じる内容表現は後代に見出せる。「片敷きの袖の秋風夜を寒み寝覚めて聞けば衣打つなり」（続千載・雑歌上・一七〇〇・法印清寿）

248 ○伏見　大和と山城にある地名。「伏し」「節」に掛けることが多い。参考「寝覚めして聞けばものこそ悲しけれ十市の里に衣打つ声」（長方集・秋・九四）「秋の夜を寝覚めて聞けば菅原や伏見の里に衣打つなり」（拾玉集・堀川院第百首・二五〇・慈円）

249
み吉野《よしの》の山下風《やましたかぜ》の寒《さむ》き夜《よ》を
誰《たれ》故郷《ふるさと》に衣《ころも》打《う》つらむ　（二九〇）

秋歌

250
昔《むかし》思（ふ）秋《あき》の寝覚《ねざめ》の床《とこ》の上《うへ》を
ほのかに通《かよ》ふ峰《みね》の松風《まつかぜ》　（二六八）

251
見る人もなくて散《ち》りにき時雨《しぐれ》のみ
ふりにし里《さと》の秋萩《はぎ》の花《はな》　（二〇五）

252
秋萩《はぎ》の昔《むかし》の露《つゆ》に袖《そで》濡《ぬ》れて
古《ふる》き籬《まがき》に鹿《しか》ぞ鳴《な》くなる　（二四四）

253
朝《あさ》まだき小野《をの》の露霜《つゆじも》寒《さむ》ければ
秋をつらしと鹿《しか》の鳴《な》くなる　（二四〇）

249 吉野の山おろしの寒い夜に、誰がこの旧都で衣を打っているのだろう。

秋の歌

250 懐旧の念に浸る秋の寝覚めの床に、共鳴するようにかすかに聞こえてくる峰の松風の音よ。

251 見る人もないまま散ってしまった、時雨ばかりが降りしきる古びた里の秋萩の花は。

252 秋萩に昔に変らず置く露に袖が濡れ、古びた垣では（共感するように）鹿が鳴いていることよ。

「昔の」は、「昔を思わせる」（大系）、「昔を偲ばせる」（集成）、「昔ながらの」（鎌田評釈）などと解される。

253 早朝小野に置く露が冷たいので、秋は耐え難いと鹿が鳴いていることよ。

249 参考「み吉野の峰の秋風小夜更けて故郷寒く衣打つなり」（新古今・秋歌下・四八三・藤原雅経）

250 ○通ふ　到達する。届く。○松風　寂寥感を表現する。参考「昔思ふ小夜の寝覚めの床冴えて涙もこほる袖の上かな」（新古今・冬歌・六二九・守覚法親王）「琴の音に峰の松風通ふらしいづれの緒より調べ初めけむ」（拾遺・雑上・四五一・斎宮女御）

251 ○ふりにし「降り」と「旧り」をかける。参考「見る人もなくて散りぬる奥山の紅葉は夜の錦なりけり」（古今・秋歌下・二九七・紀貫之）「藤原の旧りにし里の秋萩は咲きて散りにき君待ちかねて」（万葉・巻十・二二九三・作者未詳）

252 ○昔の露　実朝同時代まで用例の見当たらない表現である。「昔の」と「古き」は対になっていよう。参考「籬なる萩の下葉の紅葉見て思ひやりつる鹿ぞ鳴くなる」（後拾遺・秋上・二八六・安法法師）後代の歌に「袖の上にこの言の葉を散らしても昔の露の色ぞこぼるる」（下葉集・六一〇・尭恵）

253 ○露霜　露。参考「朝まだき嵐の山の寒ければ紅葉の錦着ぬ人ぞなき」（拾遺・秋・二一〇・藤原公任）「夕暮は小野の萩原吹く風にさびしくもあるか鹿の鳴くなる」（千載・秋歌下・三〇六・藤原正家）

254 参考 「秋萩の下葉の紅葉花につぎ時過ぎ行かば後恋ひんかも」（万葉・巻十・二二一三・作者未詳）「露染むる交野の浅茅したたへず秋の夜わたる風の寒さに」（拾遺愚草員外・六四七・藤原定家）

255 ○ほし 「干し」と「星」をかけるか。○宵の村雨 勅撰集中用例は1例。参考 「頼むぞよ施無畏の誓ひ新たなれば晴るれば曇る星を見るにも」（拾玉集・第三・二七五九・慈円）「声はして雲路にむせぶ時鳥涙やそそぐ宵の村雨」（新古今・夏歌・二一五・式子内親王）

256 ○袖の月影 新古今以降に用例が増える。参考 「濡れて乾す山路の菊の露の間にいつか千歳を我は経にけむ」（古今・秋歌下・二七三・素性）「野辺の露浦曲の波をかこちても行方も知らぬ袖の月影」（新古今・羇旅歌・九三五・藤原家隆）後代の歌に「山藍の袖の月影小夜更けて霜吹きかへす賀茂の川風」（風雅・冬歌・八八六・冷泉為成）

257 ○賜ふ 自敬語。参考 「蟬の羽の夜の衣は薄けれど移り香濃くも匂ひぬるかな」（古今・雑歌上・八七六・紀友則）

254
秋萩《あきはぎ》の下葉《したば》の紅葉《もみぢ》うつろひぬ
長《なが》月の夜《よ》の風《かぜ》の寒《さむ》さに
（三〇八）

255
雨《あめ》の降《ふ》れる夜《よ》、庭《には》の菊《きく》を見《み》て詠《よ》める
露《つゆ》を重《も》み籬《まがき》の菊《きく》のほしもあへず
晴《は》るれば曇《くも》る宵《よゐ》の村雨《むらさめ》
（二九三）

256
月夜、菊《きく》の花を折るとて詠《よ》める
濡《ぬ》れて折《お》る袖《そで》の月影《かげ》更《ふ》けにけり
籬《まがき》の菊《きく》の花《はな》の上《うへ》の露《つゆ》
（二九二・新勅撰三一六）

257
ある僧《そう》に衣《ころも》を賜《たま》ふとて
野《の》辺《べ》見れば露霜寒《つゆじもさむ》き蟋蟀《きりぎりす》
夜《よる》の衣《ころも》の薄《うす》くやあるらむ《ん》
（二五五）

254 秋萩の下のほうの色づいた葉は散ってしまった、晩秋九月の夜の風の寒さのために。

技巧のない素直な詠。

255 雨の降る夜、庭の菊を見て詠んだ歌

露が重いので籬の菊は乾く暇もない、晴れたと思うとまたすぐ曇って降る宵の驟雨のために。

256 月夜に菊の花を折るということで詠んだ歌

垣の菊の花の上に置く露に濡れながら折る、その袖に宿る月もすっかり傾いてきた。

「袖の月影更けにけり」は実朝的発想。

257 ある僧に衣を下賜するということで

野辺を見ると凍った露が置いて寒そうなこおろぎよ、羽の夜着が薄くはないだろうか。

258 参考「水茎の岡の浅茅の蟋蟀霜の降りはや夜寒なるらむ」(続後撰・秋歌下・四〇六・順徳院)

259 ○九月霜降秋早寒　白楽天『杜陵叟　傷農夫之困也』中の一節にある。ただし、内容は、農民の困窮への共感である。○秋の末葉　末葉は草木の先端の葉。秋の末の意を含む。参考「夕暮の同じ籬の虫の音もほのかになりぬ荻の上風」(壬二集・堀川院百首題・一四三・藤原家隆)「長月や秋の末葉に霜置けば野原の小萩枯れまくも惜し」(後鳥羽院御集・一一二七)

260 参考「雁鳴きて吹く風寒み唐衣君待ちがてに打たぬ夜ぞなき」(新古今・秋歌下・四八二・紀貫之)「初霜も置きにけらしな今朝見れば野辺の浅茅も色づきにけり」(詞花・秋・一三八・大中臣能宣)「雁金の寒く鳴きしゆ春日なる三笠の山は色づきにけり」(万葉・巻十・二二一六・作者未詳)

261 ○矢野の神山　所在不詳。用例は少なく、実朝歌を含め勅撰集に5例。雁を取り合わせた実朝詠は独自。参考「雁鳴きて寒き朝の露ならし龍田の山をもみだすものは」(後撰・秋下・三七七/古今六帖・五八五では第二句「寒き朝明の」・よみ人しらず)「妻籠る矢野の神山露霜に匂ひ初めたり散らまく惜しも」(万葉巻十・二一八二・柿本人麻呂)

長月《なが》の夜《よ》、蟋蟀《きりぎりす》の鳴《な》くを聞《き》きて詠《よ》める

258
蟋蟀《きりぎりす》夜半《よは》の衣《ころも》の薄《うす》き上《うへ》に
いたくは霜《しも》の置《を》かずもあらなむ
(二五四)

「九月霜降秋早寒」といふ心を

259
虫《むし》の音《ね》もほのかになりぬ花薄《はなすゝき》
秋《あき》の末葉《すゑば》に霜《しも》や置《を》くらむ
(三〇六・続古今四八五)

秋の末《すゑ》に詠《よ》める

260
雁鳴《かりな》きて吹《ふ》く風寒《かぜさむ》み高円《たかまど》の
野辺《のべ》の浅茅《あさぢ》は色《いろ》づきにけり
(三〇一)

261
雁鳴《かりな》きて寒《さむ》き朝明《あさけ》の露霜《つゆじも》に
矢野《やの》の神《かみ》山色《いろ》づきにけり
(三〇二・新勅撰三三七)

九月の夜、こおろぎが鳴くのを聞いて詠んだ歌

258 こおろぎの羽の夜着の薄い上に、ひどくは霜が置かないでほしいものだ。
前歌「夜の衣」を受け「夜半の衣」に蟋蟀の羽を譬える。

「九月に霜が降りて秋は早くも寒い」という趣向を

259 虫の声もかすかになった、秋も末、花薄の末の葉に霜が置いているのだろう。

秋の末に詠んだ歌

260 雁が鳴いて吹く風も寒くなったので、高円の野辺の浅茅はすっかり紅葉したことだ。

261 雁が鳴いて寒い明け方の露が霜と氷り、矢野の神山はすっかり紅葉したことだ。

名所紅葉

262 初雁《はつかり》の羽風《はかぜ》の寒《さむ》くなるままに
佐保《さほ》の山辺《やまべ》は色《いろ》づきにけり
（二九八）

263 雁《かり》鳴《な》きて寒《さむ》き嵐《あらし》の吹《ふ》くなへに
龍田《たつた》の山《やま》は色《いろ》づきにけり
（二九九）

雁《かり》の鳴《な》くを聞《き》きて詠《よ》める

264 今朝《けさ》来《き》鳴《な》く雁金《かりがね》寒《さむ》み唐衣《から》
龍田《たつた》の山《やま》は紅葉《もみぢ》しぬらむ《ん》
（三〇〇）

265 神無《な》月待《ま》たで時雨《しぐれ》や降《ふ》りにけむ
深山《みやま》に深《ふか》き紅葉《もみぢ》しにけり
（二九七）

名所の紅葉

262 初雁の羽風が寒くなるにつれて、佐保の山辺はすっかり紅葉したことだ。

263 雁が鳴いて寒い大風が吹くにつれて、龍田山はすっかり紅葉したことだ。
ここまでの四首、262をのぞけば「雁鳴きて」に始まり、「色づきにけり」に終る歌の配列。

雁が鳴くのを聞いて詠んだ歌

264 今朝来て鳴く雁の声が寒々としているからには、龍田の山は紅葉したのだろうな。

265 神無月を待たずに時雨が降ったのだろうか、山奥まで色深く紅葉してしまったことだ。
雁は登場しない。詞書脱落か。次に続く紅葉の歌につなぐ配列。

262 「ままに」と次の歌の「なへに」は同意語。参考「初雁の羽風涼しくなるなへに誰か旅寝の衣返さぬ」（新古今・秋歌下・四九九・凡河内躬恒）

263 参考「雁金の鳴きつるなへに唐衣龍田の山は紅葉しにけり」（後撰・秋下・三五九・よみ人しらず）

264 ○唐衣　枕詞。「龍」に「裁つ」をかける。参考「時鳥鳴く五月雨に植ゑし田を雁金寒み秋ぞ暮れぬる」（新古今・秋歌下・四五六・善滋為政）「雁金の鳴きつるなへに唐衣龍田の山は紅葉しにけり」（後撰・秋下・三五九・よみ人しらず）

265 参考「神無月時雨降るらし佐保山のまさきのかづら色まさり行く」（新古今・冬歌・五七四・よみ人しらず）

266 ○柞　ブナ科の落葉樹の総称。黄褐色に紅葉する。参考「佐保山の柞の紅葉いたづらにうつろふ秋はものぞ悲しき」（新勅撰・雑歌・一〇九五・藤原基綱）

267 参考「桜散る春の山辺は憂かりけり世を逃れにと来し甲斐もなく」（新古今・春歌下・一一七・恵慶法師）「下紅葉かつ散る山の夕時雨濡れてやひとり鹿の鳴くらむ」（新古今・秋歌下・四三七・藤原家隆）「夕されば身にしむ野辺の秋風に堪へでや鹿の声をたつらむ」（長明集・秋・三二）

268 参考「我が宿は道もなきまで荒れにけりつれなき人を待つとせしまに」（古今・恋歌五・七七〇・遍昭）「秋は来ぬ紅葉は宿に降りしきぬ道踏み分けて訪ふ人はなし」（古今・秋歌下・二八七・よみ人しらず）

269 ○えにしあれば　「江にしあれば」に「縁あれば」をかける。参考「龍田山風のしがらみ秋かけてせくや川瀬の嶺の紅葉葉」（壬二集・最勝四天王院御障子和歌・一八四四・藤原家隆）「秋かけて言ひしながらもあらなくに木の葉降り敷く江にこそありけれ」（新勅撰・恋歌二・七三四・よみ人しらず）

「佐保山《さほやま》の柞《はゝそ》の紅葉《もみぢ》時雨《しぐれ》に濡《ぬ》る」といふことを、人びとに詠《ぐよ》ませしついでに詠《よ》める

266
佐保山《さほやま》の柞《はゝそ》の紅葉《もみぢ》千々《ちゞ》の色《いろ》に
うつろふ秋は時雨《しぐれ》降《ふ》りけり　（二九五）

秋歌

267
木《こ》の葉《は》散《ち》る秋の山辺《やまべ》は憂《う》かりけり
堪《た》へでや鹿《しか》のひとり鳴《な》くらむ《ん》　（三一〇）

268
紅葉《もみぢ》葉《ゝ》は道《みち》もなきまで散《ち》りしきぬ
我《わ》が宿《やど》を訪《と》ふ人しなければ　（三〇九）

水上落葉

269
流《なが》れゆく木《こ》の葉《は》のよどむえにしあれば
暮《く》れての《ゝ》ちも秋の久《ひさ》しき　（三一五）

「佐保山の柞の紅葉が時雨に濡れる」ということを人々に詠じさせた折に詠んだ歌

266 佐保山の柞の紅葉がさまざまな色に変り行く秋には、時雨が降っているのだ（濡れたせいで色が変るのだ）。

秋の歌

267 木の葉の散る秋の山辺はさびしく辛いものだ、堪えきれずに鹿が独りで鳴くのだろうか。

268 紅葉の葉は道を覆うほどに散り敷いてしまった、踏み分けて我が家を訪ねる人もいないものだから。

水面の落ち葉

269 流れてゆく木の葉が縁あって淀む入り江もあるので、暮れた後でも秋が久しく留まっていることだ。

270 参考 「音に聞く秋の湊は風に散る紅葉の舟の渡りなりけり」（続後撰・秋歌下・四四九・紀伊）「白波に秋の木の葉の浮かべるを海人の流せる舟かとぞ見る」（古今・秋歌下・三〇一・藤原興風）

271 ○秋ぞ残れる 実朝時代まで後鳥羽院詠以外には見当たらない表現。参考 「長月の有明の月はありながらはかなく秋は過ぎぬべらなり」（後撰・秋下・四四一・紀貫之）「冬の来て紅葉吹き降ろす三室山嵐の末に秋ぞ残れる」（続拾遺・冬歌・三七八／後鳥羽院御集・三五七）

272 ○長月の有明の月の 「尽きず」を導く序詞的用法。「月」と「尽き」をかける。○尽きずのみ来まさば我恋ひめやも」（拾遺・恋三・七九五・柿本人麿）後代の歌に「行く秋の別れに添へて長月の有明の月の惜しくもあるかな」（玉葉・秋歌下・八二七・藤原家経）

273 参考 「おきあかす秋の別れの袖の露しもこそ結べ冬や来ぬらむ」（新古今・冬歌・五五一・藤原俊成）「花薄招く袂はあまたあれど秋はとまらぬものにぞありける」（新千載・冬歌・五九一・清原元輔）

270
暮《く》れてゆく秋の湊《みなと》に浮《う》かぶ木《こ》の葉《は》
海人《あま》の釣《つり》する舟《ふね》かとも見《み》ゆ
（二九六）

秋の末《すゑ》に詠《よ》める

271
はかなくて暮《く》れぬと思《おも》（ふ）をおのづから
有明《ありあけ》の月に秋《あき》ぞ残《のこ》れる
（三〇三）

秋を惜しむといふことを

272
長《なが》月の有明《ありあけ》の月の尽《つ》きずのみ
来《く》る秋《あき》ごとに惜《お》しき今日《けふ》かな
（三〇四）

273
年毎《としごと》の秋の別《わか》れはあまたあれど
今日《けふ》の暮《く》るるぞ侘《わび》しかりける
（三〇五）

270 暮れていく秋の入り江に浮かぶ木の葉は、まるで漁師が釣りをする舟のように見える。

秋の末に詠んだ歌

271 あっけなく暮れてしまうと思っていたら、ふと見上げた有明の月に秋がとどまっていることだ。

秋を惜しむ、ということを

272 九月の有明の月の名残は尽きず、毎年来る秋毎に尽きせず惜しまれる今日という日だな。

273 毎年秋に別れを告げることは数多くあったのだけれど、やはり今日という日が暮れることはあらためて辛いことだ。

九月尽《じん》の心を、人びとに仰《おほ》せてつかうまつらせしついでに詠《よ》める

274 初瀬山《はつせ》今日《けふ》を限《かぎ》りと眺《なが》めつる
入相《いりあひ》の鐘《かね》に秋ぞ暮《く》れぬる　（三一一）

九月末日の趣を、人々に命じて献詠させた折に詠んだ歌

274 初瀬山も今日限りと眺めてしまうことだ、夕暮時の鐘の響きとともに秋が暮れ果てるのだ。

274 ○仰せて　自敬語。○眺めつる　集成、鎌田評釈とも「ながめつつ」と表記するが、底本は「ゝ」ではなく「る」と読める。貞享本は「ながめつゝ」。○入相の鐘　日没を告げる鐘。**参考**「初瀬山入相の鐘を聞くたびに昔の遠くなるぞ悲しき」（千載・雑歌・一一五四・藤原有家）「山里の春の夕暮来てみれば入相の鐘に花ぞ散りける」（新古今・春歌下・一一六・能因法師）

275 ○山さびしかる　実朝独自の表現。大系は「この素人じみた言葉に実朝独得の味が出ている」と評する。参考「秋は往ぬ霧の籬は霜枯れぬさても住むやと訪ふ人はなし」（寂蓮法師集・四〇）「人は来ず風に木の葉は散り果てて夜な夜な虫の声弱るなり」（新古今・秋歌下・五三五・曽根好忠）「花も散り人も都へ帰りなば山さびしくやならむとすらむ」（山家集・一五七・西行）

276 参考「今はまた散らでもまがふ時雨かなひとりふりゆく庭の松風」（新古今・冬歌・五八七・源具親）後代の歌に「吹き払ふ雲間に月のあらはれて時雨にまがふ峰の松風」（新千載・秋歌上・四一五・藤原為実）

277 参考「今日ありて明日過ぎななむ神無月時雨にまがふ紅葉かざさむ」（古六帖一・一九八・柿本人麻呂）

278 ○片岡のさびしき森　「片岡の森」は、山城国の歌枕。参考「時鳥声待つほどは片岡の森の雫に立ちや濡れまし」（新古今・夏歌・一九一・紫式部）

279 ○神名備　大和国の歌枕。参考「初時雨降れば山辺ぞ思ほゆるい

冬

十月一日詠《よ》める

275
秋は往《い》ぬ風《かぜ》に木《こ》の葉《は》は、散りはてて、
山さびしかる冬《ふゆ》は来《き》にけり
（三一二・続古今五四五・万代一二六四）

松風《まつかぜ》時雨《しぐれ》に似たり

276
降《ふ》らぬ夜《よ》も降《ふ》る夜《よ》もまがふ時雨《しぐれ》かな
木《こ》の葉《は》の、後《ち》の峰《みね》の松風《まつかぜ》
（三一四・新後拾遺七七八）

277
神無《な》月木《こ》の葉《は》降《ふ》りにし山里《ざと》は
時雨《しぐれ》にまがふ松《まつ》の風《かぜ》かな
（三一三）

冬

十月一日に詠んだ歌

275 秋は行ってしまった、風に木の葉はすっかり散ってしまい、山の寂しい冬がやって来た。

松風の声は時雨の音に似ている

276 降る夜にも降らぬ夜にも時雨に聞き紛うな、木の葉が散った後の峰の松風の音は。

277 十月になって木の葉のすっかり散った山里では、時雨に聞き違いそうな松風の音が聞こえることよ。

冬の歌《うた》

278 木《こ》の葉《は》散《ち》り秋も暮《く》れにし片岡《かたをか》の
さびしき森《もり》に冬は来《き》にけり　（三一三）

279 初時雨《はつしぐれ》降《ふ》りにし日より神名《な》備《び》の
森《もり》の梢《こずゑ》ぞ色《いろ》まさりゆく　（三一八）

280 神無《な》月時雨《しぐれ》降《ふ》るらし奥《をく》山は
外山《とやま》の紅葉《もみぢ》いまさかりなり　（三二一）

冬のはじめの歌

281 神無《な》月時雨《しぐれ》降《ふ》ればか奈良山《ならやま》の
楢《なら》の葉柏《はがしは》かてにうつろふ　（三二〇）

冬の歌

278 木の葉が散り秋も暮れてしまった片岡の、さびしい森に冬はやって来た。

279 初時雨が降ったその日から、神名備の森の梢の葉は紅葉の色を濃くしていく。

280 神無月になり奥山ではもう時雨が降っているのだろう、人里に近い山では紅葉が今たけなわだ。

冬のはじめの歌

281 神無月になって時雨が降るせいだろうか、奈良山の楢の木の葉が耐え切れずに散っている。

木の葉がうつろうのは風ではなく「時雨」のせいであるところに実朝詠の面白さがある。

づれの方かまづもみづらむ」（後撰・秋下・三七五／冬・四四三・よみ人しらず）「かきくらし時雨る空を眺めつつ思ひこそやれ神名備の森」（拾遺・冬・二一七・紀貫之）「春雨の降り初めしより青柳の糸の緑ぞ色まさりける」（新古今・春歌上・六八・凡河内躬恒）

280 ○いまさかりなり　紅葉をこのように表現する例は後代に見出せる。**参考**「深山には霰降るらし外山なるまさきの葛色づきにけり」（古今・大歌所御歌・一〇七七）「神無月時雨降るらし佐保山のまさきの葛色まさり行く」（新古今・冬歌・五七四・よみ人しらず）「巻向のあなし川風よきて吹け匂へる紅葉いまさかりなり」（宝治百首・一九四三・真観）

281 ○奈良山　大和国の歌枕。「奈良」「楢」と頭韻を踏む。○楢の葉柏　楢の木の葉。楢は落葉樹。○かてに　勝てに。〜ことが出来ずに。耐えきれずに。貞享本では「かぜに」と表記。集成も「風に」と訂正しており、川田順、斉藤茂吉以降「風に」の誤写と見做されていた。「かてに」が正しいとする鎌田評釈に従う。**参考**「神無月時雨降りおける楢の葉の名に負ふ宮のふることぞこれ」（古今・雑体・九九七・文屋有季）「泡雪のたまればかてに砕けつつわが物思ひのしげき頃かな」（古今・恋歌一・五五〇・よみ人しらず）

282　○下紅葉　下葉が紅葉したもの。○かつは　一方では。一面では。○柞原　柞（ブナ科の落葉樹の総称）の生い茂っている原。○てへ　連語。「といふ」の已然形・命令形「といへ」の略。集成、鎌田評釈とも命令形に解釈しているが、この場合は已然形であろう。参考「下紅葉かつ散る山の夕時雨濡れてやひとり鹿の鳴くらむ」（新古今・秋歌下・四三七・藤原家隆）「神無月時雨もいまだ降らなくにかねてうつろふ神名備の森」（古今・秋歌下・二五三・よみ人しらず）

283　参考「龍田川錦織りかく神無月時雨の雨を縦緯（たてぬき）にして」（古今・冬歌・三一四・よみ人しらず）「嵐吹く三室の山の紅葉葉は龍田の川の錦なりけり」（後拾遺・秋下・三六六・能因法師）「三室山紅葉散るらし旅人の菅の小笠にしきり降りかく」（金葉二・冬部・二六三・源経信）「音羽山紅葉散るらし逢坂の関の小川に錦織りかく」（金葉二・秋部・二四六・源俊頼）

284　参考「龍田川紅葉葉流る神名備の三室の山に時雨降るらし」（古今・秋歌下・二八四・よみ人しらず）「この川に紅葉葉流る奥山の雪消の水ぞ今まさるらし」（古今・冬歌・三二〇・よみ人しらず）「飛鳥川紅葉葉流る葛城の山の秋風吹きぞしくらし」

282
下紅葉《したもみぢ》かつはうつろふ柞原《は、そはら》
神無《な》月して時雨《しぐれ》降《ふ》れりてへ
（三二二）

283
三室《みむろ》山紅葉《もみぢ》散《ゝ》るらし神無《な》月
龍田《たつた》の川《かは》に錦《にしき》織《を》りかく
（三一九）

284
吉野川《よしのがは》紅葉葉《もみぢば》流《なが》る滝《たき》の上《うへ》の
三船《みふね》の山《やま》に嵐《あらし》吹《ふ》くらし
（三一七・夫木六四五一）

285
散《ち》りつもる木《こ》の葉《は》朽《く》ちにし谷水《たにみづ》も
氷《こほり》に閉《と》づる冬は来《き》にけり
（三一五）

282　紅葉した下葉が場所によっては散っている、柞原には神無月になって時雨が降っているとは言え（惜しまれることだ）。

283　三室山には紅葉が散っているのだろう、神無月の龍田川に錦を織りかけている。

284　吉野川に紅葉の葉が流れている、滝の上の三船山には強い山風が吹いているのだろうな。
283　284は、目の前の現象から目の届かぬ場所の光景を想像する。発想の似る先行歌は多い。

285　散り積もった木の葉が朽ちてしまった谷川の水まで、氷に閉ざされる冬がやって来た。

（新古今・秋歌下・五四一・柿本人麻呂）

285 ○木の葉朽ちにし　実朝独自の表現。**参考**「散りつもる木の葉が下の忘れ水すむとも見えず絶え間のみして」（伊勢大輔集・一四〇）「いとどまた誘はぬ水に根をとめて氷に閉づる池の浮草」（続後撰・冬歌・四九九・後鳥羽院下野）

286 **参考**「昔見し雲居を恋ひて葦鶴の沢辺に鳴くや我が身なるらむ」（詞花・雑下・三五〇・藤原公重）「霜白き神の鳥居の朝烏鳴く音さびしき冬の山本」（壬二集・二六四〇・藤原家隆）

287 ○むすぼほる　凝結する。凝固する。**参考**「通ひ来し宿の道芝枯れ枯れに跡なき霜のむすぼほれつつ」（新古今・恋四・一三三五・俊成女）

288 ○東路　京から東国へ至る道。**参考**「東路の路の冬草茂りあひて跡だに見えぬ忘れ水かな」（新古今・冬歌・六二八・康資王母）

289 ○大沢の池　山城国の歌枕。嵯峨大覚寺の東にある。**参考**「時雨れ行く生田の森の木枯に池の水草（みくさ）も色変るころ」（建保名所百首・生田池・四九五・藤原定家）

286
夕月夜《ゆふづくよ》沢辺《さはべ》にたてる葦鶴《あしたづ》の
鳴《な》く音《ね》悲《かな》しき冬は来《き》にけり　（三一四）

野霜といふ事《こと》を

287
花薄《はなすゝき》枯《か》れたる野辺《のべ》に置《を》く霜《しも》の
むすぼほれつつ冬《ふゆ》は来《き》にけり　（三二九）

霜《しも》を詠《よ》める

288
東路《あづまぢ》の路《みち》の冬草《ふゆくさ》枯《か》れにけり
夜《よ》な夜な霜《しも》や置《を》きまさるらむ　（三二八）

289
大沢《おほさは》の池《いけ》の水草《みづくさ》枯《か》れにけり
長《なが》き夜《よ》すがら霜《しも》や置《を》くらむ　（三二七・夫木一〇八〇〇）

286 夕月夜の沢辺に立っている鶴の、その鳴き声が身にしみて辛い冬がやって来た。

野の霜ということを

287 花薄の枯れた野辺に置く霜が、固く凍てつきながら冬がやって来た。

霜を詠んだ歌

288 東路の道の冬草が枯れてしまった、夜ごと夜ごとに霜が置き重なっているのだろう。

289 大沢の池の水草が枯れてしまった、長い夜の間ずっと霜が置いていたのだろう。288 289は詠まれる光景も歌の構造も類似する。

290 ○鵲の渡せる橋　鵲が羽を並べて渡す空想上の橋。または宮中の御階（みはし）。参考　「鵲の渡せる橋に置く霜の白きを見れば夜ぞ更けにける」（新古今・冬歌・六二〇・大伴家持）「秋の霜白きを見れば鵲の渡せる橋に月の冴えける」（後鳥羽院御集・一六三七）

291 ○袖より過ぐる　用例は慈円の歌以外に見当たらない。過ぐるものを千鳥と捉える説（鎌田評釈）もある。参考　「夕されば野辺の秋風身にしみて鶉鳴くなり深草の里」（千載・秋歌上・二五九・藤原俊成）「千鳥鳴く曾我の川風身にしみて真菅片敷き明かす夜半かな」（続古今・羇旅歌・九〇八・二条院讃岐）「野辺の露は色もなくてや零れつる袖より過ぐる荻のうは風」（新古今・恋歌五・一三三八・慈円）

292 参考　「千鳥鳴く佐保の川原のささらなみ止むときもなく我が恋ふらくは」（古今六帖・四四五九・大伴坂上郎女）「行く先は小夜更けぬれど千鳥鳴く佐保の川原は過ぎ憂かりけり」（新古今・冬歌・六四二・伊勢大輔）

293 ○寒けみ「寒けし」（寒そうだ、寒々としているの意）の語幹に「み」がついたもの。○むばたまの「夜」

月影霜《かげしも》に似たりといふことを詠《よ》める

290
月影《かげ》の白《しろ》きを見れば鵲《かさゝぎ》の
渡《わた》せる橋《はし》に霜《しも》ぞ置《を》きにける
（三四三）

冬歌

291
夕月夜《ゆふづくよ》佐保《さほ》の川風《かはかぜ》身にしみて
袖《そで》より過《す》ぐる千鳥鳴《ちどりな》くなり
（三五一）

河辺冬月

292
千鳥鳴《ちどりな》く佐保《さほ》の川原《かはら》の月清《きよ》み
衣手寒《ころもでさむ》し夜《よ》や更《ふ》けにけむ
（三四一）

月前松風

293
天《あま》の原空《はらそら》を寒《さむ》けみむばたまの
夜渡《よわた》る月に松風《まつかぜ》ぞ吹《ふ》く
（三四四）

月の光が霜のように見える、ということを詠んだ歌

290 月が白く輝くところを見ると、鵲が渡す橋に霜が置いているに違いない。
頭注の後鳥羽院詠の影響は疑い得ない。

冬の歌

291 夕月夜、袖を通して吹く佐保の川風が身にこたえる、そんな情景に千鳥が鳴いている。

河辺の冬の月

292 千鳥の鳴く佐保の川原の月が澄み冴えて衣の袖が寒い、もう夜が更けてしまったのか。

月前の松風

293 天空が寒々としているので、暗い夜を渡る月のもとでは松風ばかりが吹いている。

にかかる枕詞。○夜渡る　夜の間に過ぎ行く。参考「川風に夜渡る月の寒ければ八十氏人も衣打つなり」（続後撰・秋歌下・三九二・藤原定家）

294 ○虫明　虫明の瀬戸。備前国の歌枕。参考「虫明けの松吹く風や寒からむ冬の夜深く千鳥鳴くなり」（拾遺愚草員外・七三二・藤原定家）

295 ○涙しほれて「波に」の誤写か。和歌の用例は実朝歌以外には見当たらない。『夫木和歌抄』冬部二6820には「なみだしほれて」と採録。貞享本は「波にしをれて（波に萎れて）」。参考「和歌の浦に潮満ちくれば潟をなみ蘆辺をさして鶴鳴き渡る」（続古今・雑歌上・一六三四・山辺赤人）「幾夜我波にしをれて貴船川袖に玉散るもの思ふらむ」（新古今・恋歌二・一一四一・藤原良経）

296 ○伊勢島　伊勢の国。○一志の浦　伊勢国の歌枕。○一志の浦に千鳥鳴くなり　珍しい表現。参考「伊勢島や一志の浦の海人だにもかづかぬ袖は濡るるものかは」（千載・恋四・八九三・道因法師）「うばたまの夜の更けゆけば楸生ふる清き川原に千鳥鳴くなり」（新古今・冬歌・六四一・山辺赤人）

海《うみ》の辺《へん》の千鳥《ちどり》といふことを、人びと《ぐ》あまたつかうまつりしついでに

294 夜《よ》を寒《さむ》み浦《うら》の松風《まつかぜ》吹《ふ》きむせび
虫明《むしあけ》の波《なみ》に千鳥《ちどり》鳴《な》くなり

（三五四・夫木六八一九）

海辺の千鳥ということを、人々がたくさん献詠した折に

294 夜が寒いので海辺の松風がむせび泣くように吹き、虫明の波の上では千鳥が鳴いている。

『夫木和歌抄』には、頭注の定家歌に並んで載る。

295 夕月夜《ゆふづくよ》満《み》つ潮合《しほあひ》の潟《かた》をなみ
涙《なみだ》しほれて鳴《な》く千鳥《ちどり》かな

（三五三・夫木六八二〇）

295 夕月夜には満ち潮で干潟がないので、波に濡れそぼちてしょんぼりと鳴く千鳥だな。

千鳥を詠む316番歌は、「波にしをれて」と表現。

296 月清《きよ》み小夜《さよ》更《ふ》けゆけば伊勢島《いせしま》や
一志《いちし》の浦《うら》に千鳥《ちどり》鳴《な》くなり

（三五五・玉葉九二一・万代一四三二・夫木一一四〇七）

296 月が澄み冴えて夜が更けていくと、伊勢の国、一志の浦では千鳥が鳴いている。

名所千鳥《ちどり》

297
衣手《で》に浦《うら》の松風《まつかぜ》冴《さ》えわびて
吹上《ふきあげ》の月に千鳥《ちどり》鳴《な》くなり
（三五七）

名所の千鳥

297 袖に吹く海辺の松風が堪えきれないほど冷たく、吹上の浜の月の下では千鳥が鳴いている。

寒夜千鳥

298
風寒《かぜさむ》み夜《よ》の更《ふ》けゆけば妹《いも》が島《しま》
形見《かたみ》の浦《うら》に千鳥《ちどり》鳴《な》くなり
（三五六・新勅撰四〇八）

寒い夜の千鳥

298 風が冷たく吹いて夜が更けていくと、妹が島の形見の浦では千鳥が鳴いている。

深《ふか》き夜《よ》の霜《しも》

299
むばたまの妹《いも》が黒髪《くろかみ》うちなびき
冬深《ふゆふか》き夜《よ》に霜《しも》ぞ置《を》きにける
（三三〇）

深い夜に置く霜

299 いとしい人の黒髪は（涙に濡れて）恋人のいない床に靡き、冬の深い夜にはすっかり霜が置いてしまうことよ。

冬歌

300
片敷《かたし》きの袖《そで》こそ霜《しも》に結《むす》びけれ
待《ま》つ夜《よ》更《ふ》けぬる宇治《うぢ》の橋姫《はしひめ》
（三三一）

冬の歌

300 ひとり片敷く（涙の）袖ばかりが霜と氷り、来ぬ人を待つ夜のすっかり更けてしまった宇治の橋姫よ。

299 300の「霜」は、「涙」の凍ることを暗示。

297 **参考**「衣手に余呉の浦風冴えて己高山に雪降りにけり」（金葉二・冬部・二七八・源頼綱）「月ぞすむ誰かはここに紀の国や吹上の千鳥ひとり鳴くなり」（新古今・冬歌・六四七・藤原良経）

298 **参考**「藻刈舟沖漕ぎ来らし妹が島形見の浦に鶴翔る見ゆ」（万葉・巻七・一二一八・作者未詳）「風寒み夜や更けぬらむ息長鳥猪名の湊に千鳥鳴くなり」（新後撰・冬歌・四八三・藤原顕仲）

299 ○むばたまの　「黒」にかかる枕詞。○冬深き夜　用例のきわめて少ない表現。**参考**「ぬばたまの妹が黒髪今宵もか我がなき床になびきてぬらむ」（万葉・巻十一・二五六九・作者未詳）「君待つと庭のみ居ればうちなびく我が黒髪に霜ぞ置きにける」（万葉・巻十二・三〇五八・作者未詳）

300 ○宇治の橋姫　宇治橋のほとりにある橋姫神社の祭神。橋を守る女神。男神との恋愛説話があるためか、恋の歌によく登場する。**参考**「さむしろに衣片敷き今宵もや我を待つらむ宇治の橋姫」（古今・恋歌四・六八九／近代秀歌・八七・よみ人しらず）「片敷きの袖をや霜に重ぬらむ月に夜離るる宇治の橋姫」（新古今・冬歌・六一一・法印幸清）「橋姫の片敷き衣狭筵に待つ夜むなしき宇治の曙」（新古今・冬歌・六三六／後鳥羽院御集・一四三一）

301 **参考**「片敷きの袖の氷も結ぼほれとけて寝ぬ夜の夢ぞ短き」（新古今・冬歌・六三五・藤原良経）

302 **参考**「消え返り岩間に迷ふ水の泡のしばし宿借る薄氷かな」（新古今・冬歌・六三二・藤原良経）

303 **参考**「音羽山紅葉散るらし逢坂の関の小川に錦織りかく」（金葉二・秋部・二四六・源俊頼）

304 ○外山の嵐冴え冴えて　勅撰集・私撰集・私家集に用例のない後鳥羽院独特の表現。影響は紛れもない。**参考**「更けにけり山の端近く月冴えて十市の里に衣打つ声」（新古今・秋歌下・四八五・式子内親王）「冬深み外山の嵐冴えさえて裾野のまさき霰降るなり」（後鳥羽院御集・一一三七）

301
片敷《かたし》きの袖《そで》も氷《こほ》りぬ冬《ふゆ》の夜《よ》の
雨《あめふ》降りすさむ暁《あか月》の空《そら》
（三三三）

301 独り寝に濡れる（涙の）袖も氷ってしまった、冬の夜の雨が激しく降る明け方の空を迎えて。

302
夜を寒《さむ》み川瀬《かはせ》に浮《う》かぶ水《みづ》の泡《あは》の
消《き》えあへぬほどに氷《こほ》りしにけり
（三三一）

302 夜が寒いので川瀬に浮かぶ水泡が、すっかり消えきらぬまま氷に閉ざされていることよ。
強い寒気のための変化の早さを詠む。

氷をよめる

303
音羽山《をとはやま》山おろし吹《ふ》きて逢坂《あふさか》の
関《せき》の小川《をがは》は氷《こほ》りわたれり
（三三五）

氷を詠んだ歌

303 音羽山の山おろしが吹きつけて、逢坂の関の小川は一面に氷りついている。

月前嵐

304
更《ふ》けにけり外山《とやま》の嵐《あらし》冴《さ》え冴えて
十市《とをち》の里《さと》に澄《す》める月影《かげ》
（三四六）

月前の嵐

304 夜もすっかり更けたことだ、端山を吹く強い風が冷えに冷えて、十市の里に澄んで射す月の光よ。

湖上冬月といふ事を

305 比良《ひら》の山山《やま》風《かぜ》寒《さむ》み唐崎《からさき》や
鳰《にほ》の湖《みづうみ》に月ぞ氷《こほ》れる

（三四〇）

湖上の冬の月ということを

305 比良山の山風が寒いので、唐崎では、琵琶湖に映る月が氷りついていることよ。

「比良の山風」はよく詠まれるが、花を散らす春の風であることが多い。実朝歌は湖面に映る月の玲瓏さを詠む。

池上冬月

306 原《はら》の池《いけ》の葦間《あしま》の氷《つらゝ》繁《しげ》け《ゝ》れど
絶《た》え絶《〲》え月の影《かげ》は澄《す》みけり

（三三九）

池の上の冬の月

306 野原の池の葦間には氷がびっしりと張っているけれど、途切れ途切れに射し込む月の光の澄んでいることよ。

冬歌

307 葦《あし》の葉《は》は《ゝ》沢辺《さはべ》もさやに置《を》く霜《しも》の
寒《さむ》き夜な夜《〱》な氷《こほ》りしにけり

（三三四）

冬の歌

307 葦の葉には沢辺もあざやかに白く置く霜が、寒い夜毎に凍てついてしまったことよ。

308 難波潟《なにはがた》葦《あし》の葉《は》白《しろ》く置《を》く霜《しも》の
冴《さ》えたる夜半《よは》に鶴《たづ》ぞ鳴《な》くなる

（三二六）

308 難波潟の葦を白く染めて置く霜が冷え冷えとしている夜更けに、鶴が鳴いていることよ。

鶴も白い鳥である。307 308は白い冬の光景。

305 ○比良の山　近江国の歌枕。季節風が強い。○唐崎　近江国の歌枕。琵琶湖西岸。○鳰の湖　鳰の海。琵琶湖。**参考**「志賀の浦や遠ざかり行く波間より氷りて出づる有明の月」（新古今・冬歌・六三九・藤原家隆）「唐崎や鳰の湖の水の面に照る月なみを秋風ぞ吹く」（後鳥羽院御集・一五五四）

306 ○氷　つらら。氷のこと。○繁けれど　密集している。「絶え絶え」と対照させる。**参考**「狭筵はむべ冴えけらし隠れ沼の葦間の氷ひとへしにけり」（後拾遺・冬・四一八・頼慶法師）「難波江の葦間に宿る月見れば我が身ひとつもしづまざりけり」（詞花・雑上・三四七・藤原顕輔）

307 ○沢辺もさやに　「さ」の頭韻を踏む。**参考**「秋されば雁の羽風に霜降りて寒き夜な夜な時雨さへ降る」（新古今・秋歌下・四五八・柿本人麻呂）「君来ずはひとりや寝なむ笹の葉のみ山もそよにさやぐ霜夜を」（新古今・冬歌・六一六／近代秀歌・一六五一・藤原清輔）

308 ○葦の葉白く　後鳥羽院詠に初出（原田正彦「源実朝と後鳥羽院歌壇—金槐集と新古今集成立期の和歌との関連を中心に—」実践研究・二一九九八・・六）。**参考**「難波江や葦の葉白く明くる夜の霞の沖に雁も鳴くなり」（後鳥羽院御集・一四一四）

309 夜更《よふ》けて月を見《み》て詠《よ》める
小夜更《さよふ》けて雲間《くもま》の月の影《かげ》見れば
袖《そで》に知《し》られぬ霜《しも》ぞ置《を》きける
（三四二）

309 夜が更けた頃月を見て詠んだ歌
夜が更けて雲の切れ間に射す月の光を見ていると、袖に覚えのない霜が置くことよ。

310 社頭霜
小夜更《さよふ》けて稲荷《いなり》の宮《みや》の杉《すぎ》の葉《は》に
白《しろ》くも霜《しも》の置《を》きにけるかな
（六二九）

310 社頭の霜
夜が更けると稲荷神社の杉の葉に、まさに白く清浄な霜が置いたことよ。
実朝は後鳥羽院の美意識に共感し、「雪」を「霜」に変えて詠じたのであろう。

311 屏風に三輪《みわ》の山《やま》に雪の降《ふ》れる所
冬籠《ふゆごも》りそれとも見えず三輪《みわ》の山
杉《すぎ》の葉白《はしろ》く雪《ゆき》の降《ふ》れれば
（三八〇）

311 屏風に三輪山に雪が降っているところを描いてあるのを
草も木も冬籠りでどこが三輪山なのか見分けがつかない、印の杉の葉にも白く雪が降っているので。

三輪山に雪の降る景色全体を実朝は望観しているのである。草や木、山そのものが冬籠りをしているという趣向。そのほうが歌としてはおもしろい。

312 社頭雪
み熊野《くまの》の梛《なぎ》の葉《は》しだり降《ふ》る雪《ゆき》は
神のかけたる垂《しで》にぞあるらし
（六三七）

312 社頭の雪
熊野神社の梛の葉を（その重みで）垂れ下げて降る雪は、神の掛けた垂であるのだろうな。

309 ○袖に知られぬ霜　実朝歌以外に用例が見当たらない。霜に紛う月光の白さの表現。参考「桜散る木の下風は寒からで空に知られぬ雪ぞ降りける」（拾遺・春・六四・紀貫之）「いつしかと荻の上葉もおとづれて袖に知らるる秋の初風」（続拾遺・秋歌上・二一九・後鳥羽院）「白妙の衣の袖を霜かとて払へば月の光なりけり」（後拾遺・秋上・二六〇・藤原国行）

310 ○稲荷　山城国の歌枕。○稲荷の宮　貞享本では「稲荷の山」○杉の葉　杉は稲荷神社の神木。参詣者は験（しるし）の杉としてその小枝を貰い受ける。なお、「杉の葉白き」は勅撰集・私撰集・私家集を通じ、後鳥羽院詠以外に例を見ない。参考「春の来てなほ降る雪は消えもあへず杉の葉白き曙の空」（後鳥羽院御集・三〇三）「鶯の鳴けどもいまだ降る雪に杉の葉白き逢坂の山」（新古今・春歌上・一八・後鳥羽院）

311 ○冬籠り　松野又五郎通釈では三輪山が冬籠りをしていると解している。しかし、「三輪山の杉の木立に真白に雪がふつてゐる、冬ごもりしてゐる人の庵もあらう、それがさだかに見えない」（斉藤茂吉）、「冬籠居していると、杉の葉に白く雪が降っているので三輪の山もそれとははっきり見えない」（大系）、「冬籠りをする家がどこなのか見当がつかない。三輪の山に、杉の葉も白く雪が降って、どれが目印の杉ともはっきりしないのだ」（集成）、「三輪山に冬ごもりしていると、あたりの杉の葉には真白に雪が降り積っているのでそこが三輪山とはさだかに見分けがつかない」（鎌田注釈）のように、人が冬籠りするという解釈がほぼ定説化しているが如何。参考「梅の花それとも見えずひさかたの天霧る雪のなべて降れれば」（古今・冬歌・三三四・よみ人しらず）「雪降れば冬籠りせる草も木も春に知られぬ花ぞ咲きける」（古今・冬・三二三・紀貫之）

312 ○椰　マキ科の常緑樹。高さ約15メートル。○垂　注連縄・玉串などに垂れ下げるもの。参考「禊する今日唐崎に降ろす網は神のうけひく験なりけり」（拾遺・神楽歌・五九五・平祐挙）

313 ○鶴の岡　鶴岡八幡宮と鶴のいる岡を重ねる。参考「音羽山今朝越え来れば時鳥梢はるかに今ぞ鳴くなる」（古今・夏歌・一四二・紀友則）

314 315 参考「梅が枝に鳴きてうつろふ鶯の羽白妙に淡雪ぞ降る」（新古今・春歌上・三〇・よみ人しらず）

316 参考「霜の上に跡踏みつくる浜地鳥行方もなしと音をのみぞ鳴く」（新古今・恋歌一・一〇二四・藤

鶴岡別当僧都（の）もと《許》に、雪の降《ふ》れりし朝《あした》、詠《よ》みて遣《つか》はす歌《うた》

313
鶴《つる》の岡《をか》仰《あふ》ぎて見れば峰《みね》の松《まつ》
梢《こずゑ》はるかに雪ぞつもれる
（六二三）

314
八幡《やはた》山木高《こだか》き松《まつ》に居《ゐ》る鶴《たづ》の
羽白妙《はねしろたへ》にみ雪降《ゆきふ》るらし
（六二四・夫木一二六五九）

海辺鶴

315
難波潟潮干《なにはがたしほひ》に立《た》てる葦鶴《あしたづ》の
羽白妙《はねしろたへ》に雪《ゆき》は降《ふ》りつつ、
（三五九）

冬歌

316
降《ふ》りつもる雪踏《ゆきふ》む磯《いそ》の浜千鳥《はまちどり》
波《なみ》にしほ《ほ》れて夜半《よは》に鳴《な》くなり
（三五二）

鶴岡神宮の別当僧都のもとに、雪の降った朝詠んで贈った歌

313 鶴のいる岡を仰ぎ見ると、峰に生える松の梢のはるか彼方まで雪が積もっている（鶴はどこにいるのやら）。

314 八幡宮の山の木高い松にいる鶴の、その白い羽をさらに白く染めて雪が降っているようだ。

海辺の鶴

315 難波潟の干潟に立っている葦田鶴の、その白い羽をさらに白く染めて雪が降り続く。

冬の歌

316 降り積もる雪を踏む磯辺の浜千鳥が、波に濡れそぼちて夜更けに鳴いている。
295番歌参照。

原興風）「浦風に吹上の浜の浜千鳥波立ち来らし夜半に鳴くなり」（新古今・冬歌・六四六・祐子内親王家紀伊）

317 ○鶚　ウオタカ、スドリ。鳶ほどの大きさで頭と下面は白、海浜に住む。○室の木　杜松（ねず）。**参考**「秋萩の枝もとををになり行くは白露重く置けばなりけり」（後撰・秋中・三〇四・よみ人しらず）

318 **参考**「夕凪に門渡る千鳥波間より見ゆる小島の雲に消えぬる」（新古今・冬歌・六四五・藤原実定）

319 ○つれもなき「つれなし」（ひややかである、無情だ）を強調する。**参考**「降る雪に焚く藻の煙かきたえてさびしくもあるか塩釜の浦」（新古今・冬歌・六七四・藤原兼実）

320 ○室の八島　下野国の歌枕。絶えず煙の立つ場所として詠まれる。○下燃え　心中に思い焦がれること。**参考**「絶えず立つ室の八島の煙かないかに尽きせぬ思ひなるらむ」（千載・雑歌上・一〇四一・藤原顕方）

317
鶚居《みさごゐ》る磯辺《いそべ》に立《た》てる室《むろ》の木の
枝《えだ》もとをを《おゝ》に雪《ゆき》ぞつもれる
（三六〇・夫木一二八〇二）

318
夕《ゆふ》されば潮風寒《しほかぜさむ》し波間《なみま》より
見ゆる小島《こじま》に雪は降《ふ》りつゝ
（三六四・続後撰五二〇）

319
立《た》ち昇《のぼ》る煙《けぶり》は猶《なを》ぞつれもなき
雪《ゆき》の朝《あした》の塩釜《しほがま》の浦《うら》
（三八一）

雪を詠《よ》める

320
眺《なが》むればさびしくもあるか煙立《けぶりた》つ
室《むろ》の八島《やしま》の雪《ゆき》の下燃《したも》え
（三六七）

317 鶚のいる磯辺に立っている杜松の上に、枝も撓むほどに雪が積もっていることだ。

318 夕刻になると潮風が寒い、波間から見える小島には雪が降っていて。

319 立ち昇る塩屋の煙はまったくいつも通りだ、雪の降った朝の塩釜の浦だというのに。

頭注の参考歌とは対照的な光景。

雪を詠んだ歌

320 眺めているとせつないことよ、煙の立つ室の八島の雪の下燃えは（いかに尽きせぬ思いなのだろうかと）。

冬歌

321
夕《ゆふ》されば浦風寒《うらかぜさむ》し海人小舟《あまを》
とませの山にみ雪降《ゆきふ》るらし
（三六三・新続古今七〇五・万代一四七六）

322
巻向《まきもく》の檜原《ひはら》の嵐冴《あらしさ》え冴えて
弓月《ゆづき》が岳《たけ》に雪降《ゆきふ》りにけり
（三七〇・風雅八一〇・万代一四六四）

323
深山《みやま》には白《しら》雪降《ふ》れり信楽《しがらき》の
真木《まき》の杣人《そま》道辿《みちたど》るらし
（三六九・風雅八二三）

324
払《はら》へただ、雪分衣《ゆきわけごろも》緯《ぬき》を薄《うす》み
つもれば寒《さむ》し山おろしの風《かぜ》
（三七二・万代一四七七）

冬の歌

321 夕刻になると浦風が寒い、初瀬山では雪が降っているようだ。
海岸の風の寒さから遠くの山の天候を想像している趣向。

322 巻向山の檜原を吹く強い風が冷えに冷えて、弓月が岳には雪が降ったことだ。

323 山奥では雪が白く降り積もった、信楽の杉の杣山では木こりが道に迷うだろうな。
321からこの歌まで、ある場所の天象が近くへ影響するという類型。

324 ひたすら雪を吹き払ってくれ、道中の衣が薄いので積もると寒さが身に堪えるのだ、山おろしよ。
緯の薄い衣に風が吹くという類型を実朝も踏襲しているが、「雪分衣」に「山おろしの風」の取り合わせは新鮮。

321 ○とませ　初瀬。泊瀬。「とませ」と訓じられてもいた。万葉の影響か。初瀬山の雪景色は一般によく詠まれる。○浦風　実朝は泊瀬山を「海岸近くの山と誤解」（集成）しているのかも知れない。○海人小舟「はつ（泊）」「はつか（僅・二十日）」にかかる枕詞。実朝がそう捉えていたか否かは不明。参考「海人小舟泊瀬の山に降る雪のけながく恋ひし君が音ぞする」（万葉集・巻十・二三五一・作者未詳）「夕されば衣手寒しみ吉野の吉野の山にみ雪降るらし」（古今・冬歌・三一七・よみ人しらず）

322 ○弓月が岳　大和国の歌枕。巻向山の一峰。参考「巻向の弓月が岳に雲冴えてあなし川波朝氷りせり」（壬二集・一四八一・藤原家隆）

323 ○信楽　近江国の歌枕。○真木の杣人　杉林にいる木こり。○辿る　道を迷いながら尋ねて行く。探り求める。参考「都だに雪降りぬれば信楽の真木の杣山跡絶えぬらむ」（金葉二・冬部・二九一・隆源法師）

324 ○雪分衣　雪を分け行くときの服装。○緯　織物の横糸。参考「春の着る霞の衣緯を薄み山風にこそ乱るべらなれ」（古今・春歌上・二三・在原行平）「霞立つ春の衣の緯を薄み花ぞ乱るる四方の山風」（続拾遺・春歌下・一〇〇・藤原雅経）

325
真木《まき》の戸《と》を朝明《あさあけ》の雲《くも》の衣手《で》に
雪《ゆき》を吹《ふ》き巻《ま》く山おろしの風《かぜ》

（三七一）

325 真木の戸を朝開けると月が脱ぎ捨てた雲の衣の袖に雪を巻き上げて、我が袖にも吹きつける、山おろしの風が。

326
山里《やまざと》は冬こそことに侘《わび》しけれ
雪《ゆき》踏《ふ》み分《わ》けて訪《と》ふ人もなし

（三七三）

326 山里は冬がとりわけさびしいことだ、雪を踏み分けて訪ねる人もいなくて。

327
我《わ》が庵《いほ》は吉野《よしの》の奥《おく》の冬籠《ふゆごも》り
雪降《ふ》りつみて訪《と》ふ人もなし

（三七四）

327 我が庵は吉野の奥、冬に閉ざされ雪が降り積もって訪ねる人もいない。

328
奥《おく》山の岩根《いはね》に生《お》ふる菅《すが》の根《ね》の
ねもころご《ぐ》ろに降《ふ》れる白雪《しらゆき》

（三六一）

328 奥山の岩根に生える菅の根のように、余すところなくびっしりと降り積もる白雪よ。

325 ○真木の戸　杉や檜など出来た戸。恋歌に詠まれることが多い。「朝」の縁語。○雲の衣手　「雲の衣」は、雲を衣に見立て、織姫の衣裳をさすことが多い。実朝歌は、良経歌に通じる光景として自身の着物の袖の意も含んでいよう。**参考**「山の端に雲の衣を脱ぎ捨ててひとりも月の立ち昇るかな」（金葉二・秋部・一九四・源俊頼）「真木の戸を朝明の袖に風冴えて初雪落つる峰の白雲」（秋篠月清集・院無題五十首・九三五・藤原良経）

326 **参考**「山里は秋こそことに侘しけれ鹿の鳴く音に目をさましつつ」（古今・秋歌上・二一四・壬生忠岑）「我が宿は雪降りしきて道もなし踏み分けて訪ふ人しなければ」（古今・冬歌・三二二・よみ人しらず）

327 「冬籠り春に知られぬ花なれや吉野の奥の雪の夕暮」（後鳥羽院御集・一五一〇）

328 ○菅の根の　「長し」「乱る」「絶ゆ」「懇（ねもころ）」にかかる枕詞。○ねもころごろに　ねもころ。ねんごろ。入念に。**参考**「高山の巌に生ふる菅の根のねもころごろに降り置く白雪」（万葉・巻二十・四四七八・橘諸兄）

329 お《を》のづからさびしくもあるか山深《やまふか》み
苔《こけ》の庵《いほり》の雪《ゆき》の夕暮《ゆふぐれ》　（三七五）

329 ひとりでに寂しくもなるものだなあ、山が深いので苔むした庵の雪の夕暮には。

329 ○苔の庵　苔むした草庵。僧・隠遁者の粗末な住まい。**参考**「おのづから涼しくもあるか夏衣ひもゆふぐれの雨の名残に」（新古今・夏歌・二六四・藤原清輔）

寺辺夕雪

330 うちつけにもの《物》ぞ悲《かな》しき初瀬《はつせ》山
尾上《おのへ》の鐘《かね》の（雪の夕暮）　（三八二）

寺辺の夕雪

330 にわかに物悲しくなる、初瀬山の尾上の鐘が鳴る（雪の夕暮は）。

330 **参考**「うちつけにものぞ悲しき木の葉散る秋の始めをけふと思へば」（後撰・秋上・二一八・よみ人しらず）「年も経ぬ祈るちぎりは初瀬山尾上の鐘のよその夕暮」（新古今・恋歌二・一一四二・藤原定家）

331 故郷《ふるさと》はうらさびしともなきものを
吉野《よしの》の奥《おく》の（雪の夕暮）　（三八三）

331 故郷が寂しいわけではないのだけれど、吉野の奥の（雪の夕暮はやはり…）。
330 331とも、第五句は欠字。貞享本は「雪の夕暮」。「吉野の奥の～の夕暮」は頭注に例をあげたが、類型化している。

331 ○うらさびし　心寂し。心寂しい。何となく寂しい。「浦」「裏」をかけることが多い。この場合、背景は山である。**参考**「厭ひてもなほ厭はしき世なりけり吉野の奥の秋の夕暮」（新古今・雑歌中・一六二〇・藤原家衡）「さびしさを何に譬えむ世を捨つる吉野の奥の冬の夕暮」（拾玉集・三六五・慈円）「冬籠り春に知られぬ花なれや吉野の奥の雪の夕暮」（後鳥羽院御集・一五一〇）

冬歌

332 夕《ゆふ》されば篠《すゞ》吹《ふ》く嵐《あらし》身にしみて
吉野《よしの》の岳《たけ》にみ雪《ゆき》降《ふ》るらし　（三六二）

冬の歌

332 夕刻になると小竹を吹く強い風が身にしみる、吉野の山では雪が降っているようだ。

332 **参考**「今宵誰篠吹く風を身にしめて吉野の岳に月を見るらむ」（新古今・秋歌上・三八七・源頼政）「夕されば衣手寒しみ吉野の吉野の山にみ雪降るらし」（古今・冬歌・三一七・よみ人しらず）

333 山高《やまたか》み明《あ》け離《はな》れゆく横雲《よこぐも》の
絶《た》え間《ま》に見ゆる峰《みね》の白雪《しらゆき》
（三六五・新勅撰四二三）

333 山が高いので、夜が明けて横にたなびく雲の絶え間に見える峰の白雪よ。

334 見わたせば雲居《くもゐ》はるかに雪白《しろ》し
富士《ふじ》の高嶺《たかね》のあけぼのの空《そら》
（三六六）

334 見渡すと雲のはるか彼方に雪が白い、富士の高嶺を望む明け方の空は。

335 笹《ささ》の葉《は》は深山《みやま》もそよに霰降《あられふ》り
寒《さむ》き霜夜《しもよ》をひとりかも寝《ね》む
（三四九）

335 笹の葉が山にざわざわと鳴って霰が降る、この寒い霜の置く夜に独りで寝るとは。

山辺霰

336 雲深《くもふか》き深山《みやま》の嵐《あらし》冴《さ》え冴えて
生駒《いこま》の岳《たけ》に霰降《あられふ》るらし
（三四七・続後拾四七七）

山辺の霰

336 雲の立ち込める奥深い山から吹く強い風の冷たいこと、生駒の岳に霰が降っているのだろう。

333 ○明け離る　夜がすっかり明ける。○絶え間に見ゆる　実朝同時代以降に定着する新しい表現。**参考**「鐘の音に今や明けぬと眺むれば猶雲深し峰の白雪」（壬二集・二六一九・藤原家隆）「朝日出でて空より晴るる川霧の絶え間に見ゆる遠の山本」（続後撰・秋歌中・三一七／後鳥羽院御集・五九一）

334 **参考**「天の原富士の煙の春の色の霞に靡くあけぼのの空」（新古今・春歌上・三三・慈円）「八重霞煙も見えずなりぬなり富士の高嶺の夕暮の空」（後鳥羽院御集・一二九三）

335 ○深山　山の美称。○そよに　葉が触れ合う音。**参考**「笹の葉は深山もさやにさやげども我は妹思ふ別れ来ぬれば」（万葉・巻二・一三三・柿本人麻呂）「君来ずはひとりや寝なむ笹の葉の深山もそよにさやぐ霜夜を」（新古今・冬歌・六一六／近代秀歌・一六五一・藤原清輔）「宿貸さむ人も交野の笹の葉に深山もさやと霰降る夜を」（後鳥羽院御集・一四二一）

336 **参考**「冬深み外山の嵐冴え冴えて裾野の正木霰降るなり」（後鳥羽院御集・一一三七）

雪を詠《よ》める

337 鷂《はしたか》も今日《けふ》や白斑《しらふ》に変《かは》るらむ《ん》
とかへる山に雪《ゆき》の降《ふ》れれば
（三七七）

冬歌

338 雪《ゆき》降《ふ》りて今日《けふ》とも知《し》らぬ奥《おく》山に
炭《すみ》焼《や》く翁《おきな》あはれはかなみ
（三九〇・万代一五一一・夫木七五六七）

339 炭窯《すみがま》の煙《けぶり》もさびし大原《おほはら》や
ふりにし里《さと》の雪《ゆき》の夕暮《ゆふぐれ》
（三九一）

340 我《わ》が門《ど》の板井《いたゐ》の清水冬深《しみづふゆふか》み
影《かげ》こそ見《み》えね氷《こほ》りすらしも
（三三八）

雪を詠んだ歌

337 鷂も今日は白いまだらに変わるのだろうか、羽の抜け変わる山に雪が降っているので（その色に合わせて）。

冬の歌

338 雪に降り籠められてこの先どうなるのかわからぬ奥山で炭を焼く老人は何と気の毒な、心細くて。

339 炭窯から立ち昇る煙までが心細い大原だ、古びた里の雪降る夕暮は。

340 我が家の門の板囲いの井戸は、冬が深く水も深くて影も映らない、氷っているのだろうな。

337 ○鷂　鷹の一種。鷹狩りに用いた。○とかへる　鷹の羽毛が抜けかわる。参考「鷂の白斑に色やまがふらんとかへる山に霰降るらし」（金葉二・冬部・二七六・大江匡房）

338 ○今日とも知らぬ　「死期は今日にもあると知らず」（大系）、「今日がいつとも知れぬ」（集成）、「今日は幾日かもはっきりわからなくなった」（鎌田評釈）と解される。参考「はかなさは今日とも知らぬ世の中にさりともとのみいつを待つらむ」（風雅・雑歌下・一九四〇・よみ人しらず・寂然法師との贈答歌として載る）

339 ○大原　山城国の歌枕。参考「日数経る雪気にまさる炭窯の煙も寒し大原の里」（新古今・冬歌・六九〇・式子内親王）

340 ○板井の清水　水草が生え、汲む人がないということから、月も映らぬ光景が詠まれ、また恋の歌に応用される。○影こそ見えね　勅撰集の用例は輔仁親王歌1例のみ。冬の井戸の水に映る影が見えないことを表現する実朝詠は独自。参考「故郷の板井の清水水草ゐて月さへすまずなりにけるかな」（千載・雑歌上・一〇一一・俊恵法師）「み吉野の大川の辺の古柳影こそ見えね春めきにけり」（新古今・春歌上・七〇・輔仁親王）

341
冬深《ふゆふか》み氷《こほり》やいたく閉《と》ぢつらし
影《かげ》こそ見えね山の井《ゐ》の水《みづ》
（三三六）

341 冬が深いので氷が固く閉ざしてしまったようだ、影も形も見えない山の湧水には。
山の井の所在そのものがわからなくなっている冬の深さ。

342
冬深《ふか》み氷《こほり》に閉《と》づる山川《やまかは》の
汲《く》む人なしみ年《とし》や暮《く》れなむ
（三三七）

342 冬が深いので氷に閉ざされた山川の水を汲む人もないまま、年が暮れてゆくのだなあ。
この歌以降、年の暮を詠む歌が配列される。

343
武士《ものゝふ》の八十宇治川《やそうぢがは》を行《ゆ》く水の
流《なが》れて早《はや》き年《とし》の暮《くれ》かな
（四〇〇・新勅撰四三七）

343 宇治川を行く水のように、流れて早く過ぎる年の暮だな。

344
白雪《しらゆき》のふるの山《やま》なる杉叢《すぎむら》の
過《す》ぐるほどなき年《とし》の暮《くれ》かな
（四〇一）

344 白雪の降る布留山の杉林が「旧る・過ぐ」を連想させるように、あっという間に過ぎていく年の暮だな。

341 **参考**　「浅香山影さへ見ゆる山の井の浅き心を我思はなくに」（万葉・巻十六・三八二九・前采女）
342 ○汲む人なしみ　他に用例はない。実朝独自の表現。形容詞の語幹につく接尾語の「み」ならば、「汲む人なみに」。「汲む人なしに」の誤写か。この用例も良経詠以外見当たらない。**参考**　「もらしわび氷りまどへる谷水の汲む人なしに行き悩みつつ」（秋篠月清集・解九・藤原良経）
343 ○武士の八十宇治川　序詞。「武士の」は、宇治川にかかる枕詞。「氏」の多さから数が多いことを示す「八十」が「宇治川」を引き出す。**参考**　「武士の八十宇治川の早き瀬に立ち得ぬ恋も我はするかも」（万葉・巻十一・二七一三・作者未詳）「山吹の花の露添ふ玉川の流れて早き春の暮かな」（後鳥羽院御集・六九二）
344 ○ふるの山なる杉叢の　序詞的用法。「ふる」は、大和国の歌枕「布留」に「降る」「古」「経る」をかける。「杉叢」は、「過ぎむ」をかけ、「過ぐる」を導く。**参考**　「石上ふるの山なる杉叢の思ひ過ぐべき君にあらなくに」（万葉・巻三・四二五・丹生王）「我が身世にふるの山辺の山桜うつりにけりながめせしまに」（風雅・春歌下・二三七・後鳥羽院）

345
葛城《かづらき》や山を木高《こだか》み雪白《ゆきしろ》し
あはれとぞ思（ふ）年《とし》の暮《く》れぬる
（四〇二）

345 葛城山は高い木立を抱いて雪がひときわ白い、感慨を覚えることだ、年が暮れたのだなと。

345 参考 「しもとゆふ葛城山に降る雪の間なく時なく思ほゆるかな」（古今・大歌所御歌・一〇七〇）

仏名心を詠《よ》める

346
身につもる罪《つみ》やいかなる罪《つみ》ならむ《ん》
今日《けふ》降る雪《ゆき》とともに消《け》ななむ
（三九二）

仏名会に臨む心持を詠んだ歌

346 身に積もる罪とはいったいどのような罪なのか、今日降る雪と共に消えてほしいものだ。

346 ○仏名 御仏名。仏名会。諸仏の仏名を唱え、その年の罪障を懺悔し、消滅を祈る法会。十二月十九日より一～三日間。○今日降る雪と… 雪が罪障を消すという発想は珍しくはない。参考 「年の内に積もれる罪はかきくらし降る白雪とともに消えなむ」（拾遺・冬歌・二五八・紀貫之）

歳暮

347
老《お》いらくの頭《かしら》の雪《ゆき》を留《とど》め置《を》きて
はかなの年《とし》や暮《く》れて行《ゆ》くらむ
（四〇三）

歳暮

347 年老いて白くなった頭の雪を消さずに留め置いたまま、はかない年が暮れて行くのだろう。

347 嘆老の歌は雑部に多いが、老人の身になって詠む初出。○はかな 「はかなし」の語幹。はかないこと。「夢」「露」を形容することが多く、「はかなの年」という表現は実朝歌以外には見当たらない。参考 「年経とも越の白山忘れずは頭の雪をあはれとも見よ」（新古今・神祇・一九一二・藤原顕輔）「臥し侘びぬ篠の小笹の仮枕はかなの露や一夜ばかりに」（新古今・羇旅歌・九六一・藤原有家）

348
とりもあへずはかなく暮れて行《ゆ》く年《とし》を
しばし留《とど》めむ関守《せきもり》もがな
（三九九）

348 たちまちにはかなく暮れて行く年を、しばらく引き留める関守がいたらなあ。

348 ○とりもあへず とりあへず。参考 「さかさまに年も行かなむとりもあへず過ぐる齢やともにかへると」（古今・雑歌・八九六・よみ人しらず）

349 ○乳房・嬰児・ともに泣きぬる いずれも和歌表現には用例が少ない。参考 「百草に八十草添へてたまひてし乳房のむくい今日ぞ我がする」（拾遺・愛称・一三四七・行基）「身にまさるものなかりけり嬰児はやらんかたなく愛（かな）しけれども」（金葉二・雑部下・六二一・よみ人しらず）「一声も聞きがたかりし時鳥ともになく身となりにけるかな」（後拾遺・夏・二〇〇・長済）

350 参考 「塵をだに据ゑじとぞ思ふ咲きしより妹と我が寝る常夏の花」（古今・夏歌・一六七・凡河内躬恒）「今日とてや桜は雪とふる郷の跡なき庭を花とやは見る」（続拾遺・春歌下・一一三・藤原俊成）

351 ○しばしばも 暫くの間でも。
参考 「むばたまの今宵な明けそ明け行かば朝行く君を待つ苦しきに」（拾遺・恋二・七一七・柿本人麻呂）

352 参考 「逢はずして今宵明けなば春の日の長くや人をつらしと思はむ」（古今・恋歌三・六二四・源宗于）「ゆき積もる己が年をば知らずして春をば明日と聞くぞうれしき」（拾遺・冬・二六二・源重之）

349
乳房《ちぶさ》吸《す》ふまだいとけなき嬰児《みどりご》と
ともに泣《な》きぬる年《とし》の暮《くれ》かな
（四〇六）

350
塵《ちり》をだに据《す》ゑじとや思《おも》ふ行《ゆ》く年《とし》の
跡《あと》なき庭《には》を払《はら》ふ松風《まつかぜ》
（三九八）

351
うばたまのこの夜《よ》な明《あ》けそしばしばも
まだ旧年《ふるとし》のうちぞと思《おも》はむ《ん》
（四〇五・玉葉一〇三〇）

352
はかなくて今宵《こよひ》明《あ》けなば行《ゆ》く年《とし》の
思《おも》ひ出《いで》もなき春にやあはなむ
（四〇四）

349 乳房を吸うまだあどけない嬰児と一緒に、声をあげて泣いてしまう年の暮だな。

350 塵さえも置くまいと思うのか、行く年の跡形も残らぬ庭をさらに払う松風は。

351 今夜はどうか明けないでくれ、少しの間でもまだ旧年のうちにいると思いたい。

352 あっけなく今夜が明けてしまうのなら、過ぎた年の思い出もない春に出会いたいものだなあ。
行く年を惜しむ配列の最終歌は、新しい気分で春を迎えようという詠に転じられる。

353 詞書はない。参考「千々の秋万の秋を頼むかな秋の宮なる白菊の花」（江帥集・一一三・大江匡房）「あたら夜の月と花とを同じくはあはれ知られん人に見せばや」（後撰・春下・一〇三・源信明）

354 ○男山　京都にある山。山頂に石清水八幡宮がある。参考「春日野の今日の御幸を松原の千歳の春は君がまにまに」（躬恒集・三三五）「禊して思ふことをぞ祈りつる八百万代の神のまにまに」（拾遺・賀・二九三・藤原伊衡）

355 参考「双葉より頼もしきかな春日山木高き松の種ぞと思へば」（拾遺・賀・二六七・大中臣能宣）「君が代はとみの小川の水すみて千歳を経とも絶えじとぞ思ふ」（金葉二・賀部・三一七・源忠季）

356 ○位山　飛騨国の歌枕。松と組み合わせて「昇進を待つ」意を詠む。参考「八幡山跡垂れ初めし標の内に猶万代と松風ぞ吹く」（新続古今・神祇歌・二〇九二／後鳥羽院御集・一五六四）

賀

353
千々《ちゞ》の春万《はるよろづ》の秋にながらへて
花と月とを君《きみ》ぞ見るべき
（六七一・玉葉一〇四八）

354
男《おとこ》山神にぞ幣《ぬさ》を手向《たむ》けつる
八百万代《やをよろづよ》も君《きみ》がまに〳〵
（六二一・続後撰一三五九）

松《まつ》に寄《よ》するといふことを詠《よ》める

355
八幡《やはた》山木高《こだか》き松《まつ》の種《たね》しあらば
千歳《ちとせ》の後《ち》も絶《た》えじとぞ思（ふ）
（六二二）

356
位山《くらゐやま》木高《こだか》くならむ松《まつ》にのみ
八百万代《やをよろづよ》と春風ぞ吹《ふ》く
（六六二）

賀

353 幾久しく在位なさり、春の花秋の月を我が君こそがずっとごらんになるにちがいありません。

354 八幡の神に幣を手向けました。いつの世までも君の御意のままに栄えますようにと。

松に寄せる（祝）ということを詠んだ歌

355 八幡山の木高い松のように、種さえあるのなら千年の後も源氏は絶えまいと思う。

356 位山に高く伸び行く松にだけ、幾久しくと長久を祝って春風が吹いていることだ。
頭注の後鳥羽院詠に唱和するかのような一首。

357 行《ゆ》く末《すゑ》もかぎりは知《し》らず住吉《すみよし》の
松《まつ》に幾代《いくよ》の年《とし》か経《へ》ぬらむ
（六五九・続後撰五五八）

358 住吉《すみよし》の生《お》ふてふ松《まつ》の枝茂《えだしげ》み
葉《は》ごとに千代《ちよ》の数《かず》ぞこもれる
（六六〇）

359 君《きみ》が代《よ》は猶しも尽《つ》きじ住吉《すみよし》の
松《まつ》は百度《もゝたび》生《お》ひ代《かは》るとも
（六五八）

祝の心を

360 鶴《たづ》の居《ゐ》る長柄《ながら》の浜《はま》の浜風《はまかぜ》に
万代《よろづよ》かけて波《なみ》ぞ寄《よ》すなる
（六五六・夫木一二六六〇）

357 これからも限りなく栄えるだろう、住吉の松にいったいどれほどの時代が経たことか。

358 住吉に生えるという松の枝が豊かに生い茂っているので、一葉一葉に千代の数がこもっていることだ。
隆国歌を踏まえていよう。

359 何といっても君が代は決して尽きることはありますまい、長寿の松が百回生え変わったとしても。

祝の心を

360 鶴が居る長柄の浜を「長く」と吹く浜風に添えて、「限りなく久しく」と祝して波が寄せていることだ。
「万世かけて」には「万代に変らぬさまに」（鎌田評釈）という解釈もあるが、「かけて」は106の「春かけて」（春を留めて）と同じではなく、この場合「〜と言って」の意。風も波も万代を祝している趣向。

357 ○住吉　摂津国の歌枕。参考「我見ても久しくなりぬ住之江の岸の姫松幾代経ぬらむ」（古今・雑歌上・九〇五・よみ人しらず）

358 参考「ちはやぶる平野の桜の枝茂み千代も八千代も色は変らじ」（拾遺・賀・二六四・大中臣能宣）「住之江に生ひそふ松の枝ごとに君が千歳の数ぞこもれる」（新古今・賀歌・七二五・源隆国）

359 参考「住吉の神の験に君が代は松の十返り生ひ代るまで」（栄花物語・五七九・藤原通家）「百千度浦島の子は帰るとも藐姑射の山は常葉なるべし」（千載・賀歌・六二六・藤原俊成）「君が代はかぎりもあらじ長浜の真砂の数は読み尽くすとも」（古今・大歌所御歌・一〇八五）

360 ○長柄の浜　摂津国の歌枕。長柄川の岸辺。「長い」の意をとり、「万代」にかかる序詞的用法。「長柄の橋」「長柄の山」の用例のほうが圧倒的に多く、「長柄の浜」は勅撰集には1例のみ。参考「春の日の長柄の浜に舟とめていづれか橋と問へど答へぬ」（新古今・雑歌中・一五九五・恵慶法師）「乙女らも君がためとや亀岡に万代かけて若菜摘むらむ」（長秋詠藻・二九六・藤原俊成）「沖つ風夜半に吹くらし難波潟暁かけて波ぞ寄すなる」（新古今・雑歌上・一五九七・藤原定頼）

361
姫島《ひめしま》の小松《こまつ》が末《うれ》に居《ゐ》る鶴《たづ》の
千歳《ちとせ》経《ふ》れども年老《としおひ》いずけり
（六五五・夫木一〇五九四）

361 姫島の小さな松の先にいる鶴は、千年経っても年をとらないのだ。

大嘗会の年の歌

362
黒木《くろき》もて君が造《つく》れる宿《やど》なれば
万代《よろづよ》経《ふ》とも旧《ふ》りずもありなむ
（六七七）

大嘗会の年の歌

362 黒木によって我が君がお作りになった御殿なのだから、万年を経ても古くはならないでほしいものだ。

梅《むめ》の花を瓶《かめ》に挿《さ》せるを見て詠《よ》める

363
玉垂《たまだれ》の小瓶《こがめ》にさせる梅《むめ》の花
万代《よろづよ》経《ふ》べき挿頭《かざし》なりけり
（六六九）

梅の花が瓶に挿してあるのを見て詠んだ歌

363 瓶に挿してある梅の花の美しいこと、君の万代を経るに違いない御代を寿ぐ挿頭にふさわしい。

花の咲《さ》けるを見て

364
宿《やど》にある桜《さくら》の花《はな》は咲《さ》きにけり
千歳《ちとせ》の春《はる》も常《つね》かくし見む
（六七〇）

桜の咲いているのを見て

364 我が家にある桜の花が咲いた、これから千年の春も変わらずこのように見たいものだ。

361 ○姫島　淀川河口にあった島。**参考**「妹が名は千代にながれむ姫島の小松が末に苔むすまでに」（万葉・巻二・二二八・河辺宮人）

362 ○黒木　皮を削らぬ丸木の材木。↕白木・赤木。○宿　大嘗宮の臨時の仮屋（悠紀殿・主基殿）は、祭が終わると撤去されるが、実朝は万葉歌からイメージされる象徴性を詠んでいる。**参考**「あをによし奈良の山なる黒木もち造れる室は居れど飽かぬかも」（万葉・巻八・一六四二・聖武天皇）「はだ薄尾花逆葺き黒木もち造れる室は万代までに」（万葉・巻八・一六四一・元正上皇）

363 ○玉垂の　枕詞。コ音を導く。**参考**この場合は「小瓶」にかかる。「玉垂の小瓶やいづらこよろぎの磯の波分け沖に出でにけり」（古今・雑歌上・八七四・藤原敏行）「春来れば宿にまづ咲く梅の花君が千歳の挿頭とぞ見る」（古今・賀歌・三五二・紀貫之）

364 **参考**「宿にある桜の花は今もかも松風早み土に散るらむ」（万葉・巻八・一四五八・厚見王）「妹が家に伊久里の森の藤の花今来む春も常かくし見む」（万葉・巻十七・三九七四・作者未詳）

365 ○岩にむす苔　実朝同時代までには後鳥羽院詠の他には見当たらぬ表現。**参考**「我が君は千代に八千代にさざれ石の巌となりて苔のむすまで」（古今・賀歌・三四三・よみ人しらず）「岩にむす苔踏みならすみ熊野の山のかひある行く末もがな」（新古今・神祇歌・一九〇七・後鳥羽院）

366 ○二所詣で　二所参詣。伊豆と箱根の二所の権現に参詣すること、殊に鎌倉時代の将軍の参詣。○玉椿　椿の美称。長寿の木。**参考**「ちはやぶる賀茂の社の姫小松万代経とも色は変らじ」（古今・東歌・一一〇〇・藤原敏行）「とやかへる鷹のお山の玉椿霜をば経とも色は変らじ」（新古今・賀歌・七五〇・大江匡房）「我が頼む神路の山の松の風幾代の春も色は変らじ」（新続古今・賀歌・七四五・後鳥羽院）

367 ○有明の月　「長月」の「月」に重ね、「飽かじ」「あらむかぎりは」の「あ」で韻を踏む。**参考**「池水の底さへ匂ふ花桜見るとも飽かじ千代の春まで」（金葉二・賀部・三一四・堀河院）「白露を玉になしたる長月の有明の月夜見れど飽かぬかも」（万葉・巻十・二二三三・作者未詳）

368 ○御手洗川　神社の近くを流れる川。参詣者が手水、漱ぎなどをする。○すみけり　「澄む」と「住む」をかける。**参考**「聞き渡る御手洗川の水清み底の心を今日ぞ見るべき」（金葉二・雑部上・五九二・津守国基）

365
苔《こけ》に寄《よ》する祝《いはひ》といふことを
岩《いは》にむす苔《こけ》の緑《みどり》の深《ふか》き色《いろ》を
幾千代《いくちよ》までと誰《たれ》か染《そ》めけむ
（六六八）

366
二所詣し侍（り）し時
ちはやぶる伊豆《いづ》のお《を》山の玉椿《たまつばき》
八百万代《やをよろづよ》も色《いろ》は変《かは》らじ
（六四四・続後撰一三五九）

367
月に寄《よ》する祝《いはひ》
万代《よろづよ》に見るとも飽《あ》かじ長《なが》月の
有明《ありあけ》の月のあらむかぎりは
（六七三）

368
河辺月
ちはやぶる御手洗川《みたらしがは》の底清《そこきよ》み
のどかに月の影《かげ》はすみけり
（六二五）

365 苔に寄せる祝ということを
岩にむしている苔の緑の深い色よ、幾千年までも久しくと、いったい誰が染めたのだろうか。

366 二所詣でをした時に
伊豆山権現のまします山の玉椿、これから幾久しくその美しさが変わることはあるまい。

367 月に寄せる祝の歌
万年見ても飽きることはあるまい、長月の有明の月が空にある限りは。

368 河辺の月
御手洗川の底が透明なので、のどやかに射す月の光は澄んでいる。

祝《いはひ》の歌《うた》

369
君《きみ》が代《よ》も我《わ》が代《よ》も尽《つ》きじ石川《いしかは》や
瀬見《せみ》の小川《をがは》の絶《た》えじと思《おも》へば
（六七五・続古今一九〇一）

370
朝にありて我《わ》が代《よ》は尽《つ》きじ天《あま》の戸《と》や
出《い》づる月日の照《て》らむかぎりは
（六七四）

祝の歌

369 我が君の代も、東国の我が代も尽きることはありますまい、瀬見の小川が絶えることはない（賀茂神社の加護は続く）と思うと。

東国の覇者ならではの賀歌。

370 朝廷に在って私の代は尽きますまい、天岩戸から出る月や日が照らす限り——君の御代が続く限りは。

廷臣としての姿勢で詠む。

369 ○君が代も我が代も　天皇や上皇と我が身を並べている表現。実朝時代まで中皇命歌以外に例がなかったが、後代宇部宮歌壇に例をみる。実朝の影響があろう。○石川　賀茂川の異名。○瀬見の小川　山城国の歌枕。下賀茂神社の糺の森を流れる小川。『無名抄』の「瀬見の小川のこと」参照。参考「君が代も我が代も知るや磐代の岡の草根をいざ結びてな」（万葉・巻一・一〇・中皇命）「石川や瀬見の小川の清ければ月も流れを尋ねてぞすむ」（新古今・神祇歌・一八九四・鴨長明）後代の歌に「君が代も我が代も尽きずあきくけき神のちかひに守らざらめや」（前長門守入京田舎打聞集・二八〇・藤原時朝）

370 ○朝　朝廷。○天の戸　天の岩屋の戸。○出づる月日　天照の子孫である天皇の威光を重ねる。参考「君が代は千代ともささじ天の戸や出づる月日のかぎりなければ」（新古今・賀歌・七三八・藤原俊成）

371 ○龍田の山　春霞の縁語「立つ」をかける。**参考**「散り散らずおぼつかなきは春霞たなびく山の桜なりけり」（新古今・春歌下・一一五・祝部成仲）「色ならば移るばかりに染めてまし思ふ心を知る人のなさ」（拾遺・恋一・六二三・紀貫之）

372 ○朝霧隠れ・ほのかにのみや・聞きわたりなむ　いずれもあまり使われぬ表現である。**参考**「珍しや朝霧隠れ聞こゆなり外面の小田を初雁の声」（正治初度百首・一七四八・沙弥生蓮）「切目山行き帰り路の朝霞ほのかにだにや妹に逢はざらむ」（万葉・巻十二・三〇五一・作者未詳）「雨雲の八重雲隠れ鳴る神の音にのみやも聞きわたりなむ」（万葉・巻十一・二六六六・作者未詳）

373 ○刈萱の　枕詞。「乱る」「束」「穂」にかかる。「あしひきの…刈萱の」まで、序詞的用法。○束の間　一束が指四本の幅であることから、ごく短い時間の譬え。**参考**「東路に刈るてふ萱の乱れつつ束の間もなく恋ひやわたらむ」（新古今・恋歌三・一二二四・醍醐天皇）「まどろめば夢にも見えぬ現には忘るるほどの束の間もなし」（続拾遺・恋歌・八四〇・源頼朝）

恋

初恋の心を詠《よ》める

371
春霞《はるがすみ》龍田《たつた》の山の桜花《さくらばな》
おぼつかなきを知《し》る人のなさ
（四九五）

寄鹿恋

372
秋の野の朝霧隠《あさぎりがく》れ鳴《な》く鹿《しか》の
ほのかにのみや聞《き》きわたりなむ《ん》
（五四一・続古今九七八）

恋歌

373
あしひきの山《やま》の岡辺《をかべ》に刈《か》る萱《かや》の
束《つか》の間《ま》もなし乱《みだ》れてぞ思（ふ）
（四二五）

恋

恋のはじめの心情を詠んだ歌

371 春霞が立つ龍田山に咲いている桜花の頼りなさ、そんな私の思いを誰も知らないことよ。

背景は春。

鹿に寄せる恋

372 秋の野の朝霧に隠れて鳴く妻恋の鹿の声を聞くように、このままあの人の噂を遠く微かに聞くだけなのかしら。

背景は秋。「ほのかに」は前歌「おぼつかなき」に対応。ひっそり始まる恋を表出する配列。

恋の歌

373 山の岡辺で刈る萱の束の短い幅のように絶間なく、乱れて物思いをすることだ。

374
我《わ》が恋《こひ》は初《はつ》山藍《あゐ》の摺《す》り衣《ごろも》
人こそ知《し》らね乱《みだ》れてぞ思（ふ）
（四三八・続後撰六四七・万代一八一二）

374 私の恋は下ろしたての山藍摺りの衣、誰も気づかないけれど、その文様のように乱れて慣れぬ物思いをすることだ。

374 ○山藍　トウダイグサ科の多年草。青色の染料。「初山藍」はきわめて用例の少ない語である。○摺り衣　草木の汁でいろいろな文様を摺り付けた衣。この場合は山藍摺り。参考「春日野の若紫の摺り衣しのぶの乱れ限りしられず」（新古今・恋一・九九四・在原業平）

375
木《こ》隠《がく》れてものを思《おも》へば空蝉《うつせみ》の
羽《は》に置《を》く露《つゆ》の消《き》えやかへらむ
（四一五）

375 ひっそりと物思いにくれていると、木隠れの蝉の羽に置く露が消えるように涙も涸れて抜け殻になってしまうのかしら。

375 ○空蝉　蝉。「消えやかへらむ」には「蝉の抜け殻」の意も反映する。参考「空蝉の羽に置く露もあらはれて薄き袂に秋風ぞ吹く」（続古今・秋歌上・二九四・藤原雅経）「空蝉の羽に置く露の木隠れて忍び忍びに濡るる袖かな」（源氏物語・空蝉・二五）

376
鵲《かさゝぎ》の羽《は》に置《を》く露《つゆ》の丸木橋《まろばし》
ふみみぬ先《さき》に消《き》えやわたらむ
（四一六・夫木九三八九）

376 鵲の羽に置く露が羽を広げた橋も渡らぬまま消えるように、あなたのお手紙も目にすることなくこの恋はすっかり終ってしまうのでしょうか。
前歌「羽に置く露」をくり返し、「消えやかへらむ」「消えやわたらむ」が対になる配列。

376 ○丸木橋　「露」「踏む」の縁語。○ふみ　「踏み」と「文」をかける。○消え　「露」の縁語。参考「暮を待つ雲居のほどもおぼつかなふみみまほしき鵲の橋」（続古今・秋歌上・三二〇・上東門院）

377
月影《かげ》のそれかあらぬか陽炎《ゝげろふ》の
ほのかに見えて雲隠《くもがく》れにき
（四二八）

377 あれはあなただったのかしらそうではなかったのかしら、陽炎のようにかすかに見えて姿を消してしまった、月が雲に隠れてしまうかのように。

377 参考「去年の夏鳴き旧るしてし時鳥それかあらぬか声の変らぬ」（古今・夏歌・一五九・よみ人しらず）「めぐりあひて見しやそれともわかぬ間に雲隠れにし夜半の月影」（新古今・雑歌上・一四九九・紫式部）

378 ○初雁の「はつかに」を引き出す。参考「春の波の入り江に迷ふ初草のはつかに見えし人ぞ恋しき」（新勅撰・恋歌二・七七三・藤原家隆）

379 ○穂には出でず「穂に出づ（穂となって抜き出る）」は、恋心が人にわかることの比喩。参考「秋萩の花野の薄穂には出でず吾が恋ひわたる籠り妻はも」（万葉・巻十・二二八九・作者未詳）「別れてもまたも逢ふべく思ほえば心乱れて我恋ひめやも」（万葉・巻九・一八〇九・田辺福麻呂）

380 ○化野 山城国の歌枕。鳥辺野と並ぶ墓地として知られる。参考「いかにせむ葛の裏吹く秋風に下葉の露の隠れなき身を」（新古今・恋歌三・一二六六・相模）

381 詞書と歌の内容が重ならない。「露に寄する恋」が脱落したか（集成）。あるいは「草に寄せて忍ぶる恋」に入るべきだったか。「薄に寄する恋」か。○露 涙を暗喩する。参考「風吹けば花野の薄穂に出でて露うち払ふ袖かとぞ見る」（六条修理大夫集・二二〇・藤原顕季）「朝露の花野の薄おきて行くををちかた人の袖かとぞ見る」（拾遺愚草・二四二一・藤原定家）「秋萩の花野の薄穂には出でず吾が恋ひわたる籠り妻はも」（万葉・巻十・二二八九・作者未詳）

378 雲隠《くもがく》れ鳴《な》きて行《ゆ》くなる初雁《はつかり》の
はつかに見てぞ人は恋《こひ》しき
（五四〇）

草《くさ》に寄《よ》せて忍《しの》ぶる恋《こひ》

379 秋風《かぜ》になびく薄《すゝき》の穂《ほ》には出《い》でず
心乱《みだ》れてものを思（ふ）かな
（五〇〇）

風に寄《よ》する恋《こひ》

380 化野《あだしの》の《ゝ》葛《くず》の裏《うら》吹《ふ》く秋風《かぜ》の
目《め》にし見えねば知《し》る人もなし
（五二六・夫木五八四三）

381 秋萩《はぎ》の花野《の》の《ゝ》薄《すゝき》露《つゆ》を重《ゝも》み
お《を》のれしを《ほ》れて穂《ほ》にや出《い》でなむ
（五三三）

378 雲に隠れて鳴いて飛んで行くという初雁のよう、ほんのちょっと見ただけであの人が恋しい。

草に寄せて忍ぶ恋

379 秋風に靡く薄が穂を出さないで乱れるように、慕わしさを秘めたまま心乱れて物思いをすることだ。

風に寄せる恋

380 化野の葛の裏葉を吹く秋風のように目には全く見えないので、私の恋心を知る人はいない。

381 秋萩の花咲く野の薄は露が重いので自ら撓んで際立ってしまうように、涙にくれる私の恋心も気づかれてしまうのでしょうか。

ある人のもとに遣《つか》はし侍（り）し

382 難波潟汀《なにはがたみぎは》の葦《あし》のいつまでか
穂《ほ》に出《い》でずしも秋をしのばむ　（五六三）

383 雁《かり》の居《ゐ》る羽風《はかぜ》に騒《さは》ぐ秋の田《た》の
思《おも》ひ乱《みだ》れて穂《ほ》にぞ出《い》でぬる　（五六二）

恋《こひ》の心を詠《よ》める

384 小夜更《さよふ》けて雁《かり》の翼《つばさ》に置《を》く露《つゆ》の
消《き》えてもものは思《おも》ふかぎりを　（四一七）

忍《しの》ぶる恋《こひ》

385 時雨降《しぐれふ》る大荒木野《おほあらきの》の小笹原《をざゝはら》
濡《ぬ》れは漬《ひ》づとも色《いろ》に出《い》でめや　（五〇二一・夫木一三二九〇）

ある人のもとへ遣わした歌

382 難波潟の水辺の葦がいつまで穂を出さずに秋をもちこたえられましょう——私も思いを秘めたままではいられません。

いまだ秘めた思いのプロセスだが貞享本では恋部の最終歌として載る。

383 雁が舞い降り羽風でざわざわ音を立てる秋の田の稲穂のように、思い乱れて本心を出してしまうのです。

恋する気持を詠んだ歌

384 夜が更けて雁の翼に置く露が消えるように息絶えても、思いの限りを尽くしますとも。

忍ぶ恋

385 時雨が降る大荒木野の笹原は、濡れそぼちても色が変りましょうか——泣き濡れても本心を表に出したりするものですか。

382 ○難波潟　摂津国の歌枕。○秋をしのばむ　珍しい表現。参考「津の国の難波の葦の目もはるに繁き我が恋人知るらめや」（古今・恋二・六〇四・紀貫之）「たそがれの軒端の荻にともすれば穂に出でぬ秋ぞ下に言問ふ」（新古今・夏歌・二七七・式子内親王）「月に伏す伊勢の浜荻今宵もや荒き磯辺の秋をしのばむ」（拾遺愚草・秋・二三六一・藤原定家）

383 ○秋の田　「穂」の縁語。参考「水鳥の羽風に騒ぐ小波のあやしきまでも濡るる袖かな」（金葉二・恋部上・三六四・源師俊）

384 参考「冬の池の鴨の上毛に置く霜の消えてもの思ふ頃にもあるかな」（後撰・冬・四六〇・よみ人しらず）

385 参考「雨降らば着むと思へる笠の山人にな着せそ濡れは漬づとも」（万葉・巻三・三七七・石上音乙麿）「我が恋は真木の下葉に漏る時雨濡るとも袖の色に出でめや」（新古今・恋歌一・一〇二九・後鳥羽院）

386 ○ふる　「降る」と「布留」をかける。○ふりぬれど　「降り」と「旧り」をかける。○色　態度。様子。参考「いその神ふるの神杉ふりぬれど色には出でず露も時雨も」（新古今・恋歌一・一〇二八・藤原良経）

「深緑争ひかねていかならむ間なく時雨のふるの神杉」（新古今・冬歌・五八一／後鳥羽院御集・一三三八）「唐錦惜しき我が名はたちはてていかにせよとか今はつれなき」（後撰・恋二・六八五・よみ人しらず）

387 ○羽交　左右の羽の交差するところ。上三句は下の句を導く序詞的用法。**参考**「葦辺行く鴨の羽交に霜降りて寒き夕は大和し思ほゆ」（万葉・巻一・六四・志貴皇子）「笹の葉に置く初霜の夜を寒みしみはつくとも色に出でめや」（古今・恋歌三・六六三・凡河内躬恒）

388 **参考**「葦鴨の騒ぐ入江の白波の知らずや人をかく恋ひむとは」（古今・恋歌一・五三三・よみ人しらず）「滝つ瀬に根ざしとどめぬ浮草の浮きたる恋も我はするかな」（古今・恋歌二・五九二・壬生忠岑）「夕暮の雲のはたての空にのみ浮きてもの思ふはてを知らばや」（秋篠月清集・一四三〇・藤原良経）

389 ○浮浪の　貞享本では「うき身のみ」、続後撰集には「浮名のみ」。○雄島　陸奥国の歌枕。松島湾にある島。○濡れ衣　ヌレゴロモ。ヌレギヌに同じ。○朽ちは果つ　「朽つ」は「濡れ衣」の縁語。**参考**「見せばやな雄島の海人の袖だにも濡れにぞ濡れし色は変らず」（千載・恋四・八八六・殷富門院大輔）

神無月《な》の頃《ころ》人のもとに

386
時雨《しぐれ》のみふるの神杉《すぎ》ふりぬれど
いかにせよとか色《いろ》のつれなき
（五五八）

恋《こひ》の歌

387
夜《よ》を寒《さむ》み鴨《かも》の羽交《はがひ》に置《を》く霜《しも》の
たとひ消《け》ぬとも色《いろ》に出《い》でめやも
（四三〇）

388
葦鴨《あしがも》の騒《さは》ぐ入江《いりえ》の浮草《うきくさ》の
うきてはものを思（ひ）わぶらむ《ん》

海《うみ》の辺《へん》の恋《こひ》

389
浮浪《うきなみ》の雄島《をじま》の海人《あま》の濡《ぬ》れ衣
濡《ぬ》るとな言《い》ひそ朽《く》ちは果つとも
（五四九・続後撰七四九）

十一月頃、人のもとに

386 時雨ばかりが降る布留の神杉は、年月を経ても色を変えない——どうしろと言うの、長年の恋なのにあなたは変わらず素っ気ない。

後鳥羽院詠の「間なく時雨のふる神杉」に想を得た「時雨のみふるの神杉」であろう。

恋の歌

387 夜が寒いので鴨の羽交に置く霜がいつかは消えるように、もしこの身が絶えても、本心を出したりするものですか。

388 葦鴨が鳴き立てる入江の浮草のように、落ち着かないままで物思いをし続けるのでしょうか。

海辺の恋

389 雄島の漁師の衣のように濡れても色は変らないけれど、実は恋の濡れ衣ゆえに袖を濡らしているとは決して言わないで下さい、涙で衣がすっかり朽ちてしまっても。

390 ○あふことなみ 「なみ」は「無み」と「波」をかける。参考「鈴鹿山いせをの海人の捨て衣しほなれたりと人や見るらむ」(後撰・恋三・七一八・藤原伊尹)「難波人いかなるえにか朽ち果てむあふことなみに身を尽くしつつ」(新古今・恋歌一・一〇七七・藤原良経)

391 参考 「淡路島通ふ千鳥の鳴く声に幾夜寝覚めぬ須磨の関守」(金葉二・冬部・二七〇・源兼昌)「百羽掻き羽掻く鴫も我がごとく朝わびしき数はまさらじ」(拾遺・恋二・七二四・紀貫之)

392 ○豊国 九州地方北東部の国名。○企救 万葉集の歌枕。豊前にある。「企救の長浜」で「聞く」「長し」をかける。参考 「豊国の企救の長浜行き暮らし日の暮れゆけば妹をしぞ思ふ」(万葉・巻第十二・三二二・作者未詳)「夢にだにまだ見えなくに恋しきはいつにならへる心なるらむ」(後撰・恋三・七四〇・在原元方)

393 参考 「志賀の海人の釣すと灯す漁火のほのかに妹を見むよしもがな」(万葉・巻十二・三一八四・作者未詳)

394 ○葦の屋 摂津国の歌枕。○灘 摂津国の歌枕。参考 「芦の屋の灘の塩焼きいとまなみ柘植の小櫛もささず来にけり」(新古今・雑歌中・一五九〇・在原業平)「靡かじな海人の藻塩火焚き初めて煙は空に燻ゆり

390
伊勢島《いせしま》や一志《いちし》の海人《あま》の捨《す》て衣《ころも》
あふことなみに朽《く》ちや果《は》てなむ
(四七一)

391
淡路島《あはぢしま》通《かよ》ふ千鳥《ちどり》のしばしばも
羽《はね》掻《か》く間《ま》なく恋《こ》ひやわたらむ
(四五七・万代二三〇四・夫木六八二二)

恋《こひ》の歌《うた》

392
豊国《とよくに》の企救《きく》の長浜《ながはま》夢《ゆめ》にだに
まだ見《み》ぬ人に恋《こ》ひやわたらむ
(四五四)

393
須磨《すま》の浦《うら》に海人《あま》の灯《とも》せる漁火《いさり》の
ほのかに人を見るよしもがな
(四六〇)

394
葦《あし》の屋《や》の灘《なだ》の塩焼《しほやき》我《われ》なれや
夜《よる》はすがらに燻《く》ゆりわぶらむ
(四七〇)

390 伊勢島の一志の浦の海人の捨てた衣のように、逢うこともなくて朽ち果てるのでしょうか。

391 淡路島に通う千鳥が幾度も幾度も羽ばたくように、私も絶え間なく恋のもの思いをし続けるのでしょうか。
「羽掻く」は「鴫」の動作として詠まれることが圧倒的に多い。

恋の歌

392 「豊国の企救の長浜」と言う通り長い間噂には聞くけれど、夢にさえまだ見たことのない人に恋心を抱き続けるのでしょうか。

393 須磨の浦に海人が灯した漁火のように、かすかにでもあの人を見ることが出来ないものかしら。

394 葦の屋の灘で塩焼く海人とは私なのだろう、だから一晩中恋の炎が燻って辛いのだろう。

わぶとも」（新古今・恋歌二・一〇八二・藤原定家）

395 ○隠沼　草などに覆われ外からは見えない沼。○下這ふ葦　秘めた思いをする身を譬える。○み籠り「水籠り」「身籠り」をかける。参考「いはぬまは下這ふ葦の根を繁みひまなき恋を君知るらめや」（金葉二・恋部上・四〇一・藤原忠通）「人づてに知らせてしがな隠沼のみ籠りにのみ恋ひやわたらむ」（新古今・恋歌一・一〇〇一・藤原朝忠）

396 ○淀　山城国の淀川に沿う低湿地。賀茂・桂・宇治の三川の合流点。参考「絶えぬるか影だに見えば問ふべきを形見の水は水草ゐにけり」（新古今・恋歌四・一二三九・藤原道綱母）

397 ○三島江　摂津国の歌枕。○玉江　美しい入江。「真薦」と「刈る」は縁語。○みがくれて「水隠れて」「身隠れて」をかける。参考「三島江の入り江の真薦雨降ればいとど萎れて刈る人もなし」（新古今・夏歌・二二八・源経信）

398 参考「時鳥鳴くや五月の菖蒲草あやめも知らぬ恋もするかな」（古今・恋歌一・四六九・よみ人しらず）「かきくらし雲間も見えぬ五月雨は晴れず物思ふ我が身なりけり」（長能集・五三・藤原長能）

沼《ぬま》に寄《よ》せて忍《しの》ぶる恋《こひ》

395
隠沼《かくれぬ》の下這《したは》ふ葦《あし》のみ籠《ご》りに
我《われ》ぞもの思（ふ）行方《ゆくゑ》知《し》らねば
（四九八・続後撰六五三・万代一八五七）

水辺《へん》の恋《こひ》

396
真薦《まこも》生《お》ふる淀《よど》の沢水《さは》水草《みぐさ》ゐて
影《かげ》し見えねば訪《と》ふ人もなし（五四八）

397
三島江《みしまえ》や玉江《たまえ》の真薦《まこも》みがくれて
目《め》にし見《み》えねば刈《か》る人もなし（五四七）

雨《あめ》に寄《よ》する恋《こひ》

398
時《ほと》鳥《ゝぎす》鳴《な》くや五月《さ》の五月雨《さみだれ》の
晴《は》れずも《物》の思（ふ）頃《ころ》にもあるかな（五二八）

沼に寄せて忍ぶ恋

395 隠沼の下を這って蔓延る葦が水中に籠っているように、私は人知れず物思いをしている、行く末がわからないので。

水辺の恋

396 真薦の生える淀の湿地の水溜りには水草が生い茂って影が映らない、私も同じように姿を見せないので訪ねて来る人もいない。

397 三島江のきれいな入江に生える真薦は水中に籠って目に見えないので刈る人はいない——籠っている私に声をかける人はいない。

396 397 は歌意も歌の構造も類似する。

雨に寄せる恋

398 時鳥の鳴く五月は五月雨が降り続くように、心が晴れずにもの思いをする季節でもあるな。

399 ○あやめ 「菖蒲」と「文目」をかける。「しげきあやめ」は「ね」を導く序詞的用法。○ね 「根」と「音」をかける。参考 「時鳥待つ夜ながらのうたた寝に夢ともわかぬ明け方の空」（後鳥羽院御集・一二三六）

400 ○卯 「憂」を導く。上の句は序詞的用法。「花」「葉」「しげき」は縁語。参考 「時鳥鳴く峰（を）の上の卯の花の憂きことあれや君が来まさぬ」（万葉・巻八・一五〇五・小治田広耳）「木枯らしの風にも散らで人知れず憂き言の葉の積もる頃かな」（小町集・五二）

401 参考 「五月山木の下闇に灯す火は鹿の立ち処の標なりけり」（拾遺・夏・一二七・紀貫之）「五月山梢を高み時鳥鳴く音空なる恋もするかな」（古今・恋歌二・五七九・紀貫之）

402 ○たつき 手がかり。山の縁語「立つ木」をかける。「たつきも知らぬ」の用例は勅撰集には1例のみ。参考 「遠近のたつきも知らぬ山中におぼつかなくも呼子鳥かな」（古今・春歌上・二九・よみ人しらず）「恋草を力車に七車積みて恋ふらく我が心から」（万葉・巻四・六九七・広河女王）「夏虫のおもひに入りてなぞもかく我が心から燃えむとはする」（伊勢集・一二九）

399
時鳥《ほとゝぎす》待《ま》つ夜《よ》ながらの五月雨《さみだれ》に
しげきあやめのねにぞ泣《な》きぬる
（五三〇）

400
時鳥《ほとゝぎす》来鳴《きな》く五月《さ》の卯《う》の花の
憂《う》き言《こと》の葉《は》のしげき頃《ころ》かな
（五二九・夫木二八七二）

夏の恋《こひ》といふことを

401
五月《さ》山木《やまこ》の下闇《したやみ》の暗《くら》ければ
お《を》のれ惑《まど》ひて鳴《な》く時鳥《ほとゝぎす》
（五〇九）

恋《こひ》の歌《うた》

402
奥山《おくやま》のたつきも知《し》らぬ君《きみ》により
我《わ》が心から惑《まど》ふべらなる
（四四〇）

399 時鳥を待つ夜に伴なって降る五月雨に誘われ、菖蒲の根が乱れるように思い乱れて声を立てて泣いてしまった。

400 時鳥がやって来て鳴く五月の「卯」の花が連想させるように、「憂」き――辛い言葉ばかり多く聞くこの頃だな。

夏の恋ということを

401 五月雨の頃の山は生い茂って木陰が暗いのでひとり途方に暮れて鳴く時鳥よ（恋の道に迷う私のよう）。

恋の歌

402 奥山に立つ木のようにお会いする術もない遠い存在のあなたを慕って、私は勝手に思い乱れているようだこと。

403
奥《をく》山の苔踏《こけふ》みならす小牡鹿《さをしか》も
深《ふか》き心のほどは知《し》らなむ
（四一九）

403奥山の苔を踏みならす牡鹿のように遠い存在のあなたでも、私の深い恋心がどんなものか知ってほしい。

404
天《あま》の原風《はらかぜ》に浮《う》きたる浮雲《うきぐも》の
行方定《ゆくゑさだ》めぬ恋《こひ》もするかな
（四三二）

404大空の風に吹かれて浮いている浮雲のように、行く末の定まらない恋をすることだなあ。

雲《くも》に寄《よ》する恋《こひ》

405
白雲《しらくも》の消《き》えは消《き》えなで何《なに》しかも
龍田《たつた》の山《やま》の波《なみ》の立《た》つらむ
（五二五）

雲に寄せる恋

405白雲は消えそうで消えず頼りなげなのに、どうして龍田山に雲の波が立つのでしょう——消え入りそうな私にどうして浮名が立つのでしょう。

衣《ころも》に寄《よ》する恋《こひ》

406
忘《わす》らるる身はうらぶれぬ唐衣《から》
さてもたちにし名《な》こそ惜《お》しけれ
（五四四・続後撰九五五）

衣に寄せる恋

406忘れられた我が身は悲しみに沈んでいる、それにしても立ってしまった浮名が残念でならない。

403 ○苔踏みならす　用例は勅撰集、私家集中、後鳥羽院詠のみ。参考「岩にむす苔踏みならすみ熊野の山のかひある行く末もがな」（新古今・神祇歌・一九〇七・後鳥羽院）「世を厭ふ吉野の奥の呼子鳥深き心のほどや知るらむ」（新古今・雑歌上・一四七六・法印幸清）

404 ○天の原風に浮きたる浮雲の　下の句を導く序詞的用法。参考「さだめなき風に従う浮雲のあはれ行方も知らぬ恋かな」（新勅撰・恋歌五・九九二・源通親）「秋風にあへず散りぬる紅葉葉の行方定めぬ我ぞ悲しき」（古今・秋歌下・二八六・よみ人しらず）

405 ○白雲の　「消え」「龍田山」「立つ」を導く枕詞的用法。○波の雲を空の波に見立てた趣向。貞享本は「名のみ」。参考「木にも生ひず羽も並べで何しかも波路隔てて君を聞くらむ」（拾遺・雑上・四八二・伊勢）「桜花散りぬる風の名残には水なき空に波ぞ立ちける」（古今・春歌下・八九・紀貫之）

406 ○うらぶれぬ　「うらぶる」は、拠り所を失って悲しみに沈む、の意。「うら（裏）」「た（裁）つ」は「衣」の縁語。○唐衣　衣の縁語にかかる枕詞。○たちにし　「たつ」は「立つ」「裁つ」をかける。参考「春の夜の夢ばかりなる手枕にかひ

なく立たむ名こそ惜しけれ」（千載・雑歌上・九六四・周防内侍）

407 参考「君に恋ひうらぶれ居れば敷の野の秋萩しのぎ小牡鹿鳴くも」（万葉・巻十・二一四七・作者未詳）「思ふよりいかにせよとか秋風に靡く浅茅の色異になる」（古今・恋歌・七二五・よみ人知らず）

408 参考「我ならぬ草葉もものは思ひけり袖よりほかに置ける白露」（後撰・雑四・一二八一・藤原忠国）

409 ○秋の野の花の「千種」を導く序詞的用法。「野」「花」「千種」「露」は縁語。○露「涙」と「少し」の意をかける。参考「秋の野に乱れて咲ける花の色の千種にものを思ふころかな」（古今・恋歌二・五八三・紀貫之）「亡き人の形見の雲やしをるらむ夕の雨に色は見えねど」（新古今・哀傷歌八〇三／後鳥羽院御集一六八三）

410 参考「白露の上はつれなく置きゐつつ萩の下葉の色をこそ見れ」（後撰・秋中・二八五・よみ人しらず）

恋《こひ》の心を詠《よ》める

407 君《きみ》に恋《こ》ひうらぶれ居《を》れば秋風に
靡《なび》く浅茅《あさぢ》の露《つゆ》ぞ消《け》ぬべき
（四二一・風雅一二八六・万代二六二八）

408 もの思《おも》はぬ野辺《のべ》の草木《くさ》の葉《は》にだにも
秋の夕《ゆふべ》は露《つゆ》ぞ置《を》きける
（四一四）

409 秋《あき》の野の花の千種《ちぐさ》にものぞ思（ふ）
露《つゆ》よりしげき色《いろ》は見えねど
（四一三）

露《つゆ》に寄《よ》する恋《こひ》

410 我《わ》が袖《そで》の涙《なみだ》にもあらぬ露《つゆ》にだに
萩《はぎ》の下葉《したば》は色《いろ》に出《い》でにけり
（五三二・万代二〇六一）

恋する気持を詠んだ歌

407 あなたを思って憂いに沈んでいると、秋風に靡く浅茅の露が消えるように命が絶えてしまいそうだ。

408 もの思いなどしない野辺の草木の葉にさえも、秋の夕暮には露が置くのだもの――私が恋に泣くのは無理もないこと。

409 秋の野に咲く花がさまざまな色に咲き乱れるように激しいもの思いをすることだ、表にはしとどに置いた露――涙のほかに辛い様子は見えないけれど。

露に寄せる恋

410 我が袖の紅涙ならぬ野辺の白露にさえ萩の下葉は色づくのだ――私の恋心が表に出てしまうのも無理のないこと。

恋《こひ》の歌《うた》

411 山城《しろ》の石田《いはた》の杜《もり》の言《い》はずとも
秋の梢《こずゑ》はしるくやあるらむ
（四六五）

山家後《のち》の朝《あした》

412 消《き》えなまし今朝《けさ》訪《たづ》ねずは山城《しろ》の
人来《こ》ぬ宿《やど》の道芝《みちしば》の露《つゆ》
（五〇七）

草《くさ》に寄《よ》せて忍《しの》ぶる恋《こひ》

413 撫子《なでしこ》の花に置《お》きゐる朝露《あさつゆ》の
たまさかにだに心隔《へだ》つな
（五三五）

撫子《なでしこ》に寄《よ》する恋《こひ》

414 我《わ》が恋《こひ》は夏野《の》の薄《すゝき》しげけれど
穂《ほ》にしあらねば問《と》ふ人もなし
（四九九）

恋の歌

411 山城の石田の杜の木々の梢が秋には自ずと鮮やかに紅葉するように、口に出して言わなくとも、恋心は明らかでしょう。

山家の後朝

412 消えてしまったでしょうね、もし後朝のお便りがなければ。山城の人も訪ねぬ山家の路傍の芝の露のように。

草に寄せて忍ぶ恋

413 撫子の花に置いている朝露のように儚い恋だけれど、たまにしか逢えなくとも心までは隔てないでくださいね。

撫子に寄せる恋

414 私の恋は夏の野の薄、生い茂ってはいるけれどまだ穂が出ないように、秘めているので「物思いをしているのか」と訊く人もいない。

411 ○石田の杜　山城国の歌枕。「山城の石田の杜の」は「言はずとも」を導く序詞的用法。**参考**「山城の石田の杜の言はずとも心のうちを照らせ月影」（詞花・雑上・三〇四・藤原輔尹）「東雲に鳴きこそ渡れ時鳥物思ふ宿はしるくやあるらむ」（拾遺・恋三・八二二・よみ人しらず）

412 **参考**「道芝の露にあらそふ我が身かないづれかまづは消えむとすらむ」（新古今・雑歌下・一七八八・藤原実頼）「消え返りあるかなきかの我が身かな恨みて帰る道芝の露」（新古今・恋歌三・一一八八・藤原朝光）

413 詞書は414の「撫子に寄する恋」であろう。○撫子の花に置きゐる朝露の「たまさか」を導く序詞的用法。○たまさか「玉」をかける。**参考**「陸奥にありといふなる玉川のたまさかにてもあひみてしがな」（古六帖・三・一五五六・紀貫之）「白雲の八重に重なる遠にても思はむ人に心隔つな」（古今・離別歌・三八〇・紀貫之）

414 詞書は413の「草に寄せて忍ぶる恋」であろう。**参考**「我が恋は深山隠れの草なれや繁さまされど知る人のなき」（古今・恋歌二・五六〇・小野美材）

415

逢《あ》ひて逢《あ》はぬ恋《こひ》

いまさらに何《なに》をか忍《しの》ぶ花薄《はなすゝき》
穂《ほ》に出《い》でし秋も誰《たれ》ならなくに

（五〇八）

415今頃になって一体何を隠すのでしょうか、薄の穂が秋に出るように二人の仲がわかってしまったのは、誰でもない、あなたのせいなのに。

　逢瀬をもって逢えなくなった恋

415　**参考**「いまさらに何かは人を咎むべき初めて濡るる袂ならねば」（山家集・一二八一・西行）「さだめなく靡く袂に花薄穂に出づる秋ははからるるかな」（元真集・一三〇）

416

薄《すゝき》に寄《よ》する恋《こひ》

待《ま》つ人は来《こ》ぬものゆゑに《へ》花薄《すゝき》
穂《ほ》に出でて《いでゝ》妬《ねた》き恋《こひ》もするかな

（五三四・新続古今一二六五・万代二一〇九）

416待っている人が来ないものだから花薄が穂を出すように、あからさまな妬ましい思いに苛まれることだ。

　薄に寄せる恋

416　○妬き恋「妬し」は、妬ましい、憎らしい、癪に障る、の意。**参考**「ともにこそ花をも見めと待つ人の来ぬものゆゑに惜しき春かな」（後撰・春下・一三八・藤原雅正）「今よりはあひも思はじ過ぎにける年月さへに妬くもあるかな」（風雅・恋五・一三八四・花山院）

417

頼《たの》めたる人のもとに

小笹原《をざゝはら》置《を》く露寒《つゆさむ》み秋されば
まつ虫《むし》の音《ね》になかぬ夜《よ》ぞなき

（五六〇・万代二一〇八）

417小笹原に置く露が冷たくなって秋が来ると、松虫の声を聞くにつけてもあなたを待って泣かない夜はありません。

　訪れをあてにさせた人のもとへ

417　○まつ虫「松」と「待つ」をかける。○音　松虫の「音」と「音に泣く」をかける。「松虫」に待つ辛さを詠む歌は多いが、意外に「松虫の音」は「松虫の声」に比べて少ない。**参考**「君をのみまつ虫のねのあるものをいづれの野辺の露にぬるらむ」（馬内侍集・一三三）「何事を思ふなるらむ枕虫我が敷妙に鳴かぬ夜ぞなき」（大斎院前の御集・一八二）

418

待《ま》つ宵《よゐ》の更《ふ》け行《ゆ》くだにもあるものを
月さへあやな傾《かたぶ》きにけり

（五五九）

418あなたを待つ夜が更けて行くのさえ辛いのに、月までが甲斐もなく傾いてしまいました。

418　**参考**「待つ宵の更け行く鐘の声聞けば飽かぬ別れの鳥はものかは」（新古今・恋歌三・一一九一・小侍従）「来ぬ人を待つとはなくて待つ宵の更け行く空の月も恨めし」（新古今・恋歌四・一二八三・藤原有家）

419 待《ま》てとしも頼《たの》めぬ山も月は出《い》でぬ
言《い》ひしばかりの夕暮《ゆふぐれ》の空《そら》
（五二一）

419 待っていてくださいとはあてにもさせなかった山にも月は出ましたよ、訪れるとおっしゃったばかりに待ちぼうけで眺めました、夕暮の空を（あなたは口先ばかり）。

419 参考「待てとしも頼まぬ磯の梶枕虫明けの波の寝ぬ夜訪ふなる」（秋篠月清集・一四四四・藤原良経）「頼めおきし人もこずゑの木の間より頼めぬ月の影ぞ漏り来る」（金葉二・恋部下・四七〇・摂政家堀河）「待ち出でてもいかに眺めむ忘るなと言ひしばかりの有明の空」（式子内親王集・二八一）

月に寄《よ》する恋《こひ》

420 数《かず》ならぬ身は浮雲《うきぐも》のよそながら
あはれとぞ思（ふ）秋の夜《よ》の月
（五二三）

月に寄せる恋

420 取るに足らない浮雲のような私は、離れていながらもお慕いしているのです、秋の夜の月のように麗しいあなたを。

420 ○浮雲 「憂き」をかける。○秋の夜の月 恋人を譬える。参考「数ならぬ身は浮雲の晴れぬかなさすがに家の風は吹けども」（千載・雑歌中・一〇八三・中原師尚）

421 月影《かげ》もさやには見えずかきくらす
心の闇《やみ》の晴《は》れしやらねば
（五二四）

421 月の姿もはっきりとは見えない、恋の悲しみに暮れる心の闇が晴れはしないので。

421 参考「思ひきや雲居の月をよそに見て心の闇に惑ふべしとは」（金葉二・雑部上・五七一・平忠盛）

月の前《まへ》の恋《こひ》

422 我《わ》が袖《そで》におぼえず月ぞ宿《やど》りける
問《と》ふ人あらばいかが答《こた》へむ
（五二二・風雅九八二）

月の前の恋

422 涙で濡れた私の袖に不覚にも月が宿っている、わけを尋ねる人がいたら何と答えようか。

422 参考「袖の上に誰ゆゑ月は宿るぞとよそになしても人の問へかし」（新古今・恋歌二・一一三九・藤原秀能）

423 ○上の空　「上空」「天空」の意と、「心も空」の意をかける。○月になれにし　実朝以降には「月になれたる」「月になれつつ」「月になれゆく」が見出せる。珍しい表現。参考「思ひわび見し面影はさておきて恋ひせざりける折ぞ恋しき」（新古今・恋歌五・一三九四・藤原俊成）

424 ○雲居のよそ　遥かに隔たったところ。「よそ」には「関係のない」の意をかける。参考「眺めつつ月に頼むる逢ふことを雲居にてのみ過ぎぬべきかな」（新勅撰・恋歌五・九六〇・相模）「葦辺より雲居をさして行く雁のいや遠ざかる我が身悲しも」（古今・恋五・八一九・よみ人しらず）

425 ○遣はし　自敬語。○来むとしも　「しも」は強意の助詞。貞享本は「こむ年も」と表記。参考「まだ知らぬ故郷人は今日までに来むと頼めし我を待つらむ」（新古今・羇旅歌・九〇九・菅原輔昭）

秋頃《ごろ》言《い》ひなれにし人の、ものへ罷《まか》れりしに、便《たよ》りにつけて文《ふみ》など遣《つか》はすとて

423
上《うは》の空《そら》に見し面影《おもかげ》を思《おも》ひ出《いで》て
月になれにし秋ぞ恋《こひ》しき
（六〇九）

424
逢《あ》ふことを雲居《くもゐ》のよそに行《ゆ》く雁《かり》の
遠《とを》ざかればや声《こゑ》も聞《き》こえぬ
（四一八・万代二六二七）

遠《とを》き国《くに》へ罷《まか》れりし人、八月ばかりに帰《かへ》り参《まゐ》るべきよしを申して、九月まで見えざりしかば、かの人のもとに遣《つか》はし侍し歌《うた》

425
来《こ》むとしも頼《たの》めぬ上《うは》の空《そら》にだに
秋風《かぜ》吹《ふ》けば雁《かり》は来《き》にけり
（六〇五）

秋頃親しくしていた女性が旅に出たが、好機を得て手紙などを贈って

423 空を見て、気もそぞろにお会いしたあなたの面ざしを思い出して、ともに月に親しんだ秋をとても恋しく思います。

424 逢うことを避けて遥か遠くに飛んで行く雁のように、あなたは私から遠ざかってしまったのでしょうか、音沙汰もないのは。

遠い国へ旅立った人が、八月頃に帰ると言って、九月まで姿を見せなかったので、その人のもとに贈った歌

425 行きますとは約束もしなかった空にさえ、秋風が吹くと雁はやって来ましたよ（それなのに、あなたは帰って来ない）。

426 いま来《こ》むと頼《たの》めし人は見えなくに
秋風寒《あきかぜさむ》み雁《かり》は来《き》にけり
（六〇六）

426 近いうちに行きます、とあてにさせた人は姿を見せないのに、秋風が冷たくなったので雁はやって来ましたよ。

雁《かり》に寄《よ》する恋《こひ》

427 忍《しの》びあまり恋《こひ》しき時は天《あま》の原《はら》
空飛《そらと》ぶ雁《かり》の音《ね》になきぬべし
（五三九）

雁に寄せる恋

427 こらえきれず恋しくてたまらないときは、大空を飛ぶ雁のように声に出して泣いてしまいそうだ。

恋《こひ》の歌《うた》

428 あまごろも田蓑《たみの》の島《しま》に鳴《な》く鶴《たづ》の
声聞《こゑき》きしより忘《わす》れかねつも
（四五九）

429 難波潟浦《なにはがたうら》より遠《をち》に鳴《な》く鶴《たづ》の
よそに聞《き》きつつ恋《こ》ひやわたらむ
（四五八・続後撰七四一）

恋の歌

428 田蓑の島に鳴く鶴が気にかかるように、声をきいてからあの人が忘れられないことよ。

429 難波潟の浦よりさらに遠くに鳴く鶴の声を聞くように、あの人の噂をよそ事に聞きながら慕い続けるのでしょうか。

426 ○見えなくに 「表面はそう見えないのに」の意を示す「〜とも見えなくに」の語法が一般的。**参考**「いま来むと言ひしばかりに長月の有明の月を待ち出でつるかな」（古今・恋歌四・六九一・素性法師）「秋の野の草は糸とも見えなくに置く白露を玉と抜くらむ」（後撰・秋中・三〇七・紀貫之）

427 **参考**「思ひ出でて恋しき時は初雁の鳴きて渡ると人知るらめや」（古今・恋歌四・七三五・大伴黒主）「冬の夜の袖の氷のこりずまに恋しき時は音をのみぞ泣く」（兼盛集・四五）

428 ○あまごろも 「雨衣」「海人衣」。田蓑の枕詞。○田蓑の島 摂津国の歌枕。正確な場所は不明。**参考**「難波潟潮満ち来らしあまごろも田蓑の島に鶴鳴き渡る」（古今・雑歌上・九一三・よみ人しらず）「難波潟漕ぎ出づる舟のはるばると別れて来れど忘れかねつも」（万葉・巻十二・三一八五・作者未詳）

429 ○上三句は「よそに」を導く序詞的用法。**参考**「幾年に我なりぬらむもろ人の花見る春をよそに聞きつつ」（金葉二・雑部上・五二二・源行宇）

430　○武隈のまつ　「まつ」は「松」「待つ」をかける。「武隈の松」は陸奥国の歌枕。この場合「武隈の」は枕詞的用法。参考　「人知れず思へば苦し紅の末摘花の色に出でなむ」（古今・恋歌一・四九六・よみ人しらず）「阿武隈に霧立ち曇り明けぬとも君をばやらじ待てばすべなし」（古今・東歌・一〇八七）

431　○深山の松に這ふ蔦の　「繁き」を導く序詞的用法。参考　「我が恋は深山隠れの草なれや繁さまされど知る人のなき」（古今・恋歌二・五六〇・小野美材）

432　参考　「奥山の木の葉隠れて行く水の音聞きしより常忘られず」（万葉・巻十一・二七二〇・作者未詳）

433　○神山　歌枕。上賀茂神社の北方の山。○山下水の湧き返り　勅撰集では後鳥羽院以外に用例はない。参考　「人知れず思ふ心はあしひきの山下水の湧きや返らむ」（新古今・恋一・一〇一五・大江匡衡）「あしひきの山下水の湧き返り色には出でじ木隠れてのみ」（新続古今・恋歌一・一〇五九／後鳥羽院御集・四七六）

430
人知《し》れず思《おも》へば苦《くる》し武隈《たけくま》の
まつとは待《ま》たじ待《ま》てばすべなし
（四七四）

431
我《わ》が恋《こひ》は深山《みやま》の松《まつ》に這《は》ふ蔦《つた》の
繁《しげ》きを人の問《と》はずぞありける
（四一一）

432
山繁《しげ》み木《こ》の下隠《したがく》れ行《ゆ》く水《みづ》の
音《をと》聞《き》きしより我《われ》や忘《わす》るる
（四一二）

433
神山の山下水《やましたみづ》の湧《わ》き返《かへ》り
言《い》はでもの思（ふ）我《われ》ぞ悲《かな》しき
（四六三）

430人知れず思っていると辛い、あてにしてあなたを待つことはすまい、待っていると切なさが募ってどうしようもないから。

431私の恋は奥山の松に這う蔦、生い茂っているのを訪ねる人がないように、激しい思いを人は問うたりはしない。

432山が生い茂っているので木の下に隠れて流れる水音を聞くようにあなたの噂を聞いて以来、私が忘れるなんてことがありましょうか――ずっと思っていますよ。

433神山の麓を流れる水のように心は激しく滾りながら、口には出さずに物思いにくれる私の何と辛いことか。

434 参考「湊入りの玉造江に漕ぐ舟の音こそ立てね君を恋ふれど」（新勅撰・恋歌一・六五一・小野小町）

435 ○白河のせきあへぬ「白河の関」（陸奥国の歌枕）に「堰きあへぬ」をかける。参考「かりそめの別れと思へど白河のせきとどめぬは涙なりけり」（後拾遺・別・四七七・藤原定頼）

436 ○信夫山　陸奥国の歌枕。「忍ぶ」をかける。参考「あしひきの山下水の木隠れて滾つ心をせきぞかねつる」（古今・恋歌一・四九一・よみ人しらず）「奥山の岩垣沼のみごもりに恋ひやわたらむ逢ふよしをなみ」（拾遺・恋一・六六一・柿本人麻呂）

437 ○洩らしわび「洩らしわぶ」の用例は少ない。実朝同時代までに1例。参考「洩らしわび氷り惑へる谷川の汲む人なしにゆき悩みつつ」（秋篠月清集・解題・九・藤原良経）

434
苔深《こけふか》き石間《いしま》を伝《つた》ふ山水の
音《をと》こそ立《た》てね年《とし》は経《へ》にけり
（四五〇）

435
東路《あづまぢ》の道《みち》の奥《おく》なる白河《しらかは》の
せきあへぬ袖《そで》を漏《も》る涙《なみだ》かな
（四七二）

436
信夫《しのぶ》山下行《したゆ》く水《みづ》の年《とし》を経《へ》て
湧《わ》きこそ返《かへ》れ逢《あ》ふよしをなみ
（四七七）

437
漏《も》らしわびぬ信夫《しのぶ》の奥《おく》の山深《やまふか》み
木隠《こがく》れて行《ゆ》く谷川《たにがは》の水
（四五一）

434 苔の深い石の間を伝って流れる山中の水のように、音こそ立てない――口に出してこそ言わないけれどあなたを思って何年も経ちました。

435 東路の陸奥にある白河の関のようには堰きとめられないで、袖からこぼれ落ちる涙だこと。

436 信夫山の木々の下を流れる水のように秘かにあなたを思って年を経て、今や激しく私の心は湧き返る、逢う手段がないので。

437 漏らしかねて嘆いている、忍ぶ恋心を――信夫山の奥が深いので、木々の間に隠れて流れる谷川の水のように。

438
心をし信夫《のぶ》の里《さと》に置《を》きたらば
阿武隈川《あぶくまがは》は見《み》まく近《ちか》けむ《ん》
（四七八・万代一八三五）

438 心を信夫の里に置いて忍んでいたなら、阿武隈川は近いのだから「逢ふ」という名の通りあなたにお目にかかれるのかしら。

438 ○阿武隈　陸奥国の歌枕。「逢ふ」をかける。**参考**「東路や信夫の里にやすらひて勿来の関を越えぞわづらふ」（新勅撰・恋歌一・六七一・西行）「心をし無何有の里に置きてあらば藐姑射の山を見まく近けむ」（万葉集・巻十六・三八七三・作者未詳）

439
年経《としふ》とも音《をと》には立《た》てじ音羽川《をとはがは》
下行《したゆ》く水《みづ》の下《した》の思《おも》ひを
（四六七）

439 年月を経ても声に出しては言うまい、音羽川の木々の下を流れる水のさらに下に秘めたような恋心を。

439 ○音羽川　近江・山城の国境の音羽山に発する川。**参考**「吉野川岩切り通し行く水の音にはたてじ恋ひは死ぬとも」（古今・恋歌一・四九二・よみ人しらず）

440
石上《いその神》布留《ふる》の高橋《たかはし》旧《ふ》りぬとも
本《もと》つ人には恋《こ》ひやわたらむ
（四五六）

440 石上の社のある布留の高橋が年を経てその名の通り古くなってしまっても、昔なじみに恋心を抱き続けるでしょうか。

440 ○石上　歌枕。大和国布留一帯の古名。○布留　大和国の歌枕。○高橋　高く架けた橋。「石上布留高橋」は「旧り」を導く序詞的用法。○旧りぬとも　「旧る」は「古くなる」「年月を経る」の意。○本つ人　昔なじみ。**参考**「石上布留の高橋高々に妹が待つらむ夜ぞ更けにける」（万葉・巻十二・三〇一〇・作者未詳）「つるばみの衣解き洗ひ待乳山本つ人にはなほしかずけり」（万葉・巻十二・三〇一三・作者未詳）

441
広瀬川《ひろせがは》袖漬《そでつ》くばかり浅《あさ》けれど
我《われ》は深《ふか》めて思《おも》（ひ）そめてき
（四六二）

441 広瀬川が袖が濡れるくらいに浅いように、私の袖が涙で濡れるほどにあなたは情が浅いけれど、私は深く思い初めてしまいました。

441 ○広瀬川　大和国の歌枕。恋の相手を譬える。○袖漬くばかり浅けれど　薄情さを譬える。**参考**「広瀬川袖漬くばかり浅きをや心深めて

我が思へるらむ」（万葉・巻七・一三八五・作者未詳）

442　○関屋　関守の住み家。番小屋。恋の相手に逢える場所を譬える。○音羽の滝　逢坂に近い名所を一首に配した。参考「音羽山音に聞きつつ逢坂の関の此方に年を経るかな」（古今・恋歌一・四七三・在原元方）

443　○石走る　「滾つ」を導く枕詞。○心砕く　思い苦しむ。参考「あしひきの山下滾つ岩波の心砕けて人ぞ恋ひしき」（新古今・恋歌一・一〇六七・紀貫之）

444　参考「最上川瀬々の岩かど湧き返り思ふ心は多かれど（後略）」（千載・雑歌下　雑体・一一六〇・源俊頼）「風をいたみ岩打つ波のおのれのみ砕けてものを思ふ頃かな」（詞花・恋上・二一一・源重之）

445　参考「浮き沈み来む世はさてもいかにぞと心に問ひて答へかねぬる」（新古今・雑歌下・一七六五・藤原良経）「吉野川早き流れを堰く岩のつれなき中に身を砕くらむ」（新勅撰・恋歌一・六九五・藤原良経）

442
逢坂《あふさか》の関屋《せきや》もいづら山科《やましな》の
音羽《をとは》の滝《たき》の音《をと》に聞《き》きつつ
（四六一）

443
石走《いしばし》る山下滾《したたぎ》つ山川《がは》の
心砕《くだ》けて恋《こ》ひやわたらむ
（四四九・万代二三二五）

444
山川《やまがは》の瀬々《せゞ》の岩波湧《いはなみわ》き返《かへ》り
おのれひとりや身を砕《くだ》くらむ
（四四八）

445
浮《う》き沈《しづ》み果《は》ては泡《あは》とぞなりぬべき
瀬々《せゞ》の岩波《いはなみ》身を砕《くだ》きつつ
（四四七）

442 逢坂の関屋はいったいどこなのでしょう、山科にある音羽の滝の音ばかり聞こえていて——いつお逢い出来るのでしょう、噂ばかりを聞きながら。

443 山の麓で山川が激しく滾るように、私も心を千々に砕いて恋をし続けるのでしょうか。

444 山中を流れる川の数多の瀬の岩を打つ波が湧き返るように、私一人だけが身を砕くような思いをするのでしょうか（あの人は知らないで）。

445 浮いたり沈んだり終いには泡となって消えてしまいそうだ、数多の瀬の岩にぶつかる波のように恋に身を砕きながら。

恋《こひ》

446 白《しら》山に降《ふ》りて積《つも》れる雪なれば
下《した》こそ消《き》ゆれ上《うへ》はつれなし
（四六九）

447 雲《くも》の居《ゐ》る吉野《よしの》の岳《たけ》に降《ふ》る雪《ゆき》の
積《つも》り積《〱》りて春《はる》に逢《あ》ひにけり
（四七九）

448 春深《ふか》み峰《みね》の嵐《あらし》に散《ち》る花の
さだめなき世《よ》に恋《こ》ひつつぞ経《ふ》る
（四〇八）

月に寄《よ》せて忍《しの》ぶる恋《こひ》

449 春《はる》やあらぬ月は見《み》し夜《よ》の空《そら》ながら
馴《な》れし昔《むかし》の影《かげ》ぞ恋《こひ》しき
（四九六）

恋

446 白山に降り積もった雪のような恋だから、山裾では消えてしまっても頂は変らないように、心中は消え入りそうでも表には出さないでいる。

447 雲のかかる吉野の岳に降る雪のように物思いを積りに積らせたまま、巡り来る春に出会った。
「春に逢ひにけり」は、「恋が成功した喜び」（大系）、「思いの叶った歓喜」（鎌田評釈）と解され、「とうとうあの人に逢えることになった」（集成）と現代語訳される。ただし、「春に逢ふ」という語例は恋歌にはきわめて少なく、春という季節に会うという意味にとどまる。

448 春が深いので峰の嵐に散る桜のように、無常のこの世に恋をして日を送っていることだ。

月に寄せて忍ぶ恋

449 春は昔の春のまま、月は昔見た空のままだけれど、変ってしまったのはあの人、慣れ親しんだ昔の面影が恋しい。

446 ○白山　白山（はくさん）の古称。加賀白山。幾つかの峰々を集めた総称。万年雪を抱く山のイメージが強い。○降りて　「旧る」「経る」をかける。参考　「白山も年経る雪や積もるらん夜半に片敷く袂冴ゆなり」（新古今・冬歌・六六六・藤原公任）「難波女のすくも焚く火の下焦がれ上はつれなき我が身なりけり」（千載・恋歌一・六六五／近代秀歌・一七・藤原清輔）

447 参考　「降る雪に物思ふ我が身おとらめや積り積りて消えぬばかりぞ」（後撰・冬・四九五・よみ人しらず）「幾返り咲き散る花を眺めつつもの思ひ暮す春に逢ふらむ」（新古今・恋歌一・一〇一七・大中臣能宣）

448 参考　「山高み嶺の嵐に散る花の月に天霧る明け方の空」（新古今・春歌下・一三〇・二条院讃岐）「おおかたの明くる待つ間もさだめなき玉の緒弱み恋ひつつぞ経る」（壬二集・恋部・二八七〇・藤原家隆）

449 ○春やあらぬ　反語。参考　「月やあらぬ春は昔の春ならぬ我が身ひとつはもとの身にして」（古今・恋歌五・七四七・在原業平／伊勢物語四段・五）「忘るなよ今は心の変るとも馴れしその世の有明の月」（新古今・恋歌四・一二七九・藤原家隆）

450　**参考**「思ひきや深山の奥に住まひして雲居の月をよそに見むとは」（平家物語・一〇三・建礼門院）「忘れては夢かとぞ思ふ思ひきや雪踏み分けて君を見むとは」（古今・雑歌下・九七〇・在原業平／伊勢物語八三段・一五二）

451　○狭筵　語義は幅の狭い筵であるが、「さ」を接頭語と捉えることもある。独り寝のわびしい寝床をさす。**参考**「橋姫の片敷き衣狭筵に待つ夜むなしき宇治のあけぼの」（新古今・冬歌・六三六／後鳥羽院御集・一四三二）「朝影に我が身はなりぬ唐衣裾の合はずて久しくなれば」（万葉・巻十一・二六二六・作者未詳）「唐衣裾合はぬつまに吹く風の目にこそ見えね身にはしみけり」（貞享本・金槐和歌集・五二七）

452　○宇治の橋姫　300頭注参照。和歌には、愛人、巫女、遊女など、広い意味に詠まれるが、待つ女のイメージは強い。**参考**「狭筵に衣片敷き今宵もや我を待つらむ宇治の橋姫」（古今・恋歌四・六八九・よみ人しらず／近代秀歌・八七）「わびぬれば今はた同じ難波なる身をつくしても逢はむとぞ思ふ」（後撰・恋五・九六〇・元良親王／近代秀歌・九二）

453　**参考**「来ぬ人を待つとはなくて待つ宵の更け行く空の月も恨めし」（新古今・恋歌四・一二八三・藤原有家）

450
思（ひ）きやありし昔《むかし》の月影《かげ》を
今《いま》は雲居《くもゐ》のよそに見むとは　（四九七）

待《ま》つ恋《こひ》の心を詠《よ》める

451
狭筵《さむしろ》にひとりむなしく年《とし》も経《へ》ぬ
夜《よる》の衣《ころも》の裾《すそ》あはずして　（五一四）

452
狭筵《さむしろ》に幾《いく》よの秋を忍《しの》び来《き》ぬ
今《いま》はた同《おな》じ宇治《うぢ》の橋姫《はしひめ》　（五一五）

453
来《こ》ぬ人をかならず待《ま》つとなけれども
暁方《あか月がた》になりやしぬらむ　（五一六）

450　思ってもみただろうか、昔見た月が雲に隠れてしまったように、近しかったあの人の面影が無縁になってしまうとは。
449 450は、『伊勢物語』第四段の恋を踏まえ、昔男の立場で詠んでいるようにもとれる。

待つ恋の心境を詠んだ歌

451　さびしい寝床でひとり虚しく年月を経た、夜着の裾の褄が合わないように愛しい人と逢瀬をもつこともなく。
「夜の衣の裾」は「あはず」を導く序詞的用法（大系）であろう。「裾あはず」の例は勅撰集には見当たらない。着ている状態の長着の裾はその両端（褄）が交差して合わないのを言うのであろう。

452　さびしい寝床でどれほど多くの秋の夜を堪えてきたことか、今は宇治の橋姫と同じ身の上。

453　来ない人をあてにして待っているわけではないのだけれど、眠らぬままもう明け方になってしまうようだ。

454
暁《あか月》の恋《こひ》

狭《さ》筵《むしろ》に露《つゆ》のはかなくおきて去《い》なば
暁《あか月》ごとに消《き》えやわたらむ

（五〇六・新勅撰八〇一）

454
暁の恋

筵に置く露のようにあっけなくあなたが起きて帰ってしまったら、暁になる度に消えてしまうほどの思いをするでしょう。

454 ○露「ほんの短い間」の意を含む。○おきて「置きて」と「起きて」をかける。「置く」「消ゆ」は「露」の縁語。**参考**「身をつめば露をあはれと思ふかな暁ごとにいかで置くらむ」（拾遺・恋二・七三〇・よみ人しらず）「恋しきに消えかへりつつ朝露の今朝はおきゐむ心地こそせね」（後撰・恋三720・在原行平）「君に今朝あしたの霜のおきて去なば恋ひしきごとに消えやわたらむ」（古今集仮名序）

455
暁《あか月》の恋《こひ》といふ事《こと》を

暁《あか月》の露《つゆ》やいかなる露《つゆ》ならむ《ん》
おきてし行《ゆ》けば侘《わび》しかりけり

（五〇五）

455
暁の恋ということを

暁の露とはいったいどういう露なのかしら（枕に置くなんて）、あなたが起きて私を置いて行ってしまうと心細いことです。

455 ○暁の露　枕、袖を濡らす涙を重ねる。**参考**「暁の露は枕に置きけるを草葉の上と何思ひけむ」（後拾遺・恋二・七〇一・高内侍）「置き添ふる露やいかなる露ならむ今は消えねと思ふ我が身を」（新古今・恋歌三・一一七三・円融院）「唐衣たつ日は聞かじ朝露のおきてし行けば消ぬべきものを」（古今・離別歌・三七五・よみ人しらず）

456
暁《あか月》の鴫《しぎ》の羽《はね》掻《が》き繁《しげ》けれど
など逢《あ》ふことの間遠《まどを》なるらむ《ん》

（五〇四）

456
暁の鴫の羽掻きはしきりに続くのに、どうしてあの人と私の逢瀬は間遠なのかしら。

456 **参考**「暁の鴫の羽掻き百羽掻き君が来ぬ夜は我ぞ数かく」（古今・恋歌五・七六一・よみ人しらず）

人を待《ま》つ心を詠《よ》める

457 陸奥《みちのく》の真野《まの》の萱原《かやはら》かりにだに
来《こ》ぬ人をのみ待《ま》つが苦《くる》しさ　（五一七）

恋人を待つ心境を詠んだ歌

457 陸奥の真野の萱原のように面影に見えても、かりそめにも来てはくれない人だけを待つことの苦しさよ。

457 ○陸奥の真野の萱原　磐城の歌枕。遠くとも面影に見えるという万葉歌を踏まえる。○かり「刈り」「仮り」をかける。「狩り」（集成）という解釈もある。参考「陸奥の真野の萱原遠けども面影にして見ゆといふものを」（万葉・巻三・三九九・笠郎女）

458 待《ま》てとしも頼《たの》めぬ人の葛《くず》の葉《は》も
あだなる風《かぜ》をうらみやはせぬ　（五一八）

458 待っていてくださいと言ってもあてにならない人を、恨まないことがありましょうか、葛の葉だって移ろいやすい風に裏を見せているではありませんか。

458 ○葛の葉も「葛の葉の」ならば、「恨み」「裏」にかかる枕詞である。○うらみ「恨み」と「裏見」をかける。「待てとしも頼めぬ〜」については、419頭注参照。参考「秋風はすごく吹くとも葛の葉のうらみ顔には見えじとぞ思ふ」（新古今・雑歌下・一八二二・和泉式部）

恋《こひ》の心を詠《よ》める

459 秋深《ふか》み裾野《すその》の真葛《まくず》かれがれ《〲》に
恨《うら》むる風《かぜ》の音《おと》のみぞする　（三〇七）

恋する気持を詠んだ歌

459 秋が深いので葛が枯れ、あの人の訪れも間遠になると、悲しみを誘うような風の音ばかりが聞こえる。

459 ○秋「飽き」をかける。○かれがれ「枯れ枯れ」と「離れ離れ」をかける。参考「暁の露は涙もとどまらで恨むる風の声ぞ残れる」（新古今・秋歌上・三七二・相模）

460 秋《あき》の野に置《を》く白露《しらつゆ》の朝《あさ》な朝な《〱》
はかなくてのみ消《き》えやかへらむ　（四二二）

460 秋の野に置く白露が朝毎にはかなく消えるように、あなたが帰る朝毎に、心細さに消え入るような物思いばかりをするのかしら。

460 参考「置くと見し露もありけりはかなくて消えにし人を何に譬えむ」（新古今・哀傷・七七五・和泉式部）

461 風《かぜ》を待《ま》つ今《いま》はた同《おな》じ宮城野《みやぎの》の、
もとあらの萩《はぎ》の花《はな》の上《うへ》の露《つゆ》　（四八九）

461 風を待つ宮城野の枯れ残った萩の花の上に置く露は、今まさに頼りなく訪れを待っている身と同じ。

菊《きく》に寄《よ》する恋《こひ》

462 消《き》え返《かへ》りあるかなきかにものぞ思（ふ）
うつろふ秋の花《はな》の上《うへ》の霜《しも》　（五三七）

菊に寄せる恋

462 命が消えるほど頼りない物思いをすることだ、色変りする秋の菊の上に置く霜のように。

463 花により人の心は初霜《はつしも》の
置《を》きあへず色《いろ》の変《かは》るなりけり　（五三六）

463 美しい花に惑わされて、人の心模様は初霜の置ききらぬうちに変るのだ（菊は霜で色変りするけれど）。

恋心の移ろいやすさを詠む。

久《ひさ》しき恋《こひ》の心を

464 我《わ》が恋《こひ》は逢《あ》はで布留野《ふるの》の小笹原《をざさはら》
幾夜《いくよ》までとか霜《しも》の置《を》くらむ　（五〇三・新勅撰九〇四）

長年の恋の心境を

464 逢わずに年を経た私の恋は霜の置く布留野の小笹原のようなもの、いつの夜まで寝床に霜が置くのでしょう。

461 ○宮城野　陸奥国の歌枕。萩の名所という共通理解で詠まれることが多い。参考「宮城野のもとあらの小萩露を重み風を待つごと君をこそ待て」（古今・恋歌四・六九四・よみ人しらず）

462 ○消え返り「消え」は「霜」の縁語。○秋「飽き」をかける。参考「消え返りあるかなきかの我が身かな恨みて帰る道芝の露」（新古今・恋歌三・一一八八・藤原朝光）

463 ○花「美しい女」の比喩（集成）。参考「龍田山心惑はす花により雲居はるかに我は来にけり」（続後拾遺・春歌上・六五・藤原基俊）「世の中の人の心は花染めのうつろひやすき色にぞありける」（古今・恋歌五・七九五・よみ人しらず）「植ゑ置きし人の心は白菊の花より先にうつろひにけり」（後拾遺・秋・三五六・藤原経衡）

464 ○布留野「経る」「旧」をかける。○幾夜　小笹の縁語「節」をかける。○霜の置くらむ「老いて白髪になる」とする解釈が大勢を占めるが如何。この場合、「ありつつも君をば待たむうち靡く我が黒髪に霜の置くまでに」（万葉・巻二・八七・磐姫皇后）の霜と同じではない、寝床に置く涙の氷った霜と解する。参考「我が恋は布留野の道の小笹原幾秋風に露こぼれ来ぬ」（六百番歌合・七七九・藤原有家）「石上布留野の小笹霜を経て一夜ばかりに残る年かな」（新古今・冬歌・六九八・藤原良経）

465 ○露　「草」の縁語。「涙」の意を含む。○形見　過去の思い出のよすが。**参考**「浅茅原はかなく置きし草の上の露を形見と思ひかけきや」（新古今・哀傷歌・七七七・周防内侍）

466 ○露　「涙」の意を含む。○まつ虫　「松」と「待つ」をかける。**参考**「里は荒れて人は旧りにし宿なれや庭も籬も秋の野良なる」（古今・秋歌上・二四八・遍昭）

467 **参考**「荒れにけりあはれ幾よの宿なれや住みけむ人の訪れもせぬ」（古今・雑歌下・九八四・よみ人知らず）「跡絶えて浅茅が末になりにけり頼めし宿の庭の白露」（新古今・恋歌四・一二八六・二条院讃岐）

468 **参考**「八重葎茂れる宿のさびしきに人こそ見えね秋は来にけり」（拾遺・秋・一四〇・恵慶法師／近代秀歌・三六）

故《古》郷（の）恋《こひ》

465
草深《くさふか》みさしも荒《あ》れたる宿《やど》なるを
露《つゆ》を形見《かたみ》に訪《たづ》ね来《こ》しかな
（五五一）

466
里《さと》は荒《あ》れて宿《やど》は朽《く》ちにし跡《あと》なれや
浅茅《あさぢ》が露《つゆ》にまつ虫の鳴《な》く
（五五五）

467
荒《あ》れにけり頼《たの》めし宿《やど》は草《くさ》の原《はら》
露《つゆ》の軒端《のきば》にまつ虫の鳴《な》く
（五五四）

468
忍草《しのぶぐさしの》忍び忍びに置《を》く露《つゆ》を
人こそ訪《と》はね宿《やど》は旧《ふ》りにき
（五五二）

故郷の恋

465 草深くひどく荒れた昔の家だけれど、草に置く露を思い出のよすがに訪ねて来たことだ。

466 里は荒れ、人を待つ家が朽ち果ててしまった跡なのだろうか、浅茅に置く露に松虫が鳴いているのは。

467 荒れてしまったこと、訪れをあてにしていた家は草茫茫、露の置く軒端に人を待つかのように松虫が鳴いている。

468 忍草に置く露のようにひっそりと涙にくれる私を、人は訪ねてはくれず家は旧びてしまった。

469
宿《やど》は荒《あ》れて古《ふる》き深山《みやま》の松《まつ》にのみ
訪《と》ふべきものと風《かぜ》の吹《ふ》くらむ　（五五三）

469（人待つ）家は荒れ果て、古い奥山で待つ松ばかり訪れるものと思って風が吹いているのだろうか。

469　○松　「待つ」をかける。**参考**「誰かはと思ひ絶えても松にのみおとづれてゆく風は恨めし」（新古今・雑歌中・一六三二・藤原有家）

「年《とし》を経《へ》て待《ま》つ恋《こひ》」といふことを、人びとに仰《おほ》せてつかうまつらせしついでに

470
故郷《ふるさと》の浅茅《あさぢ》が露《つゆ》にむすぼほれ
ひとり鳴《な》く虫《むし》の人《ひと》を恨《うら》むる　（五一三）

「長年に渡って待つ恋」ということを、人々に命じて詠進させた折に

470故郷の浅茅の露にしとどに濡れてひとり鳴く虫のように、泣き濡れて待つ身はあの人を恨めしく思う。

470　○仰せて　自敬語。**参考**「跡もなき庭の浅茅にむすぼほれ露の底なる松虫の声」（新古今・秋歌下・四七四・式子内親王）

物語《ものがたり》に寄《よ》する恋《こひ》

471
別《わか》れにし昔《むかし》は露《つゆ》か浅茅《あさぢ》原《はら》
跡《あと》なき野辺《のべ》に秋風《かぜ》ぞ吹《ふ》く　（五四六）

物語に寄せる恋

471別れた昔は露のように消えてしまったのか、跡形もない野辺に秋風だけが吹いていることよ。

471　○物語に寄する恋　大系・集成は「『唐物語』楊貴妃の条」と特定し、「はかなく別れにし野辺にみゆきせさせ給ひけれど、浅茅が原に風うち吹きて夕べの露玉と散るを御覧じても、消え入りぬべくおぼされける。」を引用している。参考に挙げた源道済詠には「長恨歌の心をよめる」の詞書がある。ただし、このような物語的情趣の根拠は他にも考えられよう。**参考**「思ひかね別れし野辺を来て見れば浅茅が原に秋風ぞ吹く」（詞花・雑上・三三七・源道済）「いかにせむ浅茅が原に風吹きて涙の玉の露もとまらぬ」（風葉和歌集・秋上・二五五・すゑばの露の右大臣）

冬の恋《こひ》

472
浅茅《あさぢ》原跡《はらあと》なき野辺《のべ》に置《を》く霜《しも》の
むすぼほれつつ消《き》えやわたらむ　（五一一）

冬の恋

472浅茅原の昔の跡形もない野辺に置く霜のように、固く心を閉ざしながら命が消えるような思いをし続けるのでしょうか。

472　○むすぼほれ　結ばれて解けにくくなって。**参考**「通ひ来し宿の道芝枯れ枯れに跡なき霜のむすぼほれつつ」（新古今・恋歌五・一三三五・俊成女）

473 浅茅原《あさぢはら》あだなる霜《しも》のむすぼほれ
日影《かげ》を待《ま》つに消《き》えやわたらむ
（五一二）

473 浅茅原のはかない霜が氷って、日の光を待つ間に消えるように、心を氷らせて消え入るような思いをし続けるのでしょうか。

473 **参考**「日影待つ契ぞつらき有明の月より咲ける朝顔の花」（壬二集・四八・藤原家隆）

474 庭《には》の面《おも》に茂《しげ》りにけらし八重《やへ》葎《むぐら》
訪《と》はで幾《いく》よの秋か経《へ》ぬらむ
（五一〇）

474 庭一面に八重葎が茂ったようだ、訪れのないまま幾夜の秋を過ごしてきたことか。

474 ○幾よ「幾代」と「幾夜」をかける。**参考**「八重葎茂れる宿は人もなしまばらに月の影ぞすみける」（新古今・雑歌上・一五五三・大江匡房）

故《古》郷（の）恋《こひ》

475 故郷《ふるさと》の杉《すぎ》の板屋《いたや》の隙《ひま》を粗《あら》み
行《ゆ》き逢《あ》はでのみ年《とし》の経《へ》ぬらむ《ん》
（五五〇）

故郷の恋

475 故郷の杉の板葺きの隙間が粗いためどうにも板が合わないように、逢うことのないまま年を経てしまうのでしょうか。

475 ○故郷の杉の板屋の隙を粗み　序詞的用法。**参考**「我が恋は千木の片削ぎかたくのみ行き逢はで年の積りぬるかな」（新古今・恋歌二・一一一四・藤原公能）「山賤の麻の狭衣筬を粗み逢はで月日やすぎふける庵」（新古今・恋歌二・一一〇八・藤原良経）

簾《すだれ》に寄《よ》する恋《こひ》

476 津《つ》の国《くに》のこやの丸屋《まろや》の葦簾《あしすだれ》
間遠《まどを》になりぬ行《ゆ》き逢《あ》はずして
（五四五）

簾に寄せる恋

476 津の国の昆陽にある粗末な小屋の隙間だらけの葦の簾のように、疎遠になってしまった、訪れを待っても逢瀬は叶わぬまま。

476 ○こや　摂津国の歌枕「昆陽」と「来や」「小屋」をかける。○丸屋　茅や葦で葺いた粗末な家。○葦簾　本来は、大嘗会・諒闇の時などに日よけや目かくしに用いる葦の茎の簾の意。実朝歌では粗末な簾の意であろう。**参考**「津の国のこやとも人の言ふべきに隙こそなけれ葦の八重葺」（後拾遺・恋二・六九一・和泉式部）

恋《こひ》の歌

477
住吉《すみよし》のまつとせしまに年《とし》も経《へ》ぬ
千木《ちぎ》の片削《かたそぎ》行《ゆ》き逢《あ》はずして
（四九三）

477住吉の松の名の通り、待つ間に何年も過ぎた、千木の片削が交叉しないように逢うこともなく。

478
住《すみ》の江《え》のまつこと久《ひさ》になりにけり
来《こ》むと頼《たの》めて年《とし》の経《へ》ぬれば
（四九二）

478住の江の松の名の通り、待つばかりになって久しい、来るとあてにさせて年が経ったものだから。

479
思《おも》ひ絶《た》え侘《わ》びにしものをいまさらに
野中《のなか》の水《みづ》の我《われ》を頼《たの》むる
（四八七）

479諦めてひっそり暮らしていたのに、今さらになって温くなった野中の清水のように私をあてにさせるなんて。

480
牡鹿《をじか》臥《ふ》す夏野《なつの》の草《くさ》の露《つゆ》よりも
知《し》らじな繁《しげ》き思（ひ）ありとは
（四一〇）

480あなたは知らないでしょうね、牡鹿が臥す夏野の生い茂った草に置く露よりも多い物思いがあるなんて。

477 ○まつ 「松」と「待つ」をかける。○千木の片削 「千木」は、破風の先端が延びて大棟上に交叉した木。片端を水平または垂直に削ぎ落としてあることを「千木の片削」という。**参考** 「我が恋は千木の片削かたくのみ行き逢はで年の積もりぬるかな」（新古今・恋歌二・一二一四・藤原公能）

478 ○まつ 「松」と「待つ」をかける。**参考** 「住の江のまつほど久になりぬれば葦鶴の音に泣かぬ日はなし」（古今・恋歌五・七七九・兼覧王）

479 ○思ひ絶え 終止形は「思ひ絶ゆ」。思いを断ち切る。諦める。○野中の水 野中の清水。播磨の国にあり、昔は冷たい水であったが、後に温くなったと伝えられる。「いにしへの野中の清水ぬるけれど本の心を知る人ぞ汲む」（古今・雑歌上・八八七・よみ人しらず）という詠のように、昔の恋人を譬える。**参考** 「思ひ絶え侘びにしものをなかなかに何か苦しくあひ見そめけむ」（万葉・巻第四・七五三・大伴家持）「今しはと侘びにしものをささがにの衣にかかり我を頼むる」（古今・恋歌五・七七三・よみ人しらず）

480 **参考** 「牡鹿臥す夏野の草の道を無み繁き恋路に惑ふ頃かな」（新古今・恋歌一・一〇六九・坂上是則）

481 ○荻の上風　風にそよぐ荻の葉音は、秋の到来に恋人の訪れを重ねて詠むことが多い。参考「聞かでただ寝なましものを時鳥なかなかなりや夜半の一声」（新古今・夏歌・二〇三・相模）「訪ねても聞くべきものを時鳥人頼めなる夜半の一声」（千載・夏歌・一五五・藤原教長）「今はただ心のほかに聞くものを知らず顔なる荻の上風」（新古今・恋歌四・一三〇九・式子内親王）

482 参考「篝火にあらぬ我が身のなぞもかく涙の川に浮きて燃ゆらむ」（古今・恋歌一・五二九・よみ人しらず）「あだなりと名にこそ立てれ桜花年に稀なる人も待ちけり」（古今・春歌上・六二・よみ人しらず）

483 参考「人を思ふ心は雁にあらねども雲居にのみも鳴きわたるかな」（古今・恋歌二・五八五・清原深養父）

484 ○心にもあらぬ　第一句に詠まれ、「別れ」「うき世」「旅寝」などにかかることが多い。参考「心にもあらぬうき世を嘆くをば思はぬかたに言ひやなすべき」（四条宮下野集・九四）「心にもあらぬ我が身の行き帰り道の空にて消えぬべきかな」（新古今・恋歌三・一一七〇・藤原道信）

481
聞《き》かでただ《゛》あらましもの《物》を夕月夜《ゆふづくよ》
人頼《だの》めなる荻《おぎ》の上風《うはかぜ》
（四二六）

七夕《たなばた》に寄《よ》する恋《こひ》

482
七夕《たなばた》にあらぬ我《わ》が身のなぞもかく
年《とし》に稀《まれ》なる人を待《ま》つらむ
（五三八）

恋《こひ》の歌《うた》

483
我《わ》が恋《こひ》は天《あま》の原《はら》飛《と》ぶ葦鶴《あしたづ》の
雲居《くもゐ》にのみや鳴《な》きわたりなむ
（四三五）

484
ひさかたの天《あま》の川原《かはら》に棲《す》む鶴《たづ》も
心にもあらぬ音《ね》をや鳴《な》くらむ
（四三四）

481 聞かずにいつものようにいたかったのに、月の出ている夕暮にいかにも訪れをあてにさせて吹く思わせぶりな荻の上風の音だこと。

七夕に寄せる恋

482 織女でもない私は約束もないのに、どうしてこんなふうに一年の間に滅多に訪れない人を待っているのでしょう。

恋の歌

483 私の恋は大空を飛ぶ鶴のようなもの、雲の中だけで鳴いているように遠くから思い続けるばかりなのでしょうか。

484 大空の天の川原に棲む鶴も、思うにまかせぬ恋に声をたてて鳴くのでしょうか。

485 ひさかたの天《あま》飛《と》ぶ雲《くも》の風《かぜ》をいたみ
我《われ》はしか思《おも》（ふ）妹《いも》にし逢《あ》はねば
（四三三）

485 空を行く雲は、自在にみえても風がひどいので往き来にさし障るのだろう、私はそんなふうに思う、あなたに会わないので。

「天飛ぶ雲」の用例は勅撰集に3例。うち恋歌2例。いずれも後代の京極派歌人の詠。実朝歌は、障害のある恋を匂わせて独特。

486 我《わ》が恋《こひ》は籠《かご》の渡《わた》りの綱手縄《つなでなは》
たゆたふ心やむ時もなし
（四八六・夫木一二二五五）

486 私の恋は籠の渡りの引き綱、ゆらゆらと揺れ動く心がおさまる時もない。

黄金《こがね》に寄《よ》する恋《こひ》

487 黄金《こがね》掘《ほ》る陸奥山《みちのくやま》に立《た》つ民《たみ》の
命《いのち》も知《し》らぬ恋《こひ》もするかも
（五四二）

黄金に寄せる恋

487 黄金を掘る陸奥の鉱山に立つ民のように、先の命もわからない危うい恋をすることだ。

488 逢《あ》ふことのなき名《な》をたつの市《いち》に売《う》る
かねてもの思《おも》（ふ）我《わ》が身なりけり
（五四三）

488 逢うこともない人と身に覚えのない浮名が立っている、逢う前から物思いをする我が身なのだな。

485 参考 「ひさかたの天飛ぶ雲にありてしか君をあひ見む落つる日なしに」（万葉・巻十一・二六八四・作者未詳）

486 ○籠の渡り　加賀国の歌枕。断崖・急流の上に渡した引き綱に籠を吊り、人や物を運ぶ。難所。参考 「身を捨てて籠の渡をせし時も君ばかりこそ忘れざりしか」（夫木・雑部八・一二二五三・快修）「琴の音にひきとめらるる綱手縄たゆたふ心君知るらめや」（源氏物語・二〇六）

487 ○陸奥山　用例は家持歌以外には見当たらない。○命も知らぬ恋　実朝特有の表現。参考 「天皇（すめろき）の御代栄えむと東なる陸奥山に黄金花咲く」（万葉・巻十八・四一二二・大伴家持）「いつまでの命も知らぬ世の中につらき嘆きのやまずもあるかな」（新古今・恋歌二・一一一三・藤原義孝）

488 ○たつの市 「辰市」（大和国で辰の日ごとに立った市）に「立つ」をかける。○かねて 「金」をかける。参考 「なき名のみたつの市とは騒げどもいさまだ人を売るよしもなし」（拾遺・恋二・七〇〇・柿本人麻呂／近代秀歌・七七）「敷島の道に我が名はたつの市いさまだ知らぬ大和言の葉」（風雅・雑歌下・一八四三・藤原定家）

489 ○頼めぬ宿　後鳥羽院が好んで用いた表現。勅撰集唯一の語例は院の詠。参考「うらみよとなれる夕べの景色かな頼めぬ宿の荻の上風」（続古今・秋歌上・三〇二／後鳥羽院御集・四八三）「尋ね来て道分けわぶる人もあらじ幾重も積れ庭の白雪」（新古今・冬歌・六八二・寂然）

490 ○奥山の岩垣沼に木の葉落ちて「沈める」を導く序詞的用法。○沈める心　実朝歌以外に用例が見当たらない。○岩垣沼　岩に囲まれた沼。○人知るらめや「や」は反語。参考「奥山の岩垣沼の水籠りに恋ひやわたらん逢ふよしをなみ」（拾遺・恋一・六六一・柿本人麻呂）「鴨鳥の遊ぶこの池に木の葉落ちて浮きたる心我が思はなくに」（万葉・巻四・七一四・丹波大女娘子）

491 ○奥山の「真木」「深き」「立つ木」にかかる枕詞。○末「草木の先端」の意に「行く末」をかける。○たつき「立つ木」に「たづき」（手がかり）をかける。参考「立ちて居てすべのたどきも今はなし妹に逢はずて月の経ぬれば」（万葉巻十二・二八九三・作者未詳）

492 参考「富士の嶺の煙も猶ぞ立ち昇る上なきものは思ひなりけり」（新古今・恋歌二・一一三二・藤原家隆）

雪中待《ま》つ人といふことを

489 今日《けふ》もまたひとり眺《なが》めて暮《く》れにけり
頼《たの》めぬ宿《やど》の庭《には》の白雪《しらゆき》
（三八四）

恋《こひ》の歌《うた》

490 奥山《おくやま》の岩垣沼《いはがきぬ》に木《こ》の葉《は》落《お》ちて
沈《しづ》める心人知《し》るらめや
（四六四）

491 奥《おく》山の末《すゑ》のたつきもいさ知《し》らず
妹《いも》に逢《あ》はずて年《とし》の経《へ》ゆけば
（四四一）

492 富士《ふじ》の嶺《ね》の煙《けぶり》も空《そら》に立《た》つものを
などか思《おも》ひの下《した》に燃《も》ゆらむ
（四六八）

雪降る中を待つ人、ということを

489 きょうもまた、ひとり物思いをして暮れた、訪れのあてにはならない我が家の庭の白雪を眺めて。

恋の歌

490 奥山の岩に囲まれた沼に木の葉が落ちて沈んでいるような、ひっそりと思いに沈む心が人にわかろうか。

491 行く末がどうなるのか、さあわからない、あなたに逢わないまま年が経っていくので。

492 富士の嶺の煙も空に立ち昇るのに、どうして「思ひ」の火は誰にも知られず心中で燃え燻るのだろう。

493　参考「人知れぬ思ひのみこそわびしけれ我が嘆きをば我のみぞ知る」(古今・恋歌二・六〇六・紀貫之)「年を経て深山隠れの時鳥聞く人もなき音をのみぞなく」(拾遺・雑春・一〇七三・藤原実方)
494　○その神山　歌枕の「神山」(上賀茂神社の北方の山)に「その上」(その昔)の意をかける。○葵　フタバアオイ。二枚の葉が相対してつくことから「逢ふ日」をかける。葵祭の神事に用いられる。牛車や簾などに掛ける。参考「名にし負はば逢坂山の真葛人に知られで来るよしもがな」(後撰・恋三・七〇〇・藤原定方)「いかなればその神山の葵草年は経れども二葉なるらむ」(新古今・夏歌・一八三・小侍従)
495　○空蝉　蝉。○むなしき　空蝉の縁語。参考「うちはへて音をなき暮らす空蝉のむなしき恋も我はするかな」(後撰・夏・一九二・よみ人しらず)
496　○大荒木　229参照。○浮田の森に引く注連　実朝は「朽ちるぐらい長くひかれることを比喩しているいると理解していたはず」という論(三木麻子「百舌国文」第一号・一九八一・七)がある。参考「かくしつつさてや止みなん大荒木の浮田の森の注連ならなくに」(続古今・恋歌一・一〇五〇・柿本人麻呂)

493
思《おも》ひのみ深《ふか》き深山《みやま》の時鳥《ほとゝぎす》
人こそ知《し》らね音をのみぞなく
(四〇九)

494
名にし負《お》はばその神山の葵草《あふひぐさ》
かけて昔《むかし》を思(ひ)出《い》でなむ
(六二八)

495
夏深《なつふか》き森《もり》の空蝉《うつせみ》己《をの》れのみ
むなしき恋《こひ》に身を砕《くだ》くらむ
(四一三)

496
大荒木《おほあらき》の浮田《うきた》の森《もり》に引《ひ》く注連《しめ》の
うちはへてのみ恋《こ》ひやわたらむ
(四五五)

493　深山の時鳥が聞く人などいなくとも鳴くように、秘めた思いの深い私は、人知れず声をたてて泣くばかり。

494　その名の通りならば古くから神山の葵草は「逢う日」の草、掛けて昔の恋を思い出したいものだ。

495　夏の深い森の蝉は、自分ばかりが実らぬ恋に身を砕くと、あんなにも鳴くのだろうか(私も同じ身の上)。

496　荒木神社の近くの浮田の森に引く注連縄のように長く、命果てるまでひたすらあの人を思い続けるのだろうか。

497 それをだに思《おも》ふこととてちはやぶる
神《かみ》の社《やしろ》に祈《ね》がぬ日はなし

（四五二）

497 あなたが毎夜毎夜来ること、それだけを願い事として、神の社に祈らぬ日はない。

498 ちはやぶる賀茂《かも》の川波《かはなみ》幾十度《いくそたび》
立《た》ち返《かへ》るらむかぎり知《し》らずも

（四八三）

498 賀茂の川波が幾度も寄せては返すように、私の恋の祈願も際限のないことだ。

499 涙《なみだ》こそ行方《ゆくゑ》も知《し》らね三輪《みわ》の崎《さき》
佐野《さの》の渡《わた》りの雨《あめ》の夕暮《ゆふぐれ》

（四七三）

499 行く先もあてどがないけれど涙こそとどまるところを知らない、（人家も人影もない）三輪の崎の佐野の渡りに雨が降る夕暮には。先の見えない恋にとめどなく涙の流れる心境を、雨の降る佐野の渡りに行き暮れた心細さに重ねる詠。

500 しらまゆみ磯辺《いそべ》の山の松《まつ》の葉《は》の
常《時》磐《は》にものを思《おも》（ふ）頃《ころ》かな

（四四二・新勅撰八五六）

500 磯辺の山の常緑の松の葉のように、常に変らず物思いをするこの頃だな。

497 ○ちはやぶる「神」にかかる枕詞。**参考**「それをだに思ふこととて我が宿を見きとな言ひそ人の聞かくに」（古今・哀傷・八一一・よみ人しらず）「夜並べて君を来ませとちはやぶる神の社を祈がぬ日はなし」（万葉・巻十一・二六六八・作者未詳）

498 ○ちはやぶる「賀茂」にかかる枕詞。**参考**「ちはやぶる賀茂の川波たちゐにも深き頼みをかけぬ間ぞなき」（正治後百首・神祇・四五二・藤原隆実）「君をだに祈りおきてはうちむれて立ち返りなむ賀茂の川波」（伊勢集・一一二）

499 ○三輪の崎　紀国の歌枕。○佐野の渡り　紀国の歌枕。三輪の崎の渡し場。○雨の夕暮　新しい表現。勅撰集に1例、『後鳥羽院御集』に1例見える。**参考**「苦しくも降り来る雨か三輪の崎佐野の渡りに家もあらなくに」（万葉・巻三・二六七・長忌寸奥麿）「駒とめて袖うち払ふ影もなし佐野の渡りの雪の夕暮」（新古今・冬歌・六七一・藤原定家）

500 ○しらまゆみ　白真弓。「はる」「い」「ひく」にかかる枕詞。**参考**「しらまゆみ磯辺の山の常磐なる命なれやも恋ひつつぞ居らむ」（万葉・巻十一・二四四八・作者未詳）

501
白波《しらなみ》の磯《いそら》がちなる能登瀬川《のとせがは》
のちもあひ見むみ《身》をし絶《た》え《へ》ずは
（四八一）

501 白波を立てて流れる岩の多い能登瀬川、その水が岩に砕けて分かれてもまた合流するように、また逢いましょう、命が絶えぬ限りは。

502
わたつうみに流《なが》れ出《い》でたる飾磨川《しかまがは》
しかも絶《た》え《へ》ずや恋《こ》ひわたりなむ
（四八二）

502 大海に流れ出た飾磨川の水がさらに尽きないように、止むことなく恋い慕って年月を過ごすのでしょうか。

503
君《きみ》により我《われ》とはなしに須磨《すま》の浦《うら》に
藻塩《もしを》垂《た》れつゝ年《とし》の経《へ》ぬらむ
（四九一）

503 あなたをあてにしたばかりに私の思いとは裏腹に、須磨の浦の汐汲みのように泣き暮してどんなに長い年が経ってしまったことか。

504
沖《おき》つ波打出《なみうちいで》の浜《はま》の浜楸《はまひさぎ》
萎《しほ》れてのみや年《とし》の経《へ》ぬらむ《ん》
（四九〇・夫木・三八八二）

504 波に打たれる打出の浜の浜楸のように、泣き濡れているばかりでどんなに長い年が経ってしまったことか。

501 ○磯がちなる　「いそこせぢなる」（大系）、「磯越路なる」（集成）。誤記ではないとすれば、「いそら」は「磯」。「ら」は接尾語（日本国語大辞典・小学館）。後代の用例に「帰るなりぬるや磯らのみるめにも及ばぬ波ぞかけて悔しき」（正徹千首・六五五）がある。「磯らがち」は「水中から露出している岩石の多い」という意になろう。○能登瀬川　所在地不詳。能登に「のち」をかける。○みをし絶へずは　「みを」は「水脈」と「身を」をかける。**参考**　「高瀬なる能登瀬の川の後に逢はむ妹には我は今にあらずとも」（万葉・巻十二・三〇一八・作者未詳）「三輪山の山下響み行く水のみをしたえずは後も我つま」（万葉・巻十二・三〇一四・作者未詳）

502 ○飾磨川　播磨国の歌枕。第三句まで「しかも」を導く序詞的用法。**参考**　「わたつみの海に出でたる飾磨川絶えむ日にこそ我が恋止まめ」（万葉巻十五・・三六〇五・作者未詳）

503 ○藻塩垂る　「涙で濡れる」意をかける。**参考**　「わくらばに問ふ人あらば須磨の浦に藻塩垂れつつ侘ぶと答へよ」（古今・雑歌下・九六二・在原行平）

504 ○沖つ波　枕詞。「打つ」にかかる。○打出の浜　近江国の歌枕。琵琶湖岸にある。○浜楸　「久」をかける。**参考**　「君恋ふと鳴海の浦の浜楸萎れてのみも年を経るかな」（新古今・恋歌二・一〇八五・源俊頼）

505
かくてのみ荒磯《ありそ》の海《うみ》のありつゝも
逢《あ》ふよもあらばなにかうらみ《見》む
（四八〇）

505こんなふうにだけ何とか生きながら辛い物思いに日を送っているけれど、この世でいつか逢う時があるならば何を恨みましょう。

505 ○荒磯　荒涼とした岩の多い海岸。「荒磯の海の」は序詞的用法。荒磯」「ありつゝ」「逢ふよ」で頭韻を踏む。○よ　「世」「夜」をかける。○うらみむ　「恨む」「浦」をかける。参考　「かくてのみ荒磯の浦の浜千鳥よそに鳴きつつ恋ひやわたらむ」（拾遺・恋一・六三一・よみ人しらず）「まれにだに逢ふよもあらば天の川隔つる星やたぐひならまし」（忠度集・六五）

506
み熊野《くまの》の《ゝ》浦《うら》の浜木綿《はまゆふ》言《い》はずとも
思《おも》ふ心の数《かず》を知《し》らなむ
（四六六）

506熊野の浦の浜木綿が幾重にも重なるように、口には出さなくたってあなたを思う心の襞の多さを知ってほしいもの。

506 ○み熊野の浦　御熊野の浦。三熊野の浦。○浜木綿　み熊野の産物。花びらが折重なって咲く。「ゆふ」に「言ふ」をかける。「み熊野の浦の浜木綿」は序詞的用法。参考「み熊野の浦の浜木綿百重なる心は思へどただに逢はぬかも」（拾遺・恋一・六六八・柿本人麻呂）

507
我《わ》が恋《こひ》は百島《もゝしま》めぐる浜千鳥《はまちどり》
行方《ゆくゑ》も知《し》らぬかたに鳴《な》くなり
（四二九・夫木六八二一）

507私の恋はたくさんの島を渡り歩く浜千鳥のよう、あてもない干潟に鳴くように、行く末がわからず泣いているのだ。

507 ○百島　たくさんの島。○かた「潟」に「方」をかける。参考「かげろふに見しばかりにや浜千鳥行方も知らぬ恋にまどはむ」（後撰・恋二・六五四・源等）

508
沖《おき》つ島鵜《しまう》の棲《す》む石《いし》による波《なみ》の
間《ま》なくもの思（ふ）我《われ》ぞ悲《かな》しき
（四四四）

508沖にある島の鵜の棲む岩に寄せる波のように、絶えることなく物思いをしている私の何て哀れなこと。

508 ○鵜　「憂」をかける。参考「阿倍の島鵜の棲む磯に寄する波間なくこの頃大和し思ほゆ」（万葉・巻六・三六二・山部赤人）「ある甲斐もなぎさに寄する白波の間なくもの思ふ我が身なりけり」（新古今・恋歌一・一〇六六・源景明）

509 田子《たご》の浦《うら》の荒磯《あらいそ》の玉藻《たまも》波《なみ》の上《うへ》に
浮《う》きてたゆたふ恋《こひ》もするかな

（四八五・夫木一三四五九）

510 かもめ居《ゐ》る荒磯《あらいそ》の洲崎《すさき》潮満《しほみ》ちて
隠《かく》ろひゆけばまさる我《わ》が恋《こひ》

（四四五）

511 武庫《むこ》の浦《うら》の入江《いりえ》の洲鳥《すどり》朝《あさ》な朝《〱》な
つねに見まくのほしき君《きみ》かも

（四八四）

509 田子の浦の荒波の打ち寄せる磯の藻のように、波の上に浮いて漂うような頼りない恋をすることだ。

510 かもめ のいる荒磯の洲崎に潮が満ちて隠れてゆくようにあなたの姿が見えなくなると、ますます募るのです、私の恋心は。

511 武庫の浦の入江の洲にいる鳥を朝ごとに見るように、いつも逢っていたいあなたなのです。

509 ○田子の浦　駿河国の歌枕。○荒磯　荒波の打ち寄せる磯。○玉藻　藻の美称。参考　「荒磯の玉藻の床に仮寝してわれから袖を濡らしつるかな」（新勅撰・羇旅歌・五二三・式子内親王）

510 ○洲崎　洲が海中に突き出て崎となった場所。参考　「真薦刈る淀の沢水雨降れば常よりことにまさる我が恋」（古今・恋歌二・五八七・紀貫之）

511 ○武庫の浦　摂津国の歌枕。参考　「武庫の浦の入江の洲鳥羽ぐくもる君を離れて恋に死ぬべし」（万葉・巻十五・三六〇〇・作者未詳）「老いぬればさらぬ別れもありといへばいよいよ見まくほしき君かな」（古今・雑歌上・九〇〇／伊勢物語九四段・一五三）

512 旅　○玉鉾の　枕詞。「道」にかかる。参考「玉鉾の道ははるかにあらねどもうたて雲居に惑ふ頃かな」（新古今・恋歌四・一二四八・朱雀院）「里離れ遠からなくに草枕旅とし思へばなほ恋ひにけり」（万葉・巻十二・三一四八・作者未詳）

513 ○草枕　枕詞。「旅」にかかる。○刈菰　枕詞。「乱る」にかかる。参考「家にあれば笥に盛る飯を草枕旅にしあれば椎の葉に盛る」（万葉・巻二・一四二・有馬皇子）「刈菰の思ひ乱れて我恋ふと妹知るらめや人し告げずは」（古今・恋歌一・四八五・よみ人しらず）「野辺ごとに秋まつ虫の鳴く時は草の枕にいこそ寝られね」（千穎集・二五）

514 参考「さ筵に衣片敷き今宵もや我を待つらむ宇治の橋姫」（古今・恋歌四・六八九／近代秀歌・八七・よみ人しらず）「あしひきの山下風の寒けきに今宵もまたや我がひとり寝む」（拾遺・恋三・七七七・よみ人しらず）

515 ○ならはぬ「衣」の縁語。○狩衣「かりごろも」は歌語。「かりぎぬ」に同じ。「仮」をかける。参考「露しげみ野辺を分けつつ唐衣濡れてぞ返る花の雫に」（新古今・秋歌下・四六六・藤原頼宗）「草枕結びさだめむ方知らずならはぬ野辺の夢の通ひ路」（新古今・恋歌四・一三一五・藤原雅経）

旅

512 玉鉾《たまぼこ》の道《みち》は遠《とを》くもあらなくに
旅《たび》とし思《おも》へば侘《わび》しかりけり
（五六四）

513 草枕旅《くさまくらたび》にしあれば刈菰《かりこも》の
思（ひ）乱《みだ》れていこそ寝《ね》られね
（五六六）

514 旅衣《たびごろも》袂《たもと》片敷《かたし》き今宵《こよひ》もや
草《くさ》の枕《まくら》に我《わ》がひとり寝《ね》む
（五六七・玉葉一一九二）

羇中夕露

515 露《つゆ》しげみならはぬ野辺《のべ》の狩衣《かりごろも》
頃《ころ》しも悲《かな》し秋の夕暮《ゆふぐれ》
（五七三）

旅

512 これから行く道が遠いわけではないけれど、旅だと思うと心細いことだ。

513 旅にあるものだから、刈った菰のようにあれこれ思い乱れて少しも眠れはしない。

514 旅衣の片袖を敷いて今夜もまた、草を枕にして私ひとりで寝るのか。

以上、旅と旅寝の頼りなさを詠む三首。詞書はない。

旅の途上の夕露

515 露が多いため見知らぬ野辺でしとどに濡れる旅衣、折しも涙を誘う心細い秋の夕暮だ。

「頃しも」は、「衣」を受け「コロモ・コロシモ」のリズムを生む。

516
野辺《のべ》分《わ》けぬ袖《そで》だに露《つゆ》は置《を》くものを
ただこの頃《ごろ》の秋の夕暮《ゆふぐれ》
（五七四）

516 野辺を分けたのでもない袖にすら涙の露は置くものなのに、この旅の途上の心細い秋の夕暮ときたらもう……。

516 参考「秋の野の草も分けぬを我が袖のもの思ふなへに露けかるらむ」（後撰・秋中・三一六・紀貫之）「しをりしてつらき山とは知らざりきただこの頃の秋の夕暮」（夫木・秋部四・五五一三・如願法師）

517
旅衣《たび》うら悲《がな》しかる夕暮《ゆふぐれ》の
裾野《すその》の露《つゆ》に秋風《かぜ》ぞ吹《ふ》く
（五七五）

517 旅装束の身にはそれだけでもの悲しい夕暮れ時、そのうえ裾野の露に秋風が吹いているのだ。
以上、露に涙を暗示させる三首。

517 ○うら悲し 「うら」は心の意。「裏」をかける。「うら」「衣」「裾」は縁語。参考「浅茅原玉まく葛のうら風のうら悲しかる秋は来にけり」（後拾遺・秋上・二三六・恵慶法師）

羇中鹿

518
旅衣《たびごろも》裾野《すその》の露《つゆ》にうらぶれて
ひもゆふ風《かぜ》に鹿《しか》ぞ鳴《な》くなる
（五七六）

旅の途上の鹿

518 旅装束が裾野の露に濡れ頼りない思いをしていると、人恋しい日暮れ時の風に乗って鹿の鳴いている声が聞こえることよ。

518 ○うらぶれて 「うらぶる」は、心のよりどころがなく、悲しみに沈む状態。「裾」「うら」「ひもゆふ」は縁語。○ひもゆふ 「紐結ふ」と「日も夕」をかける。参考「唐衣ひもゆふ暮になる時は返す返すも人は恋しき」（古今・恋歌一・五一五・よみ人しらず）

519
秋もはや末《すゑ》の原野《はらの》に鳴《な》く鹿《しか》の
声聞《こゑき》く時ぞ旅《たび》は悲《かな》しき
（五七七・夫木四七三九）

519 秋もすでに終りの野原の果てに鳴く鹿の声を聞く時にはもう、旅というものが堪え難く辛い。

519 ○末の原野 時間を示す「末」に「野末」（野の果て）をかける。参考「奥山に紅葉踏み分け鳴く鹿の声聞く時ぞ秋は悲しき」（古今・秋歌上・二一五・よみ人しらず／近代秀歌・四七）

520 ひとり臥《ふ》す草《くさ》の枕《まくら》の夜《よる》の露《つゆ》は
友《とも》なき鹿《しか》の涙《なみだ》なりけり　（五七八）

旅宿月

521 ひとり臥《ふ》す草《くさ》の枕《まくら》の露《つゆ》の上《うへ》に
知《し》らぬ野原《のはら》の月を見《み》るかな　（五七九）

522 岩根《いはがね》の苔《こけ》の枕《まくら》に露《つゆ》置《を》きて
幾夜《いくよ》深山《みやま》の月に寝《ね》ぬらむ　（五八〇）

旅宿霜

523 袖枕《そでまくら》霜《しも》置《を》く床《とこ》の苔《こけ》の上《うへ》に
明《あ》かすばかりの小夜《さよ》の中山　（五八二・夫木八七八一）

520 ひとりで旅寝する草枕に置く夜露は、仲間のいない鹿の涙であったよ。
　以上、鹿の声に人恋しさを募らせている趣の三首。

旅宿の月

521 ひとり野宿する草枕の露の上に、方角もわからぬ野原に射す月が映るのを見ることだな。

522 岩の根元の苔の枕に露の置く床で、幾晩深山の月の下に旅寝をしたことだろう。
　以上、露の置く月夜の旅寝二首。

旅宿の霜

523 袖枕に霜の置く苔の床の上で眠らぬまま夜を明かすだけだ、小夜の中山では。

520 参考「ひとり臥す荒れたる宿の床の上にあはれ幾夜の寝覚めしつらむ」（新古今・恋歌三・一二一七・安法法師女）「夜もすがら草の枕に置く露は故郷恋ふる涙なりけり」（金葉二・恋部上・三八五・藤原長実）
521 ○旅宿　旅先で泊まること。参考「今日はまた知らぬ野原に行き暮れぬいづれの山か月は出づらむ」（新古今・羇旅歌・九五六・源家長）「あしひきの山路の苔の露の上に寝覚め夜深き月を見るかな」（新古今・秋歌上・三九八・藤原秀能）
522 ○岩根　大地に埋もれて固定した大きな岩。大岩の根元。○苔の枕　苔の生えた岩や木を枕とすること。参考「草枕ほどぞ経にける都出でて幾夜か旅の月に寝ぬらむ」（新古今・羇旅歌・九三一・大江嘉言）
522 523 参考「岩根の床に嵐を片敷きてひとりや寝なむ小夜の中山」（新古今・羇旅歌・九六二・藤原業清）
523 ○袖枕　着物の袖を枕にすること。○小夜の中山　遠江国の歌枕。東海道の難所として有名な峠。さやのなかやま。○明かす　寝ないで夜が明けるまで時を過ごす。参考「夜な夜なの旅寝の床に風冴えて初雪降れる小夜の中山」（千載・羇旅歌・五〇二・藤原実行）

524 しながどり猪名野《ゐなの》の原《はら》の笹《さ》枕《まくら》
枕《まくら》の霜《しも》や宿《ど》る月影《かげ》
（五八三）

524 猪名野の原の笹を結ぶ旅寝では、笹枕に置く霜のせいなのか、月が宿っているのは。

以上、霜夜の旅寝二首。

524 しながどり　息長鳥。「猪名」にかかる枕詞。○猪名　摂津国の歌枕。「猪名の笹原」と詠まれることは多い。○笹枕　「草枕」に同じ。猪名野は笹原で有名。○枕の霜　きわめて用例の少ない表現。貞享本では「枕の露」　参考　「初霜は降りにけらしなしながどり猪名の笹原色変るまで」（新後拾遺・冬歌・四八三・藤原俊成）「思ひやる枕の霜も冴え果てて都の夢も嵐こそ吹け」（拾遺愚草・二八八五・藤原定家）

旅歌

525 旅寝《たびね》する伊勢《いせ》の浜荻《はまをぎ》露《つゆ》ながら
結《むす》ぶ枕《まくら》に宿《やど》る月影《かげ》
（五六八・続古今八九二）

旅の歌

525 旅寝をする伊勢の浜辺の葦は露しとど、そのまま結ぶ枕に宿る月よ。

浜辺の旅寝。

525 ○浜荻　葦の異名。参考　「神風や伊勢の浜荻折伏せて旅寝やすらむ荒き浜辺に」（新古今・羇旅歌・九一一・よみ人しらず）

旅宿時雨

526 旅《たび》の空《そら》なれぬ埴生《はにふ》の夜《よる》の戸《と》に
侘《わ》びしきまでに漏《も》る時雨《しぐれ》かな
（五八一・夫木一六九三五）

旅宿の時雨

526 旅の途上、勝手のわからぬ粗末な小屋の戸から、閉口するほどに漏れてくる時雨だな。

「夜の戸に」か「夜の床」か。「「夜の床」で切ると、第一句の「旅の空」と調子がつかえよう」（鎌田評釈）という見解もある。

526 ○旅の空　旅先の土地。旅にある境遇。○埴生　賤が伏せ屋。貧しい小屋。○夜の戸に　貞享本では「夜の床」。集成は「夜の床」と表記、定家所伝本の誤記とみたか。『夫木和歌抄』の表記も「夜の床」。参考　「彼方の埴生の小屋に小雨降り床さへ濡れぬ身に添へ吾妹」（万葉・巻十一・二六九一・作者未詳）

屏風の絵《ゑ》に、山家に松描《まつか》ける所に旅《たび》人数多《あまた》あるを詠《よ》める

527 まれに来《き》て聞《き》くだに悲《かな》し山賤《がつ》の
苔《こけ》の庵《いほり》の庭《には》の松風《まつかぜ》
（五八九）

屏風の絵に、山家に松が描いてある所に旅人がたくさんいる光景を見て詠んだ歌

527 たまに訪れて聞くだけでさえ悲しい、山人が住む粗末な小屋の庭の松風は（ましていつも聞いているとは）。

527 ○苔の庵　苔むした粗末な住まい。○山賤　猟師、樵、炭焼など、山中に住む賤しい身分の人。参考　「まれに来る夜半も悲しき松風を絶

えずや苔の下に聞くらむ」（新古今・哀傷・七九六・藤原俊成）

528　**参考**　「幾歳の春に心を尽くし来ぬあはれと思へみ吉野の花」（新古今・春歌下・一〇〇・藤原俊成）

529　○片敷きの　53番歌参照。○雪深き　夜の深さをかける。**参考**「琴の音を雪に調ぶと聞こゆなり月冴ゆる夜の峰の松風」（千載・雑歌上・一〇〇二・道性法親王）「冴えゆけば谷の下水音絶えてひとり氷らぬ峰の松風」（続拾遺・冬歌・四二五・藤原忠良）

530　15番歌「梅が香を夢の枕にさそひきて覚むる待ちける春の山風」に似通う手法。**参考**　後代の歌に「おのづから都に通ふ夢をさへまた驚かす峰の松風」（続拾遺・雑歌上・一一三七・藤原基平）

531　**参考**　「さ筵に夜半の衣手冴え冴えて初雪白し岡の辺の松」（新古今・冬歌・六六二・式子内親王）「何となく見るよりものの悲しきは野中の庵の夕暮れの空」（拾遺愚草・五八八・藤原定家）

528
まれに来《き》てまれに宿借《やどか》る人もあらじ
あはれと思《おも》へ庭《には》の松風《まつかぜ》
（五九〇）

528 たまに訪れ、たまに宿を借りる人もめったにいはしまい、気の毒と思って吹いてくれ、庭の松風よ。

雪降《ゆきふ》れる山の中に旅人《たび》（臥）したる所

529
片敷きの衣手いたく冴え侘びぬ
雪深《ゆきふか》き夜《よ》の峰《みね》の松風《まつかぜ》
（五八七）

雪の降っている山の中に、旅人が野宿している所を描いた屏風をみて

529 ひとり野宿する袖はすっかり冷えきってしまった、雪の深い夜更けの峰を吹く松風のために。

530
暁《あか月》の夢《ゆめ》の枕《まくら》に雪積《ゆきつ》もり
我《わ》が寝覚《ねざ》め訪《と》ふ峰《みね》の松風《まつかぜ》
（五八八）

530 夜明けの夢を見ている枕辺に雪が積もり、私の眠りを覚ますために吹いてくる峰の松風よ。

羇中雪

531
旅衣《たびごろも》夜半《よは》の片敷《かたし》き冴《さ》え冴えて
野中《のなか》の庵《いほ》に雪降《ふ》りにけり
（五八四）

旅の途上の雪

531 旅装束でひとり寝た袖が夜更けに冷えに冷えると思ったら、この野中の粗末な小屋の上に雪が降っていたのだ。

532 逢坂《あふさか》の関《せき》の山道《やまみち》越《こ》えわびぬ
昨日《きのふ》も今日《けふ》も雪《ゆき》し積《つ》もれば
（五八五）

532 逢坂の関の山道を越えかねてしまっている、昨日も今日も雪が降り積もったので。

532 参考「山の峡そことも見えず一昨日も昨日も今日も雪の降れれば」（万葉・巻十七・三九四六・紀男梶）

533 雪降《ふ》りて跡《あと》ははかなく絶《た》えぬとも
越《こし》の山道《やまみち》やまず通《かよ》はむ
（五八六）

533 雪が降ってあなたの足跡がはかなく絶えてしまっても、越の山道に絶えることなく通おう。

ここまで秋冬の旅のわびしさを詠んできたが、次の歌から季節が一転して春になり、春雨二首をもって旅の部を終る。

533 ○跡　足跡。○越の山道　越の道。越路。越前・越中・越後。「山道」は「やまず」と頭韻を踏む。参考「君が行く越の白山知らねども雪のまにまに跡は訪ねむ」（古今・離別歌・三九一・藤原兼輔）

二所へ詣《まう》でたりし下向に、春雨《はるさめ》いたく降《ふ》れりしかば詠《よ》める

534 春雨《はるさめ》はいたくな降《ふ》りそ旅《たび》人の
道行《みちゆき》衣濡《ぬ》れもこそすれ
（五九五・夫木一五五七六）

二所へ参詣した帰りに、春雨がひどく降ったので詠んだ歌

534 春雨はひどく降らないでくれ、旅人の道中着が濡れてしまうではないか。

534 ○二所　箱根権現と伊豆権現。○道行衣　旅衣。○そぼつ　濡れる。○山人　山で働く人。杣人。または仙人。参考「春雨はいたくな降りそ桜花まだ見ぬ人に散らまくも惜し」（新古今・春歌下・一一〇・山部赤人）「音に聞く高師の浦のあだ波はかけじや袖の濡れもこそすれ」（金葉二・恋部下・四六九・一宮紀伊）

535 春雨《さめ》にうちそぼちつつあしひきの
山路《ぢ》行《ゆ》くらむ山人《やま》や誰《たれ》
（五九四）

535 春雨に濡れながら山道を行くらしい、あの山人はどういう人なのだろう。

山人については、「仙人に見たて（中略）侘しい旅路で気持を明るく引きたてようとした歌」（集成）、「作者自身（併せて、供の者達）を指している」（鎌田評釈）という見解がある。

535 参考「あしひきの山に行きけむ山人の心も知らず山人や誰」（万葉・巻二十・四三二八・舎人皇子）

雑

536 雑春冒頭。○塩釜　陸奥国の歌枕。○霞むなり　松風の音が冬のように鋭くなく、のどやかに聞こえる様。**参考**「塩釜の浦吹く風に霧晴れて八十島かけて澄める月影」（千載・秋歌上・二八五・藤原清輔）「住吉の松の嵐も霞むなり遠里小野の春の曙」（新勅撰・春歌上・一四・覚延法師）

537 ○子日　正月の年中行事。初子の日、不老長寿を祈って小松・若菜を引き、また、それを贈る風習。○ふりぬらむ　「経」と「古」「旧」をかける。**参考**「さざなみや志賀の浜松ふりにけり誰が世に引ける子日なるらむ」（新古今・春歌上・一六・藤原俊成）

538 ○朽木の杣　近江国の歌枕。この場合、花を咲かせない朽木を引き出す。○見らむ　「らむ」は終止形接続だが、上一段活用の「見る」は連用形に「らむ」がつく慣習があった。従ってこの場合は「見るらむ」に同じ。貞享本では「見えん」。**参考**「春たてば花とや見らむ白雪のかかれる枝に鶯ぞ鳴く」（古今・春歌上・六・素性法師）「花咲かぬ朽木の杣の杣人のいかなる暮に思ひ出づらむ」（新古今・恋五・一三九八・藤原仲文）

雑

「海辺立春」といふ事を詠《よ》める

536 塩釜《しほがま》の浦《うら》の松風《まつかぜ》霞《かす》むなり
八十島《やそしま》かけて春《はる》や立《た》つらむ
（八）

子日

537 いかにして野中《のなか》の松《まつ》のふりぬらむ《ん》
昔《むかし》の人は引《ひ》かずやありけむ
（九）

残雪

538 春来《はるき》ては花とか見らむお《を》のづから
朽木《くちき》の杣《そま》に降《ふ》れる白雪《しらゆき》
（二〇・新勅撰一三〇六）

雑

「海辺の立春」ということを詠んだ歌

536 塩釜の浦の松風の霞に籠った音が聞こえてくる、あまたの島々一面に春が立ったのだろう。

聴覚で捉えた春。

子の日

537 どのようにして野原の中の松は年を経て老松となったのだろう、昔の人は子の日に小松を引かなかったのだろうか。

残雪

538 春が来た今となっては花と思って見ていることだろう、花の咲かない朽木の杣にたまたま降った白雪を。

鶯

539
深草《ふかくさ》の谷《たに》の鶯《うぐひす》春ごとに
あはれ昔《むかし》と音《ね》をのみぞなく
（一三・夫木九一二三）

539
鶯

深草の谷に住む鶯は春が来る度に、ああ亡き帝の御世が恋しいと大きな声で鳴く（泣く）のだ。

540
草深《くさふか》き霞《かすみ》の谷《たに》にはぐくもる
鶯《うぐひす》のみや昔恋《むかしこ》ふらし
（一四・夫木四〇七）

540
草深い霞のたちこめる御陵の谷に育まれた鶯だけだろうな、昔の御世を恋い慕うのは。

海辺春月

541
住吉《すみよし》の松《まつ》の木隠《こがく》れゆく月の
おぼろに霞《かす》む春《はる》の夜《よ》の空《そら》
（一〇一）

541
海辺の春月

住吉の松の木の間に見え隠れしながら巡る月が、ほんのり霞んで見える春の夜の空よ。

屏風に賀茂《かも》へ詣《まう》でたる所

542
立《た》ち寄《よ》れば衣手涼《ころもですず》し御手洗《みたらし》や
影見《かげみ》る岸《きし》の春《はる》の川波《かはなみ》
（六二六）

542
屏風に賀茂に参詣したところを描いたのを見て

立ち寄ってみると衣の袖が涼しい。御手洗川は、我が影を映す春の川波が岸に寄せて。

539 ○深草　山城国の歌枕。参考にあげた康秀詠が原拠となり、貴人の死を暗示することが多い。○昔　深草の御陵に埋葬されて「深草の帝」と呼ばれた仁明天皇の故事を踏まえる。**参考**「草深き霞の谷に影隠し照る日の暮れし今日にやはあらぬ」（古今・哀傷歌・八四六・文屋康秀）

540 ○草深き「深草」の意を含む。○霞の谷　康秀の歌にちなみ、後に霞谷と呼ばれるようになった。「実朝は歌枕として詠んだ可能性がある」（全集）という指摘がある。○はぐくもる　育もる。羽裹もる。養い育てられる。**参考**「武庫の浦の入り江の洲鳥はぐくもる君を離れて恋に死ぬべし」（万葉・巻十五・三六〇〇・作者未詳）「降る雪に色惑はせる梅の花鶯のみや分きてしのばむ」（新古今・雑歌上・一四四二・菅原道真）

541 **参考**「浅緑花もひとつに霞みつつおぼろに見ゆる春の夜の月」（新古今・春歌上・五六・菅原孝標女）「おぼつかな霞み立つらむ武隈の松のくま洩る春の夜の月」（新古今・雑歌上・一四七五・加賀左衛門）

542 ○立ち寄れば「立つ」「寄る」は波の縁語。○御手洗　368参照。**参考**「立ち寄れば涼しかりけり水鳥の青羽の山の松の夕風」（新古今・賀歌・七五五・藤原光範）「御手洗や影絶え果つる心地して志賀の波路に

袖ぞ濡れこし」（千載・雑歌上・九七三・式子内親王）

543　○遥　遠く展望も開けた様。遥かな様。○目も遥に　目の届く限り遠く遥かに。参考　「難波潟こぎ出づる舟の遥遥に別れ来ぬれど忘れかねつも」（万葉・巻十二・三一八五・作者未詳）「須磨の浦のなぎたる朝は目も遥に霞にまがふ海人の釣り舟」（新古今・雑歌中・一五九八・藤原孝善）「薄墨に書く玉章と見ゆるかな霞める空に帰る雁金」（後拾遺・春上・七一・津守国基）

544　参考　「名にし負はばいざ言問はむ都鳥我が思ふ人はありやなしやと」（古今・羇旅・四一一・在原業平）「名にし負はば逢坂山の真葛人に知られで来るよしもがな」（後撰・恋三・七〇〇・藤原定方）

545　○かひは　「あり」にかかる。「甲斐」と「峡」（山路の縁語）をかける。参考　「人知れず入りぬと思ひしかひもなく年も山路を越ゆるなりけり」（後拾遺・春上・六・大中臣能宣）「春霞たなびき渡る折にこそかかる山辺はかひもありけれ」（新古今・雑歌上・一四四七・藤原兼家）

546　下の句は348番歌「とりもあへずはかなく暮れて行く年をしばし留めむ関守もがな」に類似。

海辺春望

543 難波潟《なにはがた》漕《こ》ぎ出《い》づる舟《ふね》の目《め》も遥《はる》に
霞《かすみ》に消《き》えて帰《かへ》る雁金《かりがね》　（一〇二）

関路花

544 名にし負《お》はばいざ訪《たづ》ねみむ《ん》逢坂《あふさか》の
関路《せきぢ》に匂《ゝほ》ふ花はありやと　（六六）

545 訪《たづ》ね見《み》るかひはまことに逢坂《あふさか》の
山路《ぢ》に匂《ゝほ》ふ花《はな》にぞありける　（六五）

546 逢坂《あふさか》の嵐《あらし》の風《かぜ》に散《ち》る花《はな》を
しばし留《とゞ》むる関守《せきもり》ぞなき　（六七）

海辺の春望

543 難波潟を漕ぎ出す舟の遥か彼方の、霞の中に消えて帰っていく雁よ。

関路の花

544 「逢う」という名の通りならば、さあ訪ねてみよう、逢阪の関路に美しく咲いている桜はあるかどうか。
この歌から547まで、花を見る側から変化のプロセスを詠む四首。

545 狭い山間を縫って訪ねてみる甲斐は、まさしく逢阪山の山路に美しく咲く桜にあることだ。

546 逢坂の嵐の風に散る桜を、ほんの少しの間でも留める関守も居はしない——関所なのに。

547 参考「播磨路や須磨の関屋の板庇月洩れとてやまばらなるらむ」（千載・羇旅歌・四九九・源師俊）

548 桜は主体なのか対象なのか、両説ある。参考「春ごとに忘られにける埋れ木は花の都を思ひこそやれ」（後拾遺・雑三・九七二・源重之）「道辺の朽木の柳春来ればあはれ昔としのばれぞする」（新古今・雑歌上・一四四九・菅原道真）

549 ○うつせみの　空蝉。現身（うつしみ）。「世」にかかる枕詞。○あはれいつまで　「ああ、私もいつまで世にあるのか」（集成）、「ああ人間もいつまで生きながらえることが出来るのだろうか」（鎌田評釈）、「ああ、私もいつまでこの世に生きられるのか」（全集）と解されているが、548番歌に関連づけて、桜が咲いては散る繰り返しにもいつかは終わりが来るという歌意にとる。参考「うつせみの世にも似たるか花桜咲くと見しまにかつ散りにけり」（古今・春歌下・七三・よみ人しらず）「はかなさをほかにも言はじ桜花咲きては散りぬあはれ世の中」（新古今・春歌下・一四一・藤原実定）

550 ここから雑夏。○ぬばたまの　「夢」にかかる枕詞。「驚かれぬる」と「夢」は縁語。参考「一年ははかなき夢の心地して暮れぬる今日ぞ驚かれぬる」（千載・冬・四七四・俊宗）

547
逢坂《あふさか》の関《せき》の関屋《せきや》の板庇《いたびさし》
まばらなればや花《はな》の洩《も》るらむ《ん》　（六八）

桜

548
いにしへの朽木《くちき》の桜《さくら》春ごとに
あはれ昔《むかし》と思（ふ）かひなし　（七一〇）

549
うつせみの世《よ》は夢《ゆめ》なれや桜花《さくらばな》
咲《さ》きては散《ち》りぬあはれいつまで　（七〇九）

屏風に春の絵描《えか》きたる所を、夏見て詠《よ》める

550
見《み》てのみぞ驚《おどろ》かれぬるぬばたまの
夢《ゆめ》かと思（ひ）し春の残《こ》れる　（一三二）

547 逢阪の関の番小屋の板庇がまばらだから、花びらが洩れ落ちてくるのだろうな。

桜

548 古い朽木の桜が、春がめぐるたびに「ああ昔は花を咲かせたのだ」と懐かしんでもその甲斐はない。

「春ごとにあはれ昔と」は、鶯が主体の539番歌に重なる表現。この歌も花の咲かない桜の慨嘆と解しておく。

549 この世は夢なのだろうか、桜の花が咲いては散ってしまう――ああこの空しさがいつまで繰り返されるのだろう。

屏風に春の絵が描いてあるのを、夏に見て詠んだ歌

550 絵を見ただけではっとしてしまった、過ぎ去った夢だと思っていた春がここに残っていたとは。

現実の時間は流れているのに、絵画の時間は止まっている、当然のことながらの不思議さ、一瞬の気づきの表現。

551 ○ゆかしくは「ゆかし」は、何となく見たい、聞きたい、知りたい、の意。○ゆきしま　雪島。ゆきのしま。歌枕・壱岐の島。参考「雪の島巌に植ゑたる撫子は千代に咲かぬか君が挿頭に」（万葉・巻十九・四二五六・遊行女婦蒲生娘子）「常に消えせぬ雪の島　螢こそ消えせぬ灯は點せ巫鳥（ししとと）と言へど濡れぬ鳥かな　一声なれど千鳥とか」（梁塵秘抄・巻第二）

552 詞書脱落か。○籬　竹・木などで作った低く目の粗い垣。まがき。○果て　はて。○瓜　ウリの果実。参考「おふの浦に片枝さしおほひなる梨の成りも成らずも寝て語らはむ」（古今・東歌・一〇九九）

553 ○祓歌　六月祓。夏越祓。○やまとしまね　大和島根。日本国。○手向く　神仏に物を供える。参考「敷島ややまとしまねも神代より君がためとやかためおきけむ」（新古今・賀歌・七三六・藤原良経）

554 ○みな月　「皆尽き」と「水無月」をかける。参考「木綿襷かけても言ふなあだ人の葵てふ名は禊にぞせし」（後撰・夏・一六二・よみ人しらず）「あだごとの葉に置く露の消えにしをあるものとてや人の問ふらむ」（新古今・恋歌五・一三四五・藤原長能）

撫子《なでしこ》

551
ゆかしくは行《ゆ》きても見ませゆきしまの
巌《いはほ》に生《お》ふる撫子《なでしこ》の花《はな》　（一六六）

552
我《わ》が宿《やど》の籬《ませ》の果《はた》てに這《は》ふ瓜《うり》の
成《な》りも成《な》らずもふたり寝《ね》まほし　（四一四・夫木三四九一）

祓歌

553
我《わ》が国《くに》のやま《山》としまねの神たちを
今日《けふ》の禊《みそぎ》に手向《たむ》けつるかな　（一七八）

554
あだ人のあだにある身のあだごとを
今日《けふ》みな月の祓《はら》へ捨《す》てつといふ　（一七九）

撫子

551 見たければ行って確かめてもごらんなさいな、雪の島の巌に咲いている見事な撫子の花を。
「ゆかしく」「行きて」「ゆきしま」の頭韻に加え、常夏の古名をもつ撫子に雪を組み合せる言葉遊びの軽快さ。

552 我が家の垣根の端に這う瓜が成るか成らぬかわからぬように、恋の成り行きはともかくまずは共寝をしたいもの。

祓の歌

553 我が日本の国をお作りになり、罪を祓い清めて下さる神々を敬い、今日の禊にお礼を奉献することだ。
祝詞「六月晦大祓」を踏まえていようか。

554 浮気者の不実な身から出た空約束を、水無月の今日は、すっかり祓い捨てて清めてしまうと言いますよ。
「あだ」を繰り返すリズムのおもしろさ。「あだにある身」は実朝歌以外に見当たらない表現。

山家思秋

555 ことしげき世を逃《のが》れにし山里《ざと》に
いかに尋《たづ》ねて秋の来《き》つらむ《ん》

（一九〇）

山家に秋を思う

555 事の多い煩わしい俗世を逃れてきた山里に、どのように探し当てて秋がやってきたのだろう。

556 ひとり行《ゆ》く袖《そで》より置《を》くか奥山《おくやま》の
苔《こけ》のとぼその道《みち》の夕露《ゆふつゆ》

（一九一）

556 ひとり歩む私の袖にまず涙として置いていくものか、苔むした扉へ続く道の夕露は。

故郷虫

557 頼《たの》め来《こ》し人だに訪《と》はぬ故郷《ふるさと》に
誰《たれ》まつ虫《むし》の夜半《よは》に鳴《な》くらむ

（二五〇）

故郷の虫

557 頼みにさせてきた人さえ訪ねて来ない故郷に、誰を待って松虫が夜更けに鳴いているのだろう。

555 ここから雑秋。○ことしげき 多事多端である。○いかに 貞享本では「いかで」 参考 「ことしげき世を逃れにし深山辺に嵐の風も心して吹け」（新古今・雑歌中・一六二五・寂然）「いかでかは尋ね来つらん蓬生の人も通はぬ我が宿の道」（拾遺・雑賀・一二〇三・よみ人しらず）

556 ○袖より置くか 涙を露に譬えている。○とぼそ 開き戸のかまちに設けた枢（とまら）を受ける穴。転じて扉、戸の総称。参考 「故郷を恋ふる涙やひとり行く友なき山の道芝の露」（新古今・哀傷歌・七九四・慈円）

557 ○まつ虫 「待つ」に「松」をかける。参考 「頼め来し人を待つ乳の山風に小夜更けしかば月も入りにき」（新古今・雑歌上・一五一八・よみ人しらず）「来むと言ひしほどや過ぎぬる秋の野に誰まつ虫の声ぞ悲しき」（後撰・秋上・二五九・紀貫之）

558 ○浅茅生　チガヤがまばらに生えている野原。転じて荒れ果てた野原。○幾よ　「幾代」と「幾夜」をかける。参考　「鶉鳴く旧りにし里の秋萩を思ふ人どち相見つるかも」（万葉・巻八・一五六二・沙弥尼等）「君なくて荒れたる宿の浅茅生に鶉鳴くなり秋の夕暮」（後拾遺・秋上・三〇二・源時綱）

559 参考　「住み慣れし我が故郷はこの頃や浅茅が原に鶉鳴くらむ」（新古今・雑中・一六八〇・行尊）

560 ○すみけむ　「澄む」「住む」をかける。参考　「浅茅原主なき宿の桜花心やすくや風に散るらむ」（拾遺・春・六二・恵慶法師）「荒れにけりあはれ幾よの宿なれや住みけむ人の訪れもせぬ」（古今・雑下・九八四・よみ人しらず）

561 参考　「思ひやれむなしき床をうち払ひ昔をしのぶ袖の雫を」（千載・哀傷歌・五七四・藤原其俊）「吹き結ぶ風は昔の秋ながらありしにも似ぬ袖の露かな」（新古今・秋歌上・三一一・小野小町）

故郷の心を

558
鶉《うづら》鳴《な》く旧《ふ》りにし里《さと》の浅茅生《あさぢふ》に
幾《いく》よの秋の露《つゆ》か置《を》きけむ
（二二一）

契空《ちぎりむな》しくなれる心を詠《よ》める

559
契《ちぎ》りけむこれや昔《むかし》の宿《やど》ならむ《ん》
浅茅《あさぢ》が原《はら》に鶉《うづら》鳴《な》くなり
（五五六）

荒《あ》れたる宿《やど》の月といふ心を

560
浅茅原主《あさぢはらぬし》なき宿《やど》の庭《には》の面《おも》に
あはれ幾《いく》よの月かすみけむ
（二七五・新勅撰一〇七六）

月を詠《よ》める

561
思（ひ）出《いで》て、昔《むかし》をしのぶ袖《そで》の上《うへ》に
ありしにもあらぬ月ぞ宿《やど》れる
（二七三・新勅撰一〇七七）

故郷の風情を

558 鶉の鳴く古びた里の荒れ果てた野原に、幾晩幾時代にわたって秋の露が置いたことだろう。

契が空しくなった心境を詠んだ歌

559 これが契りを交わした昔の家なのだろうか、今は浅茅が原となって鶉が鳴いている。

荒れている家に射す月という風情を

560 浅茅が原の住む人のない家の庭の上に、いったい幾星霜澄んだ月が射し込んだことだろう。

月を詠んだ歌

561 思い出しては昔をなつかしむ涙の袖の上に、当時とは似ても似つかない月が宿っていることだ。

562 ○もる　「漏る」と「守る」をかける。参考　「立ち返りまたも来て見む松島や雄島の苫屋波に荒すな」（新古今・羇旅歌・九三三・藤原俊成）「眺めつる今日は昔になりぬとも軒端の梅は我を忘るな」（新古今・春歌上・五二・式子内親王）「故郷の宿もる月に言問はむ我をば知るや昔住みきと」（新古今・雑歌上・一五五一・寂超）
563 ○朧の清水　山城国の歌枕。○すみけり　「澄む」と「住む」をかける。参考　「ほど経てや月も浮かばむ大原やおぼろの清水すむ名ばかりぞ」（後拾遺・雑四・一〇三七・良暹法師）「我が門の板井の清水里遠み人し汲まねば草生ひにけり」（古今・神遊びの歌・一〇七九）
564 ○わくらば　形容動詞。たままうまくめぐり合わせるさま。○見しか　「しか」は終助詞。願望を示す。～したいものだ、の意。参考「思ひ行くそのおもかげに袖ぬれて結ばぬ夢も醒が井の水」（明日香井集・雑・一四九九・藤原雅経）「結ぶ手に濁る心をすすぎなばうき世の夢や醒が井の水」（十六夜日記・一六・阿仏尼）
565 参考　「あはれなり我が身の果てや浅緑つひには野辺の霞と思へば」（新古今・哀傷歌・七五八・小野小町）

故郷月

562
行《ゆ》き廻《めぐ》りまた《又》も来《き》て見む故郷《ふるさと》の
宿《やど》もる月は我《われ》を忘《わす》るな
（二七六）

563
大原《おほはら》や朧《おぼろ》の清水《しみずさと》里遠《を》み
人こそ汲《く》まね月はすみけり
（二七七）

水辺月

564
わくらばに行《ゆ》きても見しか醒《さめ》が井《ゐ》の
古《ふる》き清水《しみづ》に宿《やど》る月影《かげ》
（二七八・夫木一二四六九）

まな板《いた》といふものの上《うへ》に、雁《かり》をあらぬさまにして置《お》きたるを見て詠《よ》める

565
あはれなり雲居《くもゐ》のよそに行《ゆ》く雁《かり》も
かかる姿《すがた》になりぬと思《おも》へば
（七〇五）

故郷の月

562 月がめぐって元に戻るように、時が来たら再び戻って来て見よう、故郷の家を守るように洩る月よ、私を忘れるなよ。
「行き廻り」は月の縁語。

563 大原の朧の清水は里が遠いので人が汲むことこそないけれど、澄んだ月が宿っている。

水辺の月

564 機会があればぜひ訪れて見てみたいものだ、醒ヶ井の古い清水に映る月の姿を。
「醒ヶ井」は近江国にあるが、実朝以前には用例がきわめて少ない。鎌倉期の紀行『東関紀行』『十六夜日記』には、訪れたことが記される。

まな板というものの上に、雁を変わり果てた様で置いてあるのを見て詠んだ歌

565 はかないことだ、大空の彼方を自在に飛ぶ雁もこのような姿になってしまうのだと思うと。

566 ○声うち添ふる　「住の江の松を秋風吹くからに声うち添ふる沖つ白波」（古今・賀・三六〇・凡河内躬恒）○頼めて　あてにさせて。「寄る」「待つ」は縁語。**参考**　「住の江の岸による波よるさへや夢の通ひ路人目よくらむ」（古今・恋歌二・五五九・藤原敏行）

567　ここから雑冬。○玉津島　紀伊国の歌枕。○和歌の松原　若の松原。伊勢国三重郡の歌枕と考えられている。「和歌の浦」は紀伊国の歌枕、玉津島はその湾の中の小島である。「玉津島の松原と誤解して詠んだ」（集成）か、「玉津島、和歌の歌の連想から和歌の浦の松原として詠んだ」（全集）のか。572参照。○夢にだにまだ見ぬ月　わかりにくい表現であるが、大系、集成、全集は「夢にさえ見たこともない美しい月」と解している。**参考**　「夢にだにまだ見えなくに恋しきはいつにならへる心なるらむ」（後撰・恋三・七四〇・在原元方）

568　○吹上の浜　156番歌参照。「秋風」が「吹く」をかける。**参考**　「昨日といひ今日と暮らして明日香川流れて早き月日なりけり」（古今・冬歌・三四一・春道列樹）「穂に出でて秋と見しまに小山田をまた打ち返す春も来にけり」（後拾遺・春上・六七・小弁）

566
「声《こゑ》うち添《そ》ふる沖《おき》つ白波《しらなみ》」といふことを、人びと
あまたつかうまつりしついでに

住《すみ》の江《え》の岸《きし》の松吹《まつふ》く秋風《かぜ》を
頼《たの》めて波《なみ》の寄《よ》るを待《ま》ちける
（二六九）

567
月前千鳥

玉津島和歌《たまつしまわか》の松原夢《まつばらゆめ》にだに
まだ見ぬ月に千鳥鳴《ちどりな》くなり
（六三三・夫木一三八一一）

568
冬初に詠《よ》める

春《はる》といひ夏と過《す》ぐして秋風《かぜ》の
吹上《ふきあげ》の浜《はま》に冬《ふゆ》は来《き》にけり
（三一六）

566
「声うち添ふる沖つ白波」ということを題に、人々がたくさん歌を進献した折に

住の江の岸の松を吹く秋風に、そちらが吹けばこちらも合せますよと期待させて、波は打ち寄せる頃合をはかっていることだ。

頭注の敏行詠のように、「寄る」に「夜」をかけているとすれば、恋の意味を重ねる解釈（鎌田評釈・集成・全集）も成り立つ。

567
月前の千鳥

玉津島の和歌の松原では、この世のものとは思えぬ美しい月に千鳥が鳴いている。

幻想の光景。

568
冬の初めに詠んだ歌

春だといい夏だと過ごして秋風が吹き、吹上の浜にとうとう冬がやって来た。

参考歌には時の巡りと早さが表出されるが、実朝詠には早さは希薄である。

浜《はま》へ出《い》でたりしに、海人《あま》の藻塩《もしほ》火を見《み》て

569 いつもかくさびしきものか葦《あし》の屋《や》に
焚《た》きすさびたる海人《あま》の藻塩《もしほ》火
（七〇〇）

570 水鳥《みづとり》の鴨《かも》の浮《う》き寝《ね》のうきながら
玉藻《たまも》の床《とこ》に幾夜《いくよ》経《へ》ぬらむ《ん》
（三五八）

松間雪

571 高砂《たかさご》の尾上《おのへ》の松《まつ》に降《ふ》る雪《ゆき》の
ふりて幾世《いくよ》の年《とし》か積《つも》れる
（三七九）

572 ゆきつもる和歌《わか》の松原《まつばら》ふりにけり
幾世《いくよ》経《へ》ぬらむ玉津島守《たまつしまもり》
（六三二・続後拾遺一三五三・夫木一三八一一）

浜へ出た折、海人の焚く藻塩火を見て

569 いつもこのように寂しいものなのだろうか、葦で葺いた粗末な小屋で燃え燻っている漁師の焚く藻塩火というものは。

570 鴨の浮き寝のように不安定なまま、藻で作られたねぐらのような床に幾夜過ごしたのだろう（海人たちは）。

前の歌に続き普段身近ではない漁師の生活を詠んだ作と解する。

松間の雪

571 高砂の尾上の松に降る雪は、年旧りた長寿の松にあやかってどれほど長い間積っているのだろうか。

572 時が過ぎ、雪の降り積る和歌の松原はすっかり古くなった。老いもせずここを守ってどれほどの月日を経たのだろう、玉津島の女神は。

569 ○焚きすさぶ　火が消えそうになりながら燃える。**参考**「いつもかくさびしきものか津の国の葦屋の里の秋の夕暮」（壬二集・一七四〇・藤原家隆）

570 貞享本には「水鳥」という題がある。○水鳥の　「鴨」「浮き寝」にかかる枕詞。○うきながら　「浮き」と「憂き」をかける。○玉藻の床　藻で出来たねぐら。水鳥のねぐらのたとえ。「玉」は美称。玉藻は歌語として定着している。**参考**「水鳥の鴨の浮き寝のうきながら波の枕に幾夜経ぬらむ」（新古今・冬歌・六五三・河内）

571 ○高砂　播磨国の歌枕。「高砂の尾上の松」は多用される和歌表現。○ふりて　「降り」と「旧り」をかける。**参考**「月影の洩りこしほどぞ積もりける尾上の松の雪の下道」（続古今・冬歌・六七一・藤原知家）

572 ○ゆきつもる　「雪」と「行き」をかける。○和歌の松原　567参照。この場合、「若」をかけていよう。○ふりにけり　「降り」と「旧り」をかける。○玉津島守　「玉津島神」に同意であろう。**参考**「年経れど老いもせずして和歌の浦に幾世にな

りぬ玉津島姫」（国基集・一五三）

573 ○すむ 「澄む」「住む」をかける。○白浜 但馬国の歌枕。参考「衣手に余呉の浦風冴え冴えてこだかみ山に雪降りにけり」（金葉二・冬部・二七八・源頼綱）

574 ○那智 紀伊国の歌枕。○那智の深山 熊野三山。○冬籠り 冬に参籠すること。○苔の衣 僧侶・隠者の衣。法衣。参考「世を背く山の南の松風に苔の衣や夜寒なるらむ」（新古今・雑歌中・一六六三・安法法師）

575 ○習ひ 生活。暮らし向き。参考「深山木を朝な夕なに樵りつめて寒さをこふる小野の炭焼」（拾遺・雑秋・一一四四・曾禰好忠）

576 ○遣はす 自敬語。参考「恨めしと思ふさなはにありしかばよそのみぞ見し心は思へど」（万葉・巻十一・二五二七・作者未詳）「かぞいろはいかにあはれと思ふらむ三年になりぬ足立たずして」（和漢朗詠集・六九六／夫木・一六五六〇・大江匡房）

海辺冬月

573 月のすむ磯《いそ》の松風《まつかぜ》冴《さ》え冴《〱》えて
白《しろ》くぞ見ゆる雪の白浜《しらはま》 （三四五・夫木一一八五五）

屏風に那智《なち》の深山《みやま》描《か》きたる所

574 冬籠《ごも》り那智《なち》の嵐《あらし》の寒《さむ》ければ
苔《こけ》の衣《ころも》の薄《うす》くやあるらむ （六四〇）

深山に炭焼《すみや》くを見て詠《よ》める

575 炭《すみ》を焼《や》く人の心もあはれなり
さてもこの世《よ》を過《す》ぐる習《なら》ひは （三八九）

足《あし》に患《わづら》ふことありて、入《い》り籠《こも》れりし人のもとに、雪降《ゆきふ》りし日詠《よ》みて遣《つか》はす歌

576 降《ふ》る雪《ゆき》をいかにあはれと眺《なが》むらむ《ん》
心は思《おも》ふとも足立《あした》たずして （三八五）

海辺の冬月

573 澄みきった冬の月が射す磯の松風が冴えに冴えて、その名の通り白く見えることだ、雪の積った白浜は。

屏風に那智の深山を描いてあるところを

574 冬の参籠で那智の山風が寒くては、僧衣が薄くはないだろうか。

（屏風に）深山に炭を焼くのを見て詠んだ歌

575 炭を焼く人の胸中も気の毒だ、それにしても辛いことだ、この世の身過ぎは。

足を病むことがあって、家に籠っている人のもとに、雪の降った日に詠んで遣った歌

576 降る雪をどんなに悲しい気持で眺めているでしょう、外出したいと心は急いでも足が立たなくて。

577 ○霜夜　貞享本では「霜こそ」。参考「年経れば我が黒髪も白河のみづはぐむまで老いにけるかな」（後撰・雑三・一二一九・檜垣嫗）「年経れば我が頂に置く霜を草の上とも思ひけるかな」（金葉二・雑部上・五六九・藤原仲実）

578 ○波　皺に譬える。『古今集』仮名序に「年毎に鏡の影に見ゆる雪と波とを嘆き」とある。○山の額　人の顔の「額」と山の「突き出た部分」をかける。

579 ○越の白山　越前国の歌枕。越の白嶺。○積もる　雪の縁語。参考「年経れば越の白山老いにけり多くの冬の雪積もりつつ」（拾遺・冬・二四九・壬生忠見）「年経とも越の白山忘れずは頭の雪をあはれとも見よ」（新古今・神祇歌・一九一二・藤原顕輔）

580 参考「いにしへの花見し人は訪ねしを老いは春にも知られざりけり」（後拾遺・春上・一一三・藤原斉信）「月見れば千々にものこそ悲しけれ我が身ひとつの秋にはあらねど」（古今・秋歌上・一九三・大江千里）

老人寒を厭《いと》ふといふ事を

577 年経《としふ》れば寒《さむ》き霜夜《しもよ》ぞ冴《さ》えけらし
頭《かうべ》は山の雪ならなくに　（三九三）

雪

578 我のみぞ悲《かな》しとは思（ふ）波《なみ》の寄《よ》る
山《やま》の額《ひたい》に雪《ゆき》の降《ふ》れれば　（三七六）

579 年積《としつ》もる越《こし》の白《しら》山知《し》らずとも
頭《かしら》の雪《ゆき》をあはれとは見よ　（六三六）

老人憐歳暮

580 老《お》いぬれば年《とし》の暮《く》れ行《ゆ》くたびごとに
我《わ》が身ひとつと思《おも》ほゆるかな　（三九五）

老人は寒さを厭う、ということを

577 年をとると寒い霜夜はいちだんと冷え込むようだ、白髪の頭が山の雪というわけではないのだけれど。
　ここから嘆老の歌が続く。

雪

578 私ひとりがせつないと思うことだ、海ならぬ山の突端に波が寄せたような皺のよった額に、雪が降ったような白髪の鬢があるので。

579 年を重ねて雪の積った越の白山を知らなくとも、私の頭の雪のような白髪を気の毒と眺めてくれ。
　以上三首は身体の老いの兆候を詠む。白髪は雪や霜に、皺は波に譬えることが多い。

老人、年の暮を憐れむ

580 老人になってしまうと、年が暮れてゆくたびごとに自分ひとりだけが年を取っていくような孤独を感じることよ。

581 ○故　原因。理由。○事しあれば「し」は強意。「事あり」は事件が起きる、重大なことが発生する、の意。参考「小鵜船に酔ふ人ありと聞きつるはもたひに泊る故にやあるらむ」（大弐高遠集・二一八）「しかりとて背かれなくに事しあればまづ嘆かれぬあな憂世の中」（古今・雑歌下・九三六・小野篁）

582 参考「はかなくて過ぎにしかたを数ふれば花にもの思ふ春ぞ経にける」（新古今・春歌下・一〇一・式子内親王）「幾歳の春に心を尽くしき来ぬあはれと思へみ吉野の花」（新古今・春歌下・一〇〇・藤原俊成）

583 ○年の来まじき　大系は「年退くまじき」ととる。参考「み吉野の山のあなたに宿もがな世の憂き時の隠れ家にせむ」（古今・雑歌下・九五〇・よみ人しらず）

584 ○とへば　尋ねると。参考「立ち返る年の行方を尋ぬればあはれ我が身にとまるなりけり」（教長集・六三二）

581
白髪《しらが》といひ老い《おひ》ぬる故《け》にや事《こと》しあれば
年《とし》の早《はや》くも思《おも》ほゆるかな
（三九四）

582
うち忘《わす》れはかなくてのみ過《す》ぐしきぬ
あはれと思《おも》へ身に積《つ》もる年《とし》
（三九六）

583
あしひきの山《やま》より奥《おく》に宿《やど》もがな
年《とし》の来《く》まじき隠《かく》れ家《が》にせむ
（三九七）

年《とし》の果《は》ての歌《うた》

584
行《ゆ》く年《とし》の行方《ゆくへ》をとへば世《よ》の中《なか》の
人《ひと》こそひとつまうくべらなれ
（四〇七）

581 白髪といい（ほかの徴候といい）老いてしまったせいか、事が起きるとまあ年の経つのが早く思われることよ。

「故にや」「事しあれば」は和歌の用例にはきわめて少ない。

582 時の経つことなど忘れてただうかうかと過ごしてきてしまった、気の毒だと思ってくれ、我が身に積もった年よ。

583 山よりさらに向こうに家があったらいいな、年が絶対に来ないような隠れ家にしよう。

年の果ての歌

584 行く年の行く先を尋ね求めると、世の中の人に留まってひとつ年をとるということになるようだ。

雑四季の最終歌。冬の最終歌352は再び春に循環するが、雑四季の時間は直進し、人は老いていくのである。

雑

585 春秋は変《かは》り行《ゆ》けどもわたつ海《うみ》の
中《なか》なる島《しま》の松《まつ》ぞ久《ひさ》しき

（六九一）

585 春や秋は移り変っていくけれど、海の中の島に生えている松は不変長久である。

585 ここから雑雑。○春秋　年月。歳月。○変り行けども　貞享本「変り行くとも」。参考「月も日も変り行けども久に経る三諸の山の離宮地（とつみやどころ）」（万葉・巻十三・三二四五・作者未詳）

三崎《みさき》といふ所へ罷《まか》れりし道《みち》に、磯辺《いそべ》の松《まつ》、年《とし》旧《ふ》りにけるを見て詠《よ》める

586 磯《いそ》の松幾久《まついくひさ》さにかなりぬらむ《ん》
いたく木高《こだか》き風《かぜ》の音《をと》かな

（六九五・玉葉二一九二）

三崎というところへ出向いた道に、磯辺の松が年を経て老松になっているのを見て詠んだ歌

586 磯の松は根を下ろしてどの位の歳月になるのだろう、ひどく上の方で聞こえる松風の音だな。

丈の高い老松を詠む。

586 ○三崎　三浦三崎。三浦半島南端。参考「引きて植ゑし人の行方は知らねども木高き松の風の音かな」（後鳥羽院御集・一二八一）

物詣《ものまうで》し侍し時、磯《いそ》の辺《ほとり》に松《まつ》一本ありしを見て詠《よ》める

587 あづさゆみ磯辺《いそべ》に立《た》てるひとつ松《まつ》
あなつれづれげ《ぐ》友《とも》なしにして

（六九六）

物詣した折、磯辺に松が一本あったのを見て詠んだ歌

587 磯辺に立っている一本松の、まあ物寂しげなこと、仲間もいなくて。

587 ○あづさゆみ　梓弓。「射る」にかかる枕詞。「磯辺」の「い」にかかる。参考「あづさゆみ磯辺の小松誰が世にか万代かねて種を蒔きけむ」（古今・雑歌上・九〇七・よみ人しらず）「草香江の入り江に漁る葦鶴のあなたづたづし友なしにして」（万葉・巻四・五七八・大伴旅人）後代の歌に「波間より見ゆる小島のひとつ松我も年経ぬ友なしにして」（玉葉・雑歌二・二〇九六・飛鳥井雅有）

屏風歌

588 年経《としふ》れば老《おひ》いぞ倒《たう》れて朽《く》ちぬべき
身は住《すみ》の江《え》の松《まつ》ならなくに （六九三）

589 住《すみ》の江《え》の岸《きし》の姫松《ひめまつ》旧《ふ》りにけり
いづれの世《よ》にか種《たね》は蒔《ま》きけむ （六三〇）

590 豊国《とよくに》の企救《きく》の杣松《そまゝつ》老《お》いにけり
知《し》らず幾世《いくよ》の年《とし》か経《へ》にけむ （六九二）

屏風絵《ゑ》に野《の》の中に松《まつ》三本生《お》ひたる所を、衣被《きぬかぶ》
れる女一人通《とほ》りたる

591 おのづから我を尋《たづ》ぬる人もあらば
野中《のなか》の松《まつ》よみ《見》きと語《かた》るな （六九四）

屏風歌

588 歳月が経つとすっかり老い崩れて朽ちてしまうに違いないのだ、我が身が住の江の松ではない限りは。

589 住の江の岸の松はすっかり老松になった、一体いつの時代に種を蒔いたのだろう。

590 豊国の企救の杣山の松もすっかり老松になった、どれほどの年月を経たのやら見当もつかない。

屏風絵に、野中の松が三本生えているところを、衣被きの女性がひとり通るのが描いてあるのを見て

591 もしや私を捜している人でもいたなら、野中の松よ、（三木だからといって）見かけた（見き）と言わないでおくれよ。

588 ○ならなくに　断定の助動詞「なり」の未然形＋「ず」のク語法「なく」＋助詞「に」。「～ではないのに」「～でないのにかかわらず」の意で使われることが多いが、この場合は「ではないものを」を強めた意になろう。**参考**「かくしつつ世をや尽くさむ高砂の尾上に立てる松ならなくに」（古今・雑歌上・九〇八・よみ人しらず）

589 ○姫松　「姫」は美称。**参考**「あづさゆみ磯辺の小松誰が世にか万代かけて種を蒔きけむ」（古今・雑歌上・九〇七・よみ人しらず）

590 ○豊国　九州北東部の国名。豊前・豊後に分かれた。○企救　**392**参照。○杣松　杣山に生えている松。**参考**「青柳の糸に玉抜く白露の知らず幾世の春か経ぬらむ」（新古今・春歌上・七五・藤原有家）

591 ○おのづから　もしかして。○みき　「三木」と「見き」をかける。**参考**「武隈の松は二木を都人いかがと問はばみきと答へむ」（後拾遺・雑三・一〇四一・橘季通）

徒人《かち》の橋渡《はしわた》りたる所

592 徒人《かち》の渡《わた》れば揺《ゆ》るぐ葛飾《かつしか》の
真間《まゝ》の継橋《つぎはし》朽《く》ちやしぬらむ《ん》
（七〇三・夫木九四七〇）

歩く人が橋を渡るところを

592 人が歩いて渡ると（それだけで）揺れる葛飾の真間の継橋は、今はもうすっかり壊れてしまってはいないだろうか。

故郷の心を

593 いにしへをしのぶとなしにいそのかみ《神》
旧《ふ》りにし里《さと》に我《われ》は来《き》にけり
（七〇四）

故郷の情趣を

593 とりたてて昔をしのぶというわけでもなく、石上の荒れ果てた里に私はやって来た。

594 いそのかみ《神》古《ふる》き都《みやこ》は神さびて
祟《たゝ》るにしあれや人も通《かよ》はぬ
（六四六）

594 荒れた古い都は厳粛で近寄りがたく、祟るということを恐れてか人も往き来しない。

592 ○徒人　徒歩で行く人。○葛飾　下総国の歌枕。多くの男に言い寄られ、入水自殺した美女、手児奈（てこな）伝説がある。○真間の継橋　下総国の歌枕。参考「五月雨に越え行く波は葛飾やかつみ隠るる真間の継橋」（風雅・夏歌・三六一・藤原雅経）「徒人の渡れど濡れぬえにしあればまた逢坂の関は越えなむ」（伊勢物語・六九段・一二八）「足の音せず行かむ駒もが葛飾の真間の継橋やまず通はむ」（万葉・巻十四・三四〇五・作者未詳）

593 ○いにしへをしのぶとなしに　同じ語句の用例が139にみえる。○いそのかみ　石上に布留という場所があることから、「旧る」にかかる枕詞。参考「日の光藪し分かねばいそのかみ旧りにし里に花も咲きけり」（古今・雑歌上・八七〇・布留今道）

594 ○神さびて　神々しくて。参考「いそのかみ旧りにし恋の神さびて祟るに我はいぞ寝かねつる」（古今・雑体・一〇二二・よみ人しらず）

595 ○相州　相模国の別称。○土屋　土沢村。相模国にある地。○朽法

相州の土屋といふ所に、齢《とし》九十に余《あま》れる朽法《くちほう》師《し》あり。おのづから来《き》たる。昔語《むかしがた》りなどせしついでに、身の立《た》ち居《ゐ》に堪《た》へずなむ《ん》なりぬることを泣《な》く泣く《〳〵》申（し）て出《い》でぬ時に、といふことを、人びと《〳〵》に仰《おほ》せてつかうまつらせしついでに詠《よ》み侍（る）歌

595
我幾《いく》そ見《み》し世《よ》のことを思（ひ）出《い》でつ
明《あ》くるほどなき夜《よる》の寝覚《ねざ》めに
（六八二）

596
思（ひ）出《い》でて夜《よる》はすがらに音《ね》をぞ泣《な》く
ありし昔《むかし》のよよのふるごと
（六八三・新勅撰一一三三）

597
な《中》かなか《〳〵》に老《お》いは耄《ほ》れても忘《わす》れなで
などか昔《むかし》をいとしのぶらむ
（六八四）

相州の土屋というところに齢九十を過ぎた老いぼれ法師がいる。自ら出向いて来る。昔話などをしたついでに、身の立ち居が思うようにならないことを泣きながら言って出て行くときに、老いということを人々に命じて詠進させた折に詠んだ歌

595 私は幾度見聞した過去を思い出したことか、すぐに明けてしまう夜の寝覚めに。

実朝歌に「老いの寝覚め」の語はないが、『続古今集』以降多出。「時鳥昔をかけてしのべとや老いの寝覚めに一声ぞする」（新古今・後出歌・一九八一・顕昭）のように時鳥を聞く例が多い。

596 思い出して夜は一晩中声をあげて泣く、今はすっかり過去になってしまった遠い昔のいろいろな出来事よ。

597 なまじ老いて惚けてもかえって忘れずに、どうしてこんなにも昔を懐かしむのだろう。

師　老いぼれ法師。○おのづから　たまたま。みずから。○出でぬ時に　欠落があるか。「出でぬ時に、老いといふことを」か。○仰せて　自敬語。○明くるほどなき　まもなく夜が明けてしまう。参考「夏の夜は明くるほどなき槙の戸を待たで水鶏の何叩くらむ」（続後撰・夏歌・二二〇・惟明親王）「音だにも袂を濡らす時雨かな槙の板屋の夜の寝覚めに」（金葉二・異本歌・六八三・源定信）

596 ○よよ　「世々」「夜々」をかける。○ふるごと　昔の出来事。参考「思ひ出でて音には泣くともいちしろく人の知るべく嘆かすなゆめ」（万葉・巻十一・二六〇九・作者未詳）「あかねさす昼はものもひぬばたまの夜はすがらに音のみし泣かゆ」（万葉・巻十五・三七五四・中臣宅守）「呉竹のよよのふるごと思ほゆる昔語りは君のみぞせむ」（和泉式部集・四二二）

597 ○なかなか　形動。中途半端、なまじっかだ、の意。○老いは耄れても　「おいほる」（齢をとって惚ける、の意）に強意の「は」を入れる。**参考**「あはれてふ事になぐさむ世の中をなどか昔と言ひて過ぐらむ」（後撰・雑二・一一九二・紀貫之）

598 道遠《みちとを》し腰《こし》は二重《ふたへ》に屈《かゞ》まれり
杖《つゑ》にすがりてぞここまでも来《く》る　（六八五）

598 道のりは遠い、腰は二つに折ったように屈んでいる、杖にすがってやっとここまで来ましたよ。

599 さりともと思《おも》ふものから日を経《へ》ては
しだいしだいに弱《よは》る悲《かな》しさ　（六八六）

599 まさか、まだまだと思うものの、日数を重ねるうちにさすがにだんだんに弱っていく悲しさよ。

雑歌

600 いづくにて世《よ》をば尽《つく》さむ菅原《すがはら》や
伏見《ふしみ》の里《さと》も荒《あ》れぬといふものを　（六九〇）

600 どこで余生を送ろうか、菅原にある伏見の里も荒れ果ててしまったというのに。
ここから遁世を願う気分三首。

601 嘆《なげ》き侘《わ》び世《よ》をそむくべき方知《かたし》らず
吉野《よしの》の奥《おく》も住《す》み憂《う》しといへり　（六八九）

601 嘆きに堪えかねて世を背く手だてがわからない、吉野の奥も住み難いと言うし。

598 ○二重　腰がひどく曲がっている様。参考「道遠しほども遥かに隔たれり思ひおこせよ我も忘れじ」（新古今・神祇歌・一八五九・熊野明神）

599 ○さりとも　そうは言っても。そうだとしても。よもや。まさか。○しだいしだいに　歌語としてはまず使われない表現。参考「さりともと思ふ限りはしのばれて鳥とともにぞ音は泣かれける」（金葉二・恋部上・三五二・源顕仲）「さりともと思ふ心も虫の音も弱り果てぬる秋の暮かな」（千載・秋歌下・三三三・道性法親王）

600 ○世をば尽さむ　「世を尽す」は、一生を送る、の意。○菅原や伏見　大和国の歌枕。参考「いざここに我が世は経なむ菅原や伏見の里も荒れまくも惜し」（古今・雑歌下・九八一・よみ人しらず）

601 参考「いづくにか身を隠さまし厭ひ出でて憂き世に深き山なかりせば」（千載・雑歌中・一一五〇・円位法師）「時雨とてここにも月は曇るめり吉野の奥も憂き世なりけり」（後鳥羽院御集・八五五）

602 ○憂き言の葉　400に語例あり。

「葉」と「露」は縁語。400にも用例がある。**参考**「世に経れば言の葉しげき呉竹のうきふしごとに鶯ぞ鳴く」（古今・雑歌下・九五八・よみ人しらず）「あはれてふ言の葉ごとに置く露は昔を恋ふる涙なりけり」（古今・雑歌下・九四〇・よみ人しらず）

603 ○憂き節　つらいこと。悲しいこと。竹の節にかけて用いることが多いが、この場合は葦の節。**参考**「今さらに何生ひ出づらむ竹の子のうき節しげき世とは知らずや」（古今・雑歌下・九五七・凡河内躬恒）「秋風に靡く浅茅の末ごとに置く白露のあはれ世の中」（新古今・雑歌下・一八五〇・蝉丸）

604 ○もがもな　～であってほしいなあ。○綱手　綱手縄。引き綱。**参考**「塩竈の浦漕ぐ舟の綱手縄苦しきものはうき世なりけり」（後鳥羽院御集・一〇一〇）「陸奥はいづくはあれど塩竈の浦漕ぐ舟の綱手かなしも」（古今・東歌・一〇八八）

605 ○朝ぼらけ　曙。しののめ。○ことごとし　仰々しい。ものものしい。○あはれいつまで　549にもみえる表現。**参考**　後代の歌に「友千鳥何をかたみの浦づたひ跡なき波に鳴きて行くらむ」（新後拾遺・冬歌五〇三・藤原為定）

602 世《よ》に経《ふ》れば憂《う》き言《こと》の葉《は》の数《かず》ごとに
絶《た》えず涙《なみだ》の露《つゆ》ぞ置《を》きける
（六八七・新勅撰一一三四）

葦《あし》

603 難波潟《なにはがた》憂《う》き節《ふし》しげき葦《あし》の葉《は》に
置《お》きたる露《つゆ》のあはれ世《よ》の中
（六八八）

舟

604 世（の）中は常《つね》にもがもな渚《なぎさ》漕《こ》ぐ
海人《あま》の小舟《をぶね》の綱手《つなで》かなしも
（五七二・新勅撰五二五）

千鳥《ちどり》

605 朝《あさ》ぼらけ跡《あと》なき波《なみ》に鳴《な》く千鳥《ちどり》
あなことごとしあはれいつまで
（七〇八）

602 この世を過ごしていると、憂さの嘆きが増していくごとに、絶えることなく涙の露が袖に置くことだ。

葦

603 難波潟に生える節の多い葦の葉に置いている露のように、辛いことの多いはかない世の中よ。

舟

604 世の中は常に変わらず安泰であってほしいなあ、波打ち際を漕ぎゆく漁師の小舟の綱手のせつなくもいとおしいことよ。「かなし（愛し）」には、痛ましい、心に染み入って面白い等の意味がある。「かなしも」をいかに解釈するかによって歌意は変る。

千鳥

605 夜明方、足跡をかき消す波に鳴く千鳥の何て大げさなこと、ああ、いつまでそうしていられるやら。「跡なき波」を、鎌田評釈・集成・全集とも「航跡のない波」と解している。確かに先行歌にはその例が圧倒的に多いが、千鳥の詠としては、不自然であろう。

606 **参考**「立ち返る雲井の鶴(たづ)に言づてむひとり沢辺に鳴くと告げなむ」(風雅・雑歌下・一八四七・藤原清輔)

607 ○慈悲　いつくしみ哀れむ心。○四方　東西南北。前後左右。あちらこちら。いたるところ。**参考**「鶯の声に呼ばれてうち来ればもの言はぬ花も人招きけり」(重之集・八二)「よそにても子を思ふ田鶴の鳴く声をあはれと人の聞かざらめやは」(風雅・雑歌下・一八五九・藤原道長)

608 **参考**「母父も妻も子どももたかたかに来むと待ちけむ人の悲しさ」(万葉・巻十三・三三五一・作者未詳)「留め置きて誰をあはれと思ふらん子はまさるらん子はまさりけり」(後拾遺・哀傷・五六八・和泉式部)

609 **参考**「かくてのみ世にありあけの月ならば雲隠してよ天降る神」(詞花・雑下・四〇八・よみ人しらず)

鶴《つる》

606 沢辺《さはべ》より雲居《くもゐ》に通《かよ》ふ葦鶴《あしたづ》も
憂《う》きことあれや音《ね》のみ鳴《な》くらむ　(七〇七)

慈悲の心を

607 もの言《い》はぬ四方《よも》の獣《けだもの》すらだにも
あはれなるかなや親《おや》の子《こ》を思《おも》(ふ)　(七一八)

道《みち》の辺《ほとり》に幼《おさな》き童《わらは》の母《はゝ》を尋《たづ》ねていたく泣《な》くを、そのあたりの人に尋《たづ》ねしかば、父母《ちゝはゝ》なむ身まかりにし、と答《こた》へ侍(り)しを聞《き》きて詠《よ》める

608 いとほ《お》しや見るに涙《なみだ》もとゞまらず
親《おや》もなき子《こ》の母《はゝ》を尋《たづ》ぬる　(七一七)

鶴

606 沢辺から雲居へと自由に行き来する葦鶴にも辛いことがあるのだろうか、声をあげてしきりに鳴いているようだが。

慈悲心を

607 ものを言わない諸々の動物でさえも、何と胸に迫ることか、親が子を慈しむ。

道端で小さな子どもが母を求めてひどく泣くのを、近辺の人に訊ねたところ、父母が亡くなってしまったのだと答えたのを聞いて詠んだ歌

608 何と気の毒な、見ていて涙がとまらない、両親のない子が母を捜し求めているとは。
親や子の立場ではなく、道端の孤児を詠む実朝の視線は独自である。

「世の中にいづら我が身のありてなしあはれとやいはむあな憂とやいはむ」（古今・雑歌上・九四三・よみ人しらず）

610 **参考**「世の中は夢か現か現とも夢ともしらずありてなければ」（古今・雑歌下・九四二・よみ人しらず）「ありとても頼むべきかは世の中を知らするものは朝顔の花」（後拾遺・秋上・三一七・和泉式部）

611 ○侘び人　落ちぶれた人。貧しい人。○たちめぐる　あちこち歩き回る。たちまわる。○とにかくに　何にせよ。**参考**「惜しまるる人なくなどてなりにけん捨てたる身だにあればある世に」（後拾遺・哀傷・五五八・中宮内侍）「おのづからあればある世にながらへて惜しむと人に見えぬべきかな」（千載・雑歌中・一一一三・藤原定家）

612 ○病（やまう）す　「病（やまひ）す」のウ音便。○驚く　「夢」の縁語。**参考**「寝るがうちに見るをのみやは夢といはむはかなき世をも現とは見ず」（古今・哀傷歌・八三五・壬生忠岑）「驚かぬ我が心こそわりなけれはかなき世をば夢と見ながら」（千載・釈教歌・一二三五・登蓮法師）

無常を

609 かくてのみありてはかなき世（の）中を
憂《う》しとやいはむあはれとやいはむ《ん》　（七一一）

610 現《うつゝ》とも夢《ゆめ》とも知《し》らぬ世にしあれば
ありてありと頼《たの》むべき身か　（七一二）

侘《わ》び人の世《よ》にたちめぐるを見て詠《よ》める

611 とにかくにあればありける世《よ》にしあれば
なしとてもなき世《よ》をも経《ふ》るかも　（七一三）

日《ひ》頃《ごろ》病《やまう》すとも聞《き》かざりし人、暁《あか月》、はかなくなりにけると聞《きゝ》きて詠《よ》める

612 聞《きゝ》きてしも驚《おどろ》くべきにあらねども
はかなき夢《ゆめ》の世《よ》にこそありけれ　（七一六）

無常を

609 このようにしか生きられぬはかない世の中を、厭わしいと言うべきなのか愛おしいと言うべきなのか。

610 現実とも夢とも判断出来ない世にいるのだから、生きているからといってそれを確かなことと信頼できる現し身であろうか。

貧しい人が世間を立ち回るのを見て詠んだ歌

611 何であれ生きていれば生きて来られた世の中なのだから、何もなくともないなりに世を渡っていくものなのだなあ。自身とは境遇の違う「侘び人」を見ての感慨。

ふだんは病気をしたとも聞かなかった人が、明け方に亡くなったと聞いて詠んだ歌

612 訃報を聞いても今さら驚くようなことではないのだけれど、それにしても儚い夢のような世の中だなあ。

世（の）中常《つね》ならずといふことを、人のもとに詠《よ》みて遣《つか》はし侍し

613
世《よ》の中にかしこきこともはかなきも
思（ひ）し解《と》けば夢《ゆめ》にぞありける　（七一五）

世の中は無常であるということを、人のもとに詠んで贈った歌

613
この世の中で素晴らしいとされることも、つまらないとされることも、つきつめれば夢でしかないのだ。

613 ○思ひし解けば　「思ひ解く」（考えて理解する、了解する）に強意の副助詞「し」が入る。参考　「身の憂さを思ひしとけば冬の夜もとどこほらぬは涙なりけり」（金葉二・雑部上・五八四・よみ人しらず）「思ひとけばこの世はよしや露霜を結びきにける行く末の夢」（秋篠月清集・五九〇・藤原良経）

大乗作中道観歌

614
世（の）中は鏡《かゞみ》に映《うつ》る影《かげ》にあれや
あるにもあらずなきにもあらず　（六五三）

大乗、中道観を作るという歌

614
世の中は鏡に映る影なのだろうか、確かにあるというわけでもない、全くないというのでもない。

614 ○大乗作中道観　「大乗の教えが、人間全体の救済が偏らない中正の道を生み出す」の意。大乗は、利他救済の立場から人間全体の平等と成仏を説く。中道観は、二辺のいずれにも偏しない中正の道、絶対真実の道理を観ずる。天台宗三観のひとつ。参考　「世の中はただ影宿す増鏡見るをありとは頼むべきかは」（拾遺愚草・二見浦百首・一七八・藤原定家）

思罪業歌

615
炎《ほのを》のみ虚空に満《み》てる阿鼻地獄《あびぢごく》
行方《ゆくゑ》もなしといふもはかなし　（六五二）

罪業を思う歌

615
炎ばかりが空間に満ちている阿鼻地獄、そこよりほかに行く先がないというのも救いのないことだ。

地獄を詠む歌は少ない。慈円に「土の下に燃えても燃ゆる猛き火をいかなる人の思ひ消つらむ」（拾玉集・二七一六）「輪王のすぐれたるをも地獄かと見るほどなれば言ふばかりなし」（同二七二二）という詠がある。

615 ○阿鼻地獄　八大地獄の中で最も苦しい第八の地獄。大罪を犯した者が間断無く責め苦にあう。ただし、歌意に沿うのは炎熱地獄である。

懺悔歌

616
塔《たう》を組《く》み堂《だう》を作《つく》るも人の嘆《なげ》き
懺悔にまさる功徳やはある　（六五一）

懺悔の歌

616
仏塔を組み仏堂を建てるのも切なる祈願の表れ、しかし罪を懺悔するにまさる功徳がほかにあろうか。

616 ○塔　仏陀の骨・髪など聖遺物を祭るために作る建造物。○堂　仏堂。○人の嘆き　貞享本「人嘆き」。「嘆き」には中世以降、嘆願、切なる願い、の意がある。○功徳　果報をもたらす善行。

得功徳歌

617 大日（の）種子より出《い》でて三摩耶《さまや》形
三摩耶形《さまやぎやう》また《又》尊形となる
（六五〇）

心の心を詠《よ》める

618 神といひ仏といふも世《よ》の中の
人の心のほかのものかは
（六五四）

建暦元年七月、洪水漫天、土民愁歎せむことを思（ひ）て、一人奉向本尊、聊致祈念云

619 時により過《す》ぐれば民《たみ》の嘆《なげ》きなり
八大龍王雨やめたまへ
（七一九・夫木七八八一）

功徳を得る歌

617 すべての根源である大日如来が具象化されて三摩耶形となり、その三摩耶形がまた仏の尊いお姿となるのである。
根源の真理が象徴化・具象化され、形象される循環のプロセスを詠む。

心の本質を詠んだ歌

618 神といい仏という超越存在も、この世に生きる人の心の本性以外のものであろうか
——本来、人の心の中に神仏は在る。

建暦元年七月、洪水が大地を覆い、民が嘆き苦しむことを思いやって、ひとり本尊に向かい奉って、少しく祈念して詠んだ歌

619 時によって行き過ぎると民の嘆きになります、八大龍王よ、雨を降らせるのをおやめ下さい。
まさに為政者たる将軍ならではの詠歌。実朝代表作のひとつとして様々に鑑賞されてきた。

617 実に独特。類歌を見出しがたい。○大日　大日如来。真言密教の教主、一切の仏菩薩の本地、一切の徳の総摂とされる仏。○種子　しゅじ。種字。一切の現象・事物となって現れる可能性。○三摩耶形　さんまやぎやう。三形（さんぎやう）。一切衆生を救済するために起こした誓願を具象化したもの。諸尊の印契、たとえば弓箭、剣、杖、宝珠、蓮華など。○尊形　仏の尊い姿。尊容。具体的には仏像。参考「仏は様々に在せども　まことは一仏なりとかや　薬師も弥陀も釈迦弥勒も　さながら大日とこそ聞け」（梁塵秘抄・巻第二）

618 参考「あはれとし思はむ人は別れじを心は身よりほかのものかは」（千載・離別歌・四八九・よみ人しらず）

619 ○土民　土地の民。○八大龍王　八大龍神。法華経説法の座に列したという八種の龍王。このうち娑伽羅龍王が、海や雨をつかさどる航海の守護神、雨乞いの本尊とされている。この歌では雨乞いではなく雨を降らせないよう祈念している。

620 参考「柴漬くるおどろが下に住む鮒の今の命もさだめなの世や」（夫木・雑部九・一三一七六・藤原知家）「喜ぶも嘆くもあだに過ぐる世をなどかは厭ふ心なからむ」（続古今・雑歌下・一八五四・永観）

621 参考「天雲の八重雲隠れ鳴る神の音にのみやは聞き渡るべき」（万葉・巻十一・二六六六・作者未詳／拾遺・恋一・六二八・柿本人麻呂）

622 参考「かもめゐる藤江の浦の沖つ洲に夜舟いさよふ月のさやけさ」（新古今・雑歌上・一五五四・藤原顕仲）

623 参考「寝覚めする長月の夜の床寒み今朝吹く風に霜や置くらむ」（新古今・秋歌下・五一九・藤原公継）「昔思ふ小夜の寝覚めの床冴えて涙も氷る袖の上かな」（新古今・冬歌・六二九・守覚法親王）

624 参考「手枕の隙間の風も寒か

「人心不常」といふ事を詠《よ》める

620 とにかくにあなさだめなの世（の）中や
喜《よろこ》ぶ者《もの》あれば侘《わ》ぶる者《もの》あり　（七一四）

黒

621 うばたまや闇《やみ》の暗《くら》きに天雲《あまぐも》の
八《や》重《へ》雲隠《ぐもかく》れ雁《かり》ぞ鳴《な》くなる　（七〇六）

白

622 かもめゐる沖《おき》の白洲《しらす》に降《ふ》る雪《ゆき》の
晴《は》れ行《ゆ》く空《そら》の月のさやけさ　（三七八）

ある人都《ひとみやこ》の方《かた》へ上《のぼ》り侍（り）しに、便《たよ》りにつけて詠《よ》みて遣《つか》はす歌《うた》

623 夜を寒《さむ》みひとり寝覚《ねざめ》の床冴《とこさ》えて
我《わ》が衣手《ころもで》に霜《しも》ぞ置《お》きける　（五九七）

「人の心は常ではない」ということを詠んだ歌

620 ともかくも何と無常な世の中であろうか、同じことについても喜ぶ者がいれば嘆く者がいるのだ。

黒

621 闇の暗いところへさらに天雲が幾重にも重なり、その雲隠れに雁が鳴いている。

闇の世界を聴覚に重点を置いて捉える。

白

622 かもめのいる沖の白い砂の洲に降る雪がやみ、晴れ渡っていく空の月の明るさよ。

光の世界を視覚で捉える。前歌とは対照的な音のない白い光景。

ある人が都の方へ上った折、機会を得て詠んで贈った歌

623 夜が寒いのでひとり寝覚めする床が冷えて、私の袖に涙が霜となって置いていることですよ。

りき身は慣はしのものにぞありける」（拾遺・恋四・九〇一・よみ人しらず）

625 **参考** 「岩根踏み重なる山を分け捨てて花も幾重の跡の白波」（新古今・春歌上・九三・藤原雅経）「月のみや上の空なる形見にて思ひも出でば心かよはむ」（新古今・恋四・一二六七・西行法師）「白雲の八重に重なる彼方にても思はむ人に心へだつな」（古今・離別歌・三八〇・紀貫之）

626 **参考** 「桜花主を忘れぬものならば吹き来む風に言づてはせよ」（後撰・春中・五七・菅原道真）「水の上に浮かべる舟の君ならばここぞ泊と言はましものを」（古今・雑歌上・九二〇・伊勢）

627 ○うちたえて　まったく。一向に。**参考** 「嘆きあまり知らせそめつる言の葉も思ふばかりは言はれざりけり」（千載・恋歌一・六六〇・源明賢）

628 ○都辺　都の近辺。○宇津山　駿河国の歌枕。**参考** 「駿河なる宇津の山辺の現にも夢にも人に会はぬなりけり」（新古今・羇旅歌・九〇四・在原業平／伊勢物語・九段・一二）

624 かかる折《おり》もありけるものを手枕《たまくら》の
隙洩《ひまも》る風《かぜ》をなに厭《いと》ひけむ　（五九八）

625 岩根踏《いはねふ》み幾重《いくへ》の嶺《みね》を越《こ》えぬとも
思《おも》ひも出《い》でば心へだつな　（六〇二）

626 都《みやこ》より吹《ふ》き来《こ》む風《かぜ》の君《きみ》ならば
忘《わす》るなとだに言《い》はましものを　（六〇〇）

627 うちたえて思《おも》ふばかりは言《い》はねども
便《たよ》りにつけて尋《たづ》ぬばかりぞ　（六〇一）

628 都辺《宮こべ》に夢《ゆめ》にも行《ゆ》かむ便《たよ》りあらば
宇津《うつ》の山風《かぜ》吹《ふ》きも伝《つた》へよ　（五九九）

624 こんな風に離れ離れになってしまうこともあったのに、手枕の隙間風の寒さをどうして嫌がったりしたのでしょう。

625 大岩の根元を踏み幾重の山を越えふたりの距離が遠くなっても、私を思い出すことがあるなら心は隔てないでください。

626 都から吹いて来る風があなただったなら、忘れるなとだけでも言いたいものを。

627 思いのたけを少しも言い尽くせないけれど、音信の機会に乗じて近況をうかがうばかりです。

628 都の辺りまで夢路でも行くついでがあったならば、宇津の山風よ、吹いて私の思いを伝えておくれ。

629 ○立ち別れ因幡の山の「時鳥」を尊く序詞的用法。○因幡 鳥取県の東部。「往なば」「去なば」をかける。○まつ 「待つ」と「松」をかける。○帰る来るがに 貞享本「帰り来るがに」が正しい。「がに」は願望を表す接続助詞。参考 「たち別れ因幡の山の嶺に生ふるまつとしきかば今帰り来む」（古今・離別歌・三六五・在原行平）「泣く涙雨と降らなむ渡川水増さりなば帰り来るがに」（古今・哀傷歌・八二九・小野篁）「時鳥待つとし人や告げつらむ因幡の山の峰に鳴くなり」（後鳥羽院御集・七二〇）

630 参考 「やまびこも答へぬ山の呼子鳥我ひとりのみなきやわたらむ」（拾遺・恋一・六四三・よみ人しらず）

五月の頃《ころ》陸奥へ罷《まか》れりし人のもとに、扇《あふぎ》などあまた遣《つか》はし侍（り）し中に、時鳥《ほとゝぎす》描《か》きたる扇《あふぎ》に書《か》きつけ侍（り）し歌《うた》

629
たち別《わか》れ因幡《いなば》の山の時鳥《ほとゝぎす》
まつと告《つ》げこせ帰《かへ》る来《く》るがに

（六〇三）

近《ちか》う召《め》し使《つか》ふ女房《ばう》、遠《とを》き国《くに》に罷《まか》らむ《ん》といとま申し侍（り）しかば

630
山遠《とを》み雲居《くもゐ》に雁《かり》の越《こ》えて去《い》なば
我《われ》のみひとり音《ね》にやなきなむ

（六〇四・玉葉一一〇七）

五月の頃、陸奥へ下った人のところへ扇などたくさん贈った中に、時鳥を描いてある扇に書きつけた歌

629 時鳥よ、去って行ったあの人に私が待っていると伝えてほしい、帰って来るように、と。

近く召し使っている女房が、遠い国へ下りますと暇申しをしたので

630 遠い山の雲の彼方を雁が越えて行くようにあなたが去ってしまったならば、残された私だけがひとり声をあげて泣いてしまうでしょうよ。

631 参考「君が住むあたりの草に宿しても見せばや袖にあまる白露」（続後撰・恋歌二・七八四・道助法親王）「我ゆゑの涙とこれをよそに見ばあはれなるべき袖の上かな」（千載・恋歌二・七五七・藤原隆信）

631
遠《とを》き国《くに》へ罷《まか》れりし人のもとより、「見せばや袖《そで》の」など申（し）お《を》こせたりし返《かへ》り事《ごと》に

我《われ》ゆゑ《へ》に濡《ぬ》るるにはあらじ唐《から》衣
山路《やまぢ》の苔《こけ》の露《つゆ》にぞありけむ　（六一二）

遠い国へ下った人のもとから、「お目にかけたいものです、あなたを思う私の袖の涙を」などと言ってきた返事に

631 私を思うため涙に濡れたのではありますまい、あなたの衣に置いたのは山路の苔の露ではありませんか。

632 ○結い初めて　初めて元服で髻を結ってから。二人の関係がその折からであったことを暗示する。○髻　もとどり。○濃紫　深紫。髻を結う元結の色。「濃い」と「浅い」を対照させる。参考「結ひ初むる初元結の濃紫衣の色にうつれとぞ思ふ」（拾遺・賀・二七二・大中臣能宣）

632
しのびて言《い》ひわたる人ありき。「遥《はる》かなる方《かた》へ行《ゆ》かむ」と言《い》ひ侍りしかば

結《ゆ》ひ初《そ》めて慣《な》れし髻《たぶさ》の濃《こ》紫《むらさき》
思《おも》はず今《いま》も浅《あさ》かりきとは　（六一一）

密かに逢瀬を重ねた人がいた。「遠いところへ行くつもり」と言ったので

632 髻を結い初めて慣れ親しんだ濃紫、その色が変らないように、あなたとの仲が浅いものだったとは私は決して思いませんよ、今でも。

623からこの歌までは、遠くへ去った女性に贈る詠。恋部423～426に類似。

633 ○くれなゐ　紅花で染めた色。○千入　幾度も幾度も染めること。○まふり　真振出。布を振り出し染めにしてあざやかな紅に染めること。参考「くれなゐの振り出でつつ泣く涙には袂のみこそ色まさりけれ」（古今・恋歌二・五九八・紀貫之）「くれなゐの千入も飽かず三室山色に出づべき言の葉もがな」（新勅撰・恋歌一・六八一・寂蓮）

633
山《やま》の端《は》に日《ひ》の入《い》るを見て詠《よ》める

くれなゐの千入《ちしほ》のまふり山《やま》の端《は》に
日の入《い》る時の空《そら》にぞありける　（七〇一）

山の端に日が沈むのを見て詠んだ歌

633 赤い色が幾度も染料を振り出してさらに深く鮮やかになっていく、山の端に日が入る時の空はまさにその色だ。

日が沈み、闇が訪れる直前の時間を捉えた代表作のひとつ。

634 343に歌の構造、発想は似る。○二所詣下向　366参照。○前川　宿の前にある前川という名前の面白さ。参考「石走る初瀬の川の波枕早くも年の暮れにけるかな」（新古今・冬歌・七〇三・藤原実定）

635 ○相模河　山中湖に発し、相模湾に注ぐ川。○さすや「さす」は「月が射す」「棹さす」をかける。○水馴れ棹　使いこなされて水によく馴れた棹。「耳馴れ」をかける。参考「夕月夜さすや岡辺の松の葉のいつともわかぬ恋もするかな」（古今・恋歌一・四九〇・よみ人しらず）「熊野川下す早瀬の水馴棹さすがみなれぬ波の通ひ路」（新古今・神祇歌・一九〇八・後鳥羽院）「都出でて百夜の波のかぢ枕馴れても疎きものにぞありける」（新後撰・羇旅歌・六〇一・藤原秀能）

636 ○宿守　留守番。○おのおのに　各々に。貞享本は「をれをれに」と表記。「おれおれに」は、愚かにも、の意になる。○私　私事。参考「早稲苗を宿守る人にまかせ置きて我は花見る急ぎをぞする」（好忠集・五八・曾根好忠）「私の別れなりせば秋の夜を心づくしに行くなと言はまし」（古六帖・四・二三八四・源兼澄）

634

二所詣下向に、浜辺《はまべ》の宿の前《まへ》に前川《まへかは》といふ川《かは》あり。雨降《あめふ》りて水増《みづま》さりにしかば日暮《ひく》れて渡《わた》り侍（り）し時詠《よ》める

浜辺《はまべ》なる前《まへ》の川瀬《かはせ》を行《ゆ》く水《みづ》の
早《はや》くも今日《けふ》の暮《く》れにけるかな

（七〇二・夫木一一一四八）

635

相模河といふ川《かは》あり。月《つき》さし出《い》でて、後《のち》、舟《ふね》に乗《の》りて渡《わた》るとて詠《よ》める

夕月夜《ゆふづくよ》さすや川瀬《かはせ》の水馴《みな》れ棹《ざを》
馴《な》れても疎《うと》き波《なみ》の音《おと》かな

（五九一）

636

二所詣下向後朝に、侍《さぶらひ》ども見えざりしかば

旅《たび》を行《ゆ》きし後《あと》の宿守《やどもり》をおのおの《〱》に
私《わたくし》あれや今朝《けさ》はいまだ来《こ》ぬ

（五九六・夫木一六九五八）

二所詣下向の折のこと、浜辺の宿の前に前川という川がある。雨が降って増水したので日が暮れてから渡った時に詠んだ歌

634 浜辺にある目の前の川瀬の水に傾い、川の流れのように早く、もう今日一日が終ることだな。

相模河という川がある。月が出て後、舟に乗って渡るということで詠んだ歌

635 夕月夜が射す川瀬をさして漕いでいく水馴れ棹、水には馴れているとはいっても耳には聞き慣れない波の音だな。

二所詣下向の翌朝に、近侍の家臣たちが現れなかったので

636 旅に出た後の留守居の者たちにも皆それぞれに事情があるのだろう、今朝はまだやって来ない。

家臣を思いやる歌、怠惰を責めている歌など、様々な解釈があるが、出仕していない状況をそのまま捉えた素直な詠とみたい。

民《たみ》の竈《かまど》より煙《けぶり》の立《た》つを見《み》て詠《よ》める

637
陸奥国《みちのくに》ここにや何処《いづく》塩釜《しほがま》の
浦《うら》とはなしに煙《けぶり》立《た》つ見《み》ゆ
（六九九）

民の竈から煙が立つのを見て詠んだ歌

637 陸奥国が（我が治める）この国の一体どこにあるというのだろう、塩釜の浦でもないのに煙の立つのが見える。

民の竈の煙を歌枕・塩釜の煙になぞらえた興趣。治世者としての安堵の歌。

637 ○ここ　この場所。この国。○ここにや何処　ここにや何処にあらむ。「にや」は断定の助動詞「なり」の連用形「に」に疑問を表わす助詞「に」がついたもの。「陸奥国」の「に」、「ここに」の「に」で韻を踏む。**参考**「高き屋にのぼりて見れば煙立つ民の竈はにぎはひにけり」（新古今・賀・七〇七・仁徳天皇）「見渡せば霞のうちも霞みけり煙たなびく塩釜の浦」（新古今・雑歌中・一六二一・藤原家隆）

又の年《とし》二所へ参《まい》りたりし時、箱根《はこね》のみ海《うみ》を見て詠《よ》み侍（る）歌

638
たまくしげ箱根《はこね》のみ海《うみ》けけれあれや
二国《ふたくに》かけて中《なか》にたゆたふ
（六九八・夫木一〇三〇九）

次の年、二所へ参詣した時、箱根の海を見て詠んだ歌

638 美しい箱根の湖には心があるからなのだろうか、二国に思いをかけてその間で此方彼方へ揺れ動いている。

湖を擬人化した興趣。三角関係を想起させる恋愛感情の投影、政治的対立に苦慮する内面の投影など、さまざまな解釈を可能にするが、前後の配列構成から、おおらかでユーモラスな叙景歌とみたい。

638 ○たまくしげ　玉櫛笥。箱根の箱にかかる枕詞。○み海　水海。湖。芦の湖をさす。箱根山にある火口原湖。○二国かけて　芦の湖は、相模・駿河・伊豆の三国に接するが、この歌には「二」に意味があろう。「かく」は、どちらか一方に決めないで両方にかけること。○けけれ　心。上代東国方言。「けけれなし」（無情だ）と用いられることが多い。**参考**「甲斐が嶺をさやにも見しがけけれなく横ほりふせる小夜の中山」（古今・東歌・一〇九七）

箱根《はこね》の山《やま》をうち出《い》でて見《み》れば、波《なみ》の寄《よ》る小島《こじま》あり。供《とも》の者《物》、「この海《うみ》の名《な》は知《し》るや」と尋《たづ》ねしかば、「伊《い》豆《づ》の海《うみ》となむ申（す）」と答《こた》へ侍（り）しを聞《き》きて

639 箱《はこ》根《ね》路《ぢ》を我《われ》越《こ》え来《く》れば伊《い》豆《づ》の海《うみ》や
沖《おき》の小島《こじま》に波《なみ》の寄《よ》る見《み》ゆ

（五九三・続後撰一三一二）

639 箱根の山を越えきって見ると、波の寄せる小島がある。供の者に「この海の名を知っているか」と訊ねると「伊豆の海と申します」と答えたのを聞いて
箱根路を私が越えて来ると、そこは何とまあ伊豆の海なのだ、沖の小島には波が寄せるのが見える。

639 ○箱根の山　勅撰集の語例は実朝歌を除けば、1例のみ。参考にあげた箱根、伊豆は実朝の生活圏。東国の地名が多く見出せるのも、雑部の特徴である。○伊豆の海や　「や」は間投助詞。参考「照射（ともし）して箱根の山に明けにけり二寄り三寄り逢ふとせしまに」（金葉三・夏・一四〇／千載・雑歌下・一一八三・橘俊綱）「夕凪に門渡る千鳥波間より見ゆる小島の雲に消えぬる」（新古今・冬歌・六四五・藤原実定）

朝《あさ》ぼらけ、八重《やへ》の潮路《しほぢ》霞《かす》み渡《わた》りて、空《そら》もひとつに見え侍（り）しかば詠《よ》める

640 空《そら》や海《うみ》海《うみ》や空《そら》ともえぞ分《わ》かぬ
霞《かすみ》も波《なみ》も立《た》ち満《み》ちにつつ

（五九二）

朝がほんのり明けてくる頃、遥かに続く潮路一面に霞がかかって、空もひとつに見えたので詠んだ歌
640 空が海なのか海が空なのかまるで区別がつかない、霞が立ちこめてひとつになっていて。
幻想的で広大な遠景歌。霞に籠められ波が広がる春の海を眺める視点は新鮮。

640 ○八重の潮路　八潮路。遥かな潮路。○立ち満つ　一面に立つ。立ちこめる。参考「水や空空や水とも見え分かず通ひて澄める秋の夜の月」（袋草紙・一六四・作者未詳）「山の端も空もひとつに見ゆるかなこれや霞める春の曙」（新勅撰・春歌上・一五・源師光）「君により我が名は花に春霞野にも山にも立ち満ちにけり」（古今・恋歌三・六七五・よみ人しらず）

641　○とどろに　音を立てて。音を響かせて。**参考**「伊勢の海の磯もとどろに寄する波かしこき人に恋ひわたるかも」（万葉・巻四・六〇三・大伴家持）「聞きしよりものを思へば我が胸は破れて砕けて鋭心（とごころ）もなし」（万葉・巻十二・二九〇六・作者未詳）「天の川氷をむすぶ岩波の砕けて散るは霰なりけり」（続後撰・冬歌・五〇三・藤原良経）

642　○走湯　はしりゆ。温泉。○走湯山　伊豆山権現。○伊豆　湯の「出づ」の意も含む。**参考**「出づる湯のわくにかかれる白糸はくる人絶えぬものにぞありける」（後拾遺・雑四・一〇六一・源重之）「にはかにも風の涼しくなりぬるか秋立つ日とはむべも言ひけり」（後撰・秋上・二一七・よみ人しらず）

643　○早き「早し」は、時間的に早い、流れが急、激しい、の意。○神の験　霊験。利益。**参考**「禊するけふ唐崎に降ろす網は神のうけひく験なりけり」（拾遺・神楽歌・五九五・平祐挙）「岩間分け滾り流るる貴船川早きは神の験とぞ見る」（万代・神祇歌・一六一七・藤原秀能）

644　**参考**「比叡御山岩切り通す谷川の早き験をなほ頼むかな」（夫木・雑部二・八九三五・藤原俊成）

641　荒磯《あらいそ》に波《なみ》の寄《よ》るを見て詠《よ》める

大海《おほうみ》の磯《いそ》もとどろに寄《よ》する波《なみ》
破《わ》れて砕《くだ》けて裂《さ》けて散《ち》るかも

（六九七）

走湯山に参詣の時（の）歌

642　わたつうみの中に向《むか》ひて出《い》づる湯《ゆ》の
伊豆《いづ》の御山《おやま》とむべも言《い》ひけり

（六四一・夫木一二四八四）

643　伊豆《いづ》の国山《くにやま》の南《みなみ》に出《い》づる湯《ゆ》の
早《はや》きは神の験《しるし》なりけり

（六四三・玉葉二七九四・夫木八〇五九）

644　走《はし》る湯《ゆ》の神とはむべぞ言《い》ひけらし
早《はや》き験《しるし》のあればなりけり

（六四二・夫木一二四八五）

641　大海の磯に大音響で寄せる波は、割れ、砕け、裂け、そして散ることよ。
荒磯に波が打ち寄るのを見て詠んだ歌
近景に波を見た雄大にして繊細な詠。代表作のひとつとして「ある日悶々として波に見入っていたときの心の嵐の形」（小林秀雄）、「いつかはやってくる身の破滅をあざやかに見つめているような調べ」（山本健吉）、「不穏な境遇に置かれた青年の、孤独憂悶の極限よりの突如の解放の歌」（片野達郎）、「波とともに砕け散ることに快感を覚えるような虚無・孤独の影」（樋口芳麻呂）等、さまざまに鑑賞されてきた。

走湯山に参詣の時の歌

642　大海原の中に向かって湧き出る湯ということで、湯の出る御山（伊豆＝出づの御山）とはよくも言ったものだ。

643　伊豆の国の山の南に湧き出る湯の早さは、神の霊験の現れなのである。

644　走る湯の神とはよくも言ったものだ、素早く霊験が現れるからなのだ。

神祇歌

645
みづがきの久《ひさ》しき世《よ》より木綿《ゆふ》襷《だすき》
かけし心は神ぞ知《し》るらむ《ん》
（六四九・新後撰七六〇）

神祇歌

645 遠い昔から託してきた信心は、まさしく神様がご存知でしょう。
素朴で簡潔な詠。

646
里巫女《さとみこ》がみ湯立笹《ゆたてざゝ》のそよ〳〵に
靡《なび》き起《お》き伏《ふ》しよしや世《よ》の中
（六四八）

646 里巫女がつかさどる御湯立神事の笹が、動きのままにさらさらとなびき、起きたり伏したり——それでよい世の中は。
否定的な意味はないであろう。

647
上野《かみつけ》の勢多《せた》の赤城《あかぎ》の唐社《からやしろ》
大和《山と》にいかで跡《あと》を垂《た》れけむ
（六四七・夫木一六一四八）

647 上野国勢多の赤城にある唐社に祭られる異国の神は、わが国にどのようにして垂迹したのだろう。
『赤城大明神縁起』（続群書類従神祇部六十三）に「大明神者。震旦国明州之山神也。有仏法守護誓。垂迹於叡岳之西阪。」とあり、赤城山神社は本地垂迹の神社として知られる。実朝歌は、「和（やまと）」に対する「唐（から）」の興趣。

645 ○みづがきの　瑞垣の。「久し」にかかる枕詞。○木綿襷　神事に奉仕するとき袖をかかげる木綿（ゆう）で作った襷、の意であるが、この場合、「掛く」にかかる枕詞。**参考**「みづがきの久しかるべき君が代を天照る神やそらに知るらむ」（金葉二・賀部・三二八・藤原為忠）「宮人のすれる衣に木綿襷かけて心を誰に寄すらむ」（新古今・神祇歌・一八七〇・紀貫之）

646 ○里巫女　村里の神社に奉仕する巫女。○み湯立笹　湯立の神事（巫女が神前で熱湯を沸かした中へ笹を浸し、その湯を人々にかける）に使う笹。○そよそよ　さやさや。ものが触れ合うかすかな音。○よしや　まあいい、仕方がない、ままよ、の意。**参考**「流れては妹背の山の中に落つる吉野の川のよしや世の中」（古今・恋五・八二八・よみ人しらず）

647 ○上野　上毛野（かみつけの）の略。上州。今の群馬県。○勢多の赤城　上野国勢多郡にある赤城山神社。○唐社　用例を見出せぬ語。向拝、門、玄関の屋根にみられる破風（屋根の切り妻についている合掌形の装飾板、またはそれがある場所）が唐破風（からはふ）造りの神社か。あるいは、垂迹身の神を祭る神社そのものをさすか。○跡を垂れけむ垂迹したのか。本地垂迹は、仏・菩薩（本地）が衆生救済のため仮の姿（垂迹身）をとって現れるという思想。参考「八幡山松影涼し岩清水夏を堰きてや跡を垂れけむ」（壬二集・二三八一・藤原家隆）

648 ○法眼　ほふげん。法眼和尚位。法印に次ぐ僧位。○定忍　人名。伝未詳。○大峯　奈良県吉野郡十津川東に位置する山脈。修験道の根本霊場。○そみかくだ　曾美加久堂。蘇民書札。修験者、山伏の異称。○篠懸衣　修験者が衣の上に羽織る柿色の麻の衣。篠の露を防ぐためという。参考「幾返り苦しき道を過ぐし来て昔の杖に猶かかりけむ」（玉葉・釈教歌・二六六九・寂蓮）

649 ○苔織衣　僧衣。苔衣。○彼面此面　をてもこのも。あちらこちら。参考「二上の彼面此面に網さして我が待つ鷹を夢に告げつも」（万葉・巻十七・四〇三七・大伴池主）

650 参考「奥山の苔の衣にくらべみよいづれか露の置きまさるとも」（新古今・雑歌中・一六二六・藤原師氏）「寂莫の苔の岩戸のしづけきに涙の雨の降らぬ日ぞなき」（新古今・釈教歌・一九二三・日蔵上人）

法眼定忍に会《あ》ひて侍（り）し時、大峯の物語《がたり》
などせしを聞《き》きてのちに詠《よ》める

648 幾返《いくかへ》り行《ゆ》き来《ゝ》の嶺《みね》のそみかくだ
篠懸衣《すゞかけごろも》着《き》つゝ馴《な》れけむ《ん》　（六一五）

法眼定忍に面会した時、大峰山の修行の話などしたのを聞いて後に詠んだ歌

648 幾度も行ったり来たりの嶺の上の厳しい修行のうちに、着ている篠懸衣がすっかり身に馴染んだのでしょうね。

649 篠懸《すゞかけ》の苔織衣《こけおりぎぬ》の古衣《ふるごろも》
彼面此面《おてもこのも》に着《き》つゝ馴《な》れけむ　（六一四・夫木一五五六二）

649 麻の上着が苔で織ったようになった古い僧衣は、山のいろいろな場所の修行で着続けて身に馴染んだのでしょうね。

650 奥《をく》山の苔《こけ》の衣《ころも》に置《を》く露《つゆ》は
涙《なみだ》の雨《あめ》の雫《しづく》なりけり　（六一三）

650 奥山で修行する苔の衣に置く露とは、我知らず滂沱と流れ出る涙の雨の雫なのだ。涙の雨は「修行の苦しさの涙」（集成）なのか、「法悦の涙」（大系・鎌田評釈・全集）なのか。後者とみたい。

651
那智（の）瀧のありさま語《かた》りしを

み熊野《くまの》の那智《なち》のお山《を》にひく標《しめ》の
うちはへてのみ落《お》つる滝《たき》かな

（六三九・夫木一一三六六）

651
（法印定忍がまた、）那智の滝の様子を
語ったのを

熊野の御山に引く長い注連縄のように、一気にすーっと伸びて落ちる滝なのですね。

652
三輪《みわ》の社《やしろ》を

今造《いまつく》る三輪《みわ》の祝《はうり》が杉社《すぎやしろ》
過《す》ぎにしことは問《と》はずともよし

（六三五・夫木一六一六〇）

652
三輪の社を

三輪の神官が新しく作る杉社も旧くなる、過ぎてしまったことは問いただささずともよい。

653
賀茂祭（の）歌

葵草鬘《あふひぐさかづら》にかけてちはやぶる
賀茂《かも》の祭《まつり》を練《ね》るや誰《た》が子《こ》ぞ

（六二七）

653
賀茂の祭の歌

葵草を髪飾りに挿して賀茂の祭を練り歩くのは、いったい誰なのだろう。

651 ○那智　紀伊国の歌枕。熊野三山のひとつ。熊野那智大社が鎮座。那智の滝は飛滝権現として祭られる。○標　注連縄。不浄なものの侵入を禁ずる印。○み熊野　**312**参照。○うちはへて　「うちはふ」は延ばす、延ばし及ぼす、の意。参考「小山田に引く標縄のうちはへて朽ちやしぬらん五月雨の頃」（新古今・夏・二二六・藤原良経）

652 ○祝　はふり。神社に仕えるのを職とする人。○杉社　杉の木のある神社。三輪神社の異称。上の句は「三輪の祝が今造る杉社」の意、「今」と対比させ「過ぎ」を導く序詞的用法。参考「今造る斑の衣面影に我に思ほゆいまだ着ねども」（万葉・巻七・一三〇〇・柿本人麻呂）「今造る黒木のもろや旧りずして君は通はむ万代までに」（貞享本金槐和歌集・六七八）「別れにし人はまたもや三輪の山すぎにし方を今になさばや」（新古今・離別歌・八九〇・祝部成仲）

653 ○鬘　髪飾り。賀茂祭では葵の葉を冠に挿したり、御簾にかけ、物忌みをした。○ちはやぶる　賀茂の枕詞。○練る　ゆるやかに歩く。練り歩く。参考「ちはやぶる賀茂の社の葵草かざす今日にもなりにけるかな」（続後拾遺・夏歌・一六二・藤原俊成）「銀の目貫の太刀を提げ佩きて奈良の都を練るは誰が子ぞ」（拾遺・神楽歌・五八三）

654 ○朱の玉垣　朱塗りの垣。「玉」は美称。○神さびて　古びて。荒れてさびしい様で。**参考**「住吉の松の下枝に神さびて緑に見ゆる朱の玉垣」（後拾遺・神祇・一一七五・蓮仲法師）「ちはやぶる朱の玉垣神さびて榊葉ごとになびく夕風」（後鳥羽院御集・一五〇二）

655 ○月のすむ「澄む」と「住む」をかける。○北野の宮　北野天満宮。菅原道真を祭る。○小松原「こ」は接頭語。松原。**参考**「我が命を長門の島の小松原幾世を経てか神さびわたる」（万葉・巻十五・三六四三・作者未詳）

656 ○御裳濯川　伊勢国の歌枕。五十鈴川。○すみ始めけむ「澄み」「住み」をかける。**参考**「君が代は尽きじとぞ思ふ神風や御裳濯川のすまむ限りは」（後拾遺・賀・四五〇／近代秀歌・五六・源経信）

657 ○天のいはせ　貞享本では「天の岩戸」。集成は「天の岩戸」、全集は「あまのいはと」と表記。○明け方の月「いはせ」が「岩戸」の誤記ならば、「明け」は「戸」の縁語。**参考**「天の戸をおしあけ方の雲間より神代の月の影ぞ残れる」（新古今・雑歌上・一五四七・藤原良経）

社頭松風

654
旧《ふ》りにける朱《あけ》の玉垣《たまがき》神さびて
破《や》れたる御簾《みす》に松風《まつかぜ》ぞ吹《ふ》く
（六四五・夫木一五九四五）

社頭月

655
月のすむ北野《きたの》の宮の小松原《こまつばら》
幾世《いくよ》を経《へ》てか神さびにけむ
（六三一・夫木一六〇五八）

神祇

656
月冴《さ》ゆる御裳濯川《みもすそがは》の底清《そこきよ》み
いづれの世《よ》にかすみ始《はじ》めけむ
（六一九）

657
いにしへの神世の影《かげ》ぞ残《のこ》りける
天《あま》のいはせの明《あ》け方《がた》の月
（六一八）

社頭の松風

654 年代を経た朱塗りの神垣はおごそかに古びて、破れた御簾には松風が吹いていることだ。
「朱の玉垣神さびて」は、『平家物語』にも用例（「朱の玉垣神さびて注連縄のみや残るらむ」二・山門滅亡）がある。慣用句的に使用されていたか。

社頭の月

655 月が澄んで射す北野天満宮の松原は、どのくらい多くの時代を経て神々しくなったのだろう。

神祇

656 月の澄みわたる御裳濯川の底が清らかなこと、いつの時代にこんな風に澄んで月が射し始めたのだろうか。

657 太古の神々の世を髣髴させる光が残っていることよ、天の岩戸の明け方を思わせる月には。

658 ○八百万四方の神たち　たくさんのあちこちにいる神々。○高天の原　たかまがはら。天照大神が支配した天つ神のいる天上の国。和歌に詠まれることは珍しい。○きき　貞享本では「きし」。集成・全集は「千木」の誤記とする。斎藤茂吉は「聞き」を提唱する。**参考**「浅茅刈る今日は夏越の祓へ草高天の原の神も見そなへ」（夫木・夏部三・三七八八・藤原知家）

659 ○遷宮　本殿の造営修理に際し、神体をうつすこと。伊勢神宮では二十年ごとに社殿を作り変える式年遷宮の制がある。○神風や　「朝日の宮」にかかる枕詞。○朝日の宮　伊勢神宮の内宮。○影　朝日の縁語。**参考**「秋の月影のどかにも見ゆるかなこや長き世のためしなるらむ」（玉葉・賀歌・一〇六七・藤原公任）

660 ○長らへて　長生きをして。○月清み秋のみ空の　「影」を導く序詞的用法。○影　光に恩恵をかける。**参考**「かくしつつとにもかくにも長らへて君が八千代に逢ふよしもがな」（古今・賀歌・三四七・光孝天皇）「相生のをしほの山の小松原いまより千代の影を待たなむ」（新古今・賀歌・七二七・大弐三位）

661 ○勅　天皇の言葉。○ちちわくに　千千分くに。あれこれさまざまに。とやかくと。勅撰集の用例は1

658
八百万四方《やをよろづよも》の神たち集《あつ》まれり
高天《たかま》の原《はら》にきき高《たか》くして
（六二〇・夫木一五九四六）

659
伊勢御遷宮の年《とし》の歌《うた》
神風《かぜ》や朝日《あさひ》の宮の宮遷《みやうつ》し
影《かげ》のどかなる世《よ》にこそありけれ
（六一六・玉葉二七四七・夫木一六一四七）

660
述懐歌
君《きみ》が代《よ》になほ《を》長《なが》らへて月清《つききよ》み
秋《あき》のみ空《そら》の影《かげ》を待《ま》たなむ
（六七二）

661
太上天皇御書下預時歌
大君《おほきみ》の勅をかしこみちちわくに
心は分《わ》くとも人に言《い》はめやも
（六七九）

658 多くの神々が集まり御審議の後、天照大神の孫の命《みこと》が降され、この国を平定すべく神殿が造られた、高天原に向って千木も高々と。

『延喜式・祝詞』の「六月晦大祓」に「八百万の神等を神集へ賜ひ、神議り議り賜ひて（中略）高天の原に千木高知りて…」とある内容を踏まえると解する。

伊勢遷宮の年の歌

659 伊勢の朝日の宮を遷すこの年は、まことに日の光のおだやかな世であることだな。

述懐の歌

660 我が君の治世にさらに長くとどまって、月がくもりないので秋の美しい空に光が満たされるのを待つように、君の恩恵を頼りたいものだ。

太政天皇からお手紙を頂戴した時の歌

661 大君のお言葉を慎しんでお受けし、ああだこうだと軽卒には、たとえ私の心が二つに分れたとしても人に言うものですか、決して申しません。

「ちちわくに」「こころは分く」で「ワ

例。○心は分く　「心を分く」で、心を分ける、心を二分する、の意。参考「ちちわくに人は言ふとも織りて着む我が機物に白き麻衣」（拾遺・雑上・四七五・柿本人麻呂）「死ぬとてや心を分くるものならば君に残してなほや恋ひまし」（千載・恋歌四・九〇三・源通親）「水籠りに息づきあまり早川の瀬には立つとも人に言はめやも」（万葉・巻七・一三八八・作者未詳）

662　○藐姑射の山　遥かに遠い山、の意。「荘子・逍遥遊」にある、不老不死の仙人が住むという山。上皇の御所、仙洞御所をさす。○影　「朝日」と「影」は縁語。「影」には①離れず付き従うもの②恩恵③光に当らないもの、の意が考えられてきた。参考「よるべなみ身をこそ遠く隔てつれ心は君が影となりにき」（古今・恋歌三・六一九・よみ人しらず）「万代と常磐堅磐に頼むかな藐姑射の山の君の御影を」（夫木・雑部十七・一六四九八・藤原定家）

663　○ふた心　二心。主君を裏切る心。参考「飛鳥川淵は瀬になる世なりとも思ひそめてむ人は忘れじ」（古今・恋歌三・六八七・よみ人しらず）「一本の松のしるしぞ頼もしきふた心なき千代と見つれば」（後拾遺・賀・四三一・源兼澄）「さざなみの志賀の大わだ淀むとも昔の人にまたも逢はめやも」（万葉・巻一・三一・柿本人麻呂）

662
東《ひんがし》の国《くに》に我《わ》が居《お》れば朝日《あさひ》射《さ》す
藐姑射《はこや》の山の影《かげ》となりにき
（六八一）

663
山は裂《さ》け海《うみ》は浅《あ》せなむ世なりとも
君にふた心我《わ》があらめやも
（六八〇・新勅撰一二〇四）

建暦三年十二月十八日

かまくらの右大臣家集

ク」を繰り返すリズム。いずれの注釈も、「ちちわくに」を「分くとも」にかかるととり、「心は思い乱れるとも」（大系）、「心が千々に思い乱れましょうとも」（鎌田評釈）、「何やかやと心は思い乱れておりますが」（全集）と訳する。しかし、「ちちわくに」に心の状態を形容する用例は見当らない。「ちちわくに」は「言はめやも」にかかると解する。

662東の（日の昇る）国に私は居りますので、（居ながらにして）朝日の射す遠い仙洞御所の恩寵を受けお仕えする身となりました。

663山が裂け海が干上がるような世となっても、君に二心を持つことが私にありましょうか、決してございません。

以上三首の「心は分く」（661）「影」（662）「ふた心」（663）は呼応する。廷臣としての揺るぎない忠誠を誓う姿勢である。政治的背景がどうあれ、歌に迷いはない。

定家所伝本『金槐和歌集』の魅力

実朝像と和歌

建久三（一一九二）年八月九日、源頼朝と北条政子の次男として、実朝は生を享けた。幼名は千幡。八歳の年に父・頼朝が他界。十一歳の年に兄・頼家が将軍となるが、翌年に出家。陰謀と策略のひしめく政治状況の中、後鳥羽院より実朝の名を賜り、数え年十二歳の鎌倉三代将軍は歩み始めた。修善寺に幽閉されていた頼家は、翌年暗殺される。

実朝にも命の危険は常にあった。内訌する鎌倉幕府という、血なまぐさい背景が変ることはなく、朝廷との関係にも苦慮した。廷臣として後鳥羽院への帰属意識は強く、官位昇進にこだわり、右大臣にまで登りつめる。

そして、右大臣拝賀の鶴岡八幡宮で甥の公暁に討たれ、二十八歳（満二十六歳）の生涯に幕を閉じた。

この世の最後の日、鶴岡八幡宮に赴く前に

　出でて去なば主なき宿となりぬとも軒端の梅よ春を忘るな

という辞世の歌を残したと『吾妻鏡』は伝えている。

実朝の死後、多くの家臣が出家した。その一人、宇都宮（塩谷）朝業（出家後は信生法師）の残した家集『信生法師集』には、在りし日の主君が回想され、追慕の心情が細やかに表現されており、和歌を以てする王道をしのばせる。

また、藤原景倫（出家後は願性上人）の出家の記事が、『葛山願生書状案』（鎌倉遺文）『鷲峰山開山法燈円明国師行実年譜』（群書類従）にみえる。実朝に影のように付き従う忠臣・景倫は、密かに宋に渡る命を受け、船に乗るべく九州に下り、そこで訃報を聞き、即座に剃髪、高野山へ入ったと伝えられる。

一方、『鷲峰山開山法燈円明国師行実年譜』には、鎌倉五山僧・栄西が、実朝は玄奘三蔵の生まれ変わりという夢想を得たことも記されている。また、『紀伊続風土記』「興国寺鷲峰山」（群書類従）には、興国寺が願性上人の建立であること、出家譚、実朝が玄奘三蔵の再誕であるという栄西の夢、さらに、前世は雁蕩山の修行僧であった夙因で、将軍になったという実朝自身の夢想が記されている。夢から覚めた実朝は次の歌を詠んだ、という。

世も知らじ我もえ知らず唐国のいはくら山に薪樵りしを

『吾妻鏡』にも、夢想を重んじていたことが記述されている。中でも注目されるのは、陳和卿との出会いである。将軍に面会した陳和卿は感激の涙を流して、医王山の長老であったという実朝の前世を語る。既に自ら前世の夢想を得ていた実朝は、この話に確信を得て、宋に行くことを決意、船の建設を実行に移すが、完成したはずの船は海に浮かばず、海浜に朽ちていった。死の二年前のことであった。

以上の史料に残る、おのれの死を予兆していたかのような辞世の歌の記述、忠臣の存在と伝承、前世に纏わる夢想の伝承は悲劇の将軍実朝を神秘化する。このように語り継がれ、実朝像は形成されてきたと言い得よう。それだけに、実像が摑み難い。

たとえば、発病と快癒、貴族文化への耽溺という『吾妻鏡』の記事から炙り出される、病弱で多感、浪漫的な青年将軍像は一端でしかないだろう。そもそもひとりの人間の中にはさまざまな面がある。近年の実朝研究は、権力を拡大した有能な政治家としての実朝を強調するが、いささかの危惧を覚える。

覇者たる存在は孤独である。それは誰とも分かち合うことが出来ない。その責務、背負っているものの重さは覇者にしかわからない。人民を統治し、守護し、群臣を配下に置く。権力で人を動かし、直接手を下さずとも人を誅することはある。そうしなければ、危機は自身に迫る。ひとたびクーデターが起れば、自身が罪人となり、命を落とすことにもなる。有能な覇者という歴史的評価と、内面の孤独・絶望・悲哀、繊細な感性は矛盾しない。歌人としての実朝と和歌を置き去りにしては実朝を語れまい。

不穏な政治背景から生涯逃れることのなかった東国の覇者は、こよなく和歌を愛したのである。二十二歳にして自撰と考えられる家集・定家所伝本『金槐和歌集』が成立。没後、「鎌倉右大臣」として勅撰歌人に名を連ねることになる。

実朝の政治的位置と文学的開花の特殊性の原点は、終生東国を離れなかったところにあろう。中央歌壇に憧れつつ、京から遠隔の地に在った実朝は、独学に近い状況、いわば今で言う通信教育のような形で和歌を学んだ。当時、京と鎌倉の交通はきわめて盛んであった。中央の情報はそれほどの日数を経ずに鎌倉に伝わっていることが『吾妻鏡』からも知られる。政治上の必要性に付随して人も文化も豊かに往来していた。西行が頼朝に会い、鴨長明が実朝に面会しているのは周知のことであろう。実朝に教えを乞われた藤原定家は『近代秀歌』を贈り、歌の道を説いた。京の歌壇の情報は、かなり広範囲に豊富に実朝に伝わっていたと思われる。

こうして、古歌は言うまでもなく、同時代の先行歌にも影響を受け、学んだ。これは歌人としてはかなり特殊な環境であり、当然のことながら、作品に投影される。

歌人としての実朝の姿勢は基本的に、「周縁にある者」ではなく「都人」であり、「将軍」ではなく後鳥羽院の「廷臣」であった。従って集全体を見渡せば、地域性は希薄である。ただし、定家所伝本『金槐和歌集』雑部に至ると、実朝の生活圏が詠み込まれ、面目躍如たる個性的な和歌が見出せる。今日、実朝の名歌として知られるものの多くは雑部の歌である。

天性の資質と、地方に在ることの限界と、京から離れていればこその自由さとが相俟って実朝独自の伸びやかな歌風を生み出したのであろう。

定家所伝本『金槐和歌集』の発見

定家所伝本『金槐和歌集』の写本が佐佐木信綱氏によって刊行されたのは昭和五年、その解説から経緯と体裁を要約して箇条書にすると次のようになる。

・もと前田家にあった写本は明治三年六月に同家を出て松岡家に秘蔵され、年を経た。
・二重の箱の外箱に桐の桟蓋には、微妙院前田利常筆と伝えられる「金槐集定家筆」の表記がある。
・五十嵐道甫作と伝えられる内箱は、黒柿の面取、梅鉢唐草の蒔絵、表紙の文字そのままに、金文字で「金槐和歌集」と彫りつけ、内面は平目地にしのぶ散らしの葦手書きの蒔絵が施されている。
・本の体裁は、上下八寸一分、横四寸九分五厘、染紙青表紙、薄鳥の子四半形の胡蝶表紙に後筆で「金槐和歌集」とある。
・内題はなく、開いて右の面から書写され、「春」に始まる。
・一頁八行または九行、始めの三頁は定家自筆。定家の書風に酷似した者に書き継がせたものであるが、定家が補った筆跡がみとめられる。題の文字は定家が書き加えたものが多く百十余箇所に及ぶ。

それまで『金槐和歌集』の諸本には大別して貞享本、群書類従本があったが、定家所伝本は群書類従本に同じく「今朝見れば山も霞みて……」に始まり、「山は裂け海は浅なむ……」に終り、類従本にない歌が十首入集している。すなわち、定家所伝本は類従本の原本と想定し得る、と佐佐木氏は指摘されている。そして、何よりも定家所伝本の出現が齎した大きな成果はそれまでの実朝の伝記を覆すものであった点にある。佐佐木氏は解説の最後に

金槐集古鈔本の出現は、単に余一人の喜のみならずして、和歌史の上に於ける大いなる喜なるをもて、松岡氏の快諾を得て、この本全部を撮影し、ここに印行して、慶を江湖に頒たむとするものなり。（昭和四年九月識す）

と結んでいる。

定家所伝本は奥書に「建暦元年十二月十八日　かまくらの右大臣家集」とある。建暦は十二月六日に健保に改元されており、『吾妻鏡』によれば、十五日には鎌倉に改元の詔書が到達している。これについては諸説ありながら未だに謎は残る。

ともあれ実朝が数え年二十二歳以前に、すでに独自の歌風を確立していたことが判明したことの意義は大きい。

定家所伝本『金槐和歌集』の特色

類従本は、定家所伝本と同系統に分類し得るので、現在、伝本系統は、貞享本と定家所伝本に大別される。貞享本は江戸期の貞享四年の版本で、奥書から柳営亜槐本とも呼ばれ、定家所伝本を編纂し直した伝本である。貞享本と比較しつつ定家所伝本の特徴に触れておきたい。

《部立》

まず、部立と歌数を比較すると次のようになる。

	定家所伝本	貞享本
春	116	132
夏	38	47
秋	120	132
冬	78	96
賀	18	–
恋	141	156
旅	24	–
雑	128	156
全体	663	719

定家所伝本・雑部は雑四季を配する点に特徴がある。雑は、春536〜549、夏550〜554、秋555〜556、冬567〜584、雑585〜622、離別623〜644、旅633〜644、神祇645〜659、述懐660〜663に分類し得る。

貞享本に賀と旅の部立はなく、主として雑部に吸収される。

《言葉の連鎖》

語句の対比、連鎖は定家所伝本の配列を特徴付ける要素である。恋部の歌を例に挙げよう（対比・連鎖する語句に傍線を付す）。

恋歌

373あしひきの山の岡辺に刈る萱の　束の間もなし乱れてぞ思（ふ）（425）
374我が恋は初山藍の摺り衣　人こそ知らね乱れてぞ思（ふ）（438）
375木隠れてものを思へば空蝉の　羽に置く露の消えやかへらむ（415）
376鵲の羽に置く露の丸木橋　ふみ見ぬ先に消えやわたらむ（416）
377月影のそれかあらぬか陽炎の　ほのかに見えて雲隠れにき（428）
378雲隠れ鳴きて行くなる初雁の　はつかに見てぞ人は恋しき（540）

草に寄せて忍ぶる恋

379秋風になびく薄の穂には出でず　心乱れてものを思（ふ）かな（500）

風に寄する恋

380化野の葛の裏吹く秋風の　目にし見えねば知る人もなし（526）
381秋萩の花野の薄露を重み　おのれしをれて穂にや出でなむ（533）

（ ）内は貞享本の国家大観番号である。右に挙げたのは、ほんの一例に過ぎないが、同語・同語句を繰り返し、類似または対比的な語・語句を置いて一首と一首を連鎖させ、時間の推移、場面の変化を表現するべく配列されているのが見てとれる。背景となる空間は唐突に変わるのではなく、蝉・鵲を媒体に空へ移り、雲・風を媒体に野に移る。これは、貞享本の配列には見られぬ特徴である。

《時間の推移と配列》

とりわけ定家所伝本・四季の配列には、時間の推移が正確に配慮されている。たとえば春は霞の到来に始まり、鶯が鳴き、梅が咲いて散り、桜が咲いて散り、山吹が咲いて散り、藤が見事に咲き、その間に霞は広がり、そしていつの間にか跡形もなくなり、春が暮れる。これはきわめて当然のことのようであるが、貞享本ではこうはいかない。

梅の詠を例に取ろう。定家所伝本は、梅が咲き、散るまでを、時間の推移に沿って配列している。梅の詠は、11〜18、27〜32、36〜40の歌群に分断される。はじめの歌群の15番歌以降の配列をみよう。（　）内に貞享本の国家大観番号を記す。

　梅の花風に匂ふといふことを人びとに詠ませ侍しついでに

15梅が香を夢の枕にさそひきて　覚むる待ちける春の山風（34）

16この寝ぬる朝明の風に香るなり　軒端の梅の春の初花（35）

　梅香薫衣

17梅が香は我が衣手に匂ひきぬ　花より過ぐる春の初風（33）

　梅の花をよめる

18春風は吹けど吹かねど梅の花　咲けるあたりはしるくぞありける（23）

風が運んできた梅の香であったが、18番歌に至ると、時間の推移によってもう風の力を借りなくとも梅は自ら馥郁と香ってその存在を告げているのである。貞享本でこうならないのは、国歌大観番号から一目瞭然であろう。

ここで梅歌群はひとたび中断される。早蕨が萌え出で、霞がたなびき、広がり、春雨に濡れる青柳の歌8首を挟んで再び梅の歌群へ。咲き誇る梅6首で再び中断。春の月の歌3首を挟み、散る梅を詠んで終わる。春の景物との組み合わせに留意した細やかな配列である。このような時間序列の正確さと心配りは四季全体に見出せる。

《海と山》

海も山もしばしば和歌の素材となる。現実に海や山を見なくとも、歌枕という、共有理解、共通イメージを駆使して詠むのは、和歌の伝統であった。

実朝もこの姿勢を踏襲する一方、雑旅にいたると実朝の生活圏であった伊豆、箱根、眼前の海（638〜641）が配列される。実朝は海に親しむ住環境に在った。この点で都の貴族の空間把握とはおおいに異なっていよう。京都盆地に住む貴族たちにとって、近江の海と呼ばれた琵琶湖すら、日常的に目にする場所ではない。海の実景をみることは滅多になかったであろう。

定家所伝本『金槐和歌集』雑部にある近景の海の歌、

641大海の磯もとどろに寄する波　破れて砕けて裂けて散るかも（696）

は代表作と呼ばれるうちの一つであり、詠み込まれた心情が様々に解釈される。少なくともこのような歌は実朝でなければ詠めなかったであろう。そしてまた、実朝は海の向こうに漕ぎ出そうとして果たせなかった。実朝の海は中央歌壇の歌人の海と同じではない。

定家所伝本・四季と雑四季について、笹川伸一氏に次のような興味深い指摘がある。

四季の春は「山」から始まるのに対して雑四季では「海辺」、四季部の秋が「海辺」（吹上の浜）であるのに対して雑部四季では「山（里）」、四季部冬が「山」であるのに対して雑部四季では「海辺」（吹上の浜）になっている。

（「定家本金槐和歌集の編纂意識の一面―雑部四季構成を中心として―」文芸と批評第6巻第2号、一九八五・8）

冒頭部の背景となる海と山の配分をわかりやすく示すと次のようになる。

（冒頭部）

季節	四季	雑四季
春	山	海
秋	海	山
冬	山	海

さらに、四季と雑四季では「海」の歌数の配分も考慮されていると考えられる。どちらかが多ければどちらかが少ない。

（「海」の歌数）

季節	四季	雑四季
春	1	3
秋	10	1
冬	12	5

海と山の配分が意図的であると感じさせるのは、四季と雑四季ばかりではない。恋部は、「山」に始まり「海」に終わる。

恋・冒頭

371春霞龍田の山の桜花　おぼつかなきを知る人のなさ（495）

恋・末尾

511武庫の浦の入江の洲鳥朝な朝な　つねに見まくのほしき君かも（484）

さらに、雑部最終歌、すなわち定家所伝本最終歌は山と海を包括する。

663山は裂け海は浅せなむ世なりとも　君にふた心我があらめやも（680）

東国にいる廷臣として後鳥羽院に忠誠を誓う実朝ならではの絶唱と言えよう。

定家所伝本の魅力

以上のように、定家所伝本は、自撰でなければ不可能な統合性を持つのである。

しかし、その特徴は、貞享本には生かされなかった。貞享本の編者の眼には、改編の必要を迫られるほどに、定家所伝本が、無秩序に、また不完全、未完成に映ったのかも知れない。貞享本の特徴は部立と詞書に拠る徹底した和歌の整理なので、整然とした印象を受ける。これは、他者の歌を改編した地ならしのような機械的作業の結果である。

和歌とは、三十一文字の中に小宇宙が封じ込められた表現形態である、という意味では一首で充分完結性をもっている。さらに、そのような和歌が配列構成された歌集においては、編纂意図によって新たに一首一首の和歌に命が吹き込まれ、全体の統合性が生まれる。

たとえ傑作とは言いがたい作も、それが配列構成の位置によって意味を与えられ、また全体に影響し、この相互作用で独自の詩的世界を紡ぎ出す。定家所伝本『金槐和歌集』はまさしく、一首一首の和歌が配列によって融合し、連鎖し、対峙し、響き合って歌集という世界を存在せしめている美しい作品と言えよう。そこには音楽的な流れと統一性が感じられる。

参考文献

本文・注釈

小島吉雄校注「金槐和歌集」『山家集・金槐和歌集』日本古典文学大系29　岩波書店、一九六一
樋口芳麻呂校注『金槐和歌集』　新潮日本古典集成　新潮社、一九八一
久保田淳・山口明穂編『金槐和歌集　本文及び総索引』　笠間書院、一九八三
井上宗雄『中世和歌集』「金槐和歌集　雑部」新編日本古典文学全集49　小学館、二〇〇〇

田中常憲『金槐和歌集注釈』亀井書店、一九〇七
尾山篤二郎『新釈実朝歌集』紅玉堂、一九二四
松野又五郎『金槐和歌集通釈』文祥堂、一九二五
小林好日『金槐集評釈』厚生閣、一九二七
川田順『全註金槐和歌集』冨山房、一九三八
鎌田五郎『金槐和歌集全評釈』風間書房、一九七七
片野達郎「『金槐和歌集』評釈（一）～（三）」東北大学教養部紀要、一九八一・2／12、一九八三・12

単行本

川田順『源実朝』厚生閣、一九三八
大塚久『将軍実朝』高陽院、一九四〇
上田英夫『源実朝』青梧堂、一九四二
斎藤茂吉『源実朝』岩波書店、一九四三

吉本隆明『源実朝』（日本詩人選12）筑摩書房、一九七一
山本健吉『日本の古典　金槐和歌集』河出書房新社、一九七二
中野孝次『実朝考　ホモ・レギオーズスの文学』河出書房新社、一九七二
鎌田五郎『源実朝の作家論的研究』風間書房、一九七四
片野達郎『金槐和歌集』（鑑賞日本古典文学）角川書店、一九七七
上田三四二『西行・実朝・良寛』角川選書、一九七九
志村士郎『金槐和歌集とその周辺　東国文芸成立の基盤』桜楓社、一九八〇
志村士郎『源実朝』新典社、一九九〇
五味文彦『吾妻鏡の方法』吉川弘文館、一九九〇
志村士郎『実朝・仙覚　鎌倉歌壇の研究』新典社、一九九九
今関敏子『金槐和歌集の時空　定家所伝本の配列構成』和泉書院、二〇〇〇
三木麻子『源実朝』コレクション日本歌人選051　笠間書院、二〇一二

評論

小林秀雄「実朝」文学界、一九四三

論文（一九七〇年以降）

犬井善壽「貞享本『金槐和歌集』改編考―定家本との部類配置相違歌をめぐって―」横浜国立大学人文紀要第二類『語学・文学』、一九七四・10
小林ゆう子「『金槐和歌集』試論―定家所伝本成立考―」国文目白第18号、一九七九・2
志村士郎「金槐和歌集と異郷思慕」解釈、一九八〇・7
片野達郎「実朝における「寛平以往」の意味」国語と国文学、一九八〇・11

志村士郎「金槐和歌集定家所伝本成立年次存疑」学苑、一九八一・1
三木麻子「実朝歌の解釈について―「おほあらきの浮田の杜にひく標の」の場合―」百舌鳥国文第1号、一九八一・7
小林龍森『金槐集』における別本家集の存在についての一考察」皇學館論叢第82号、一九八一・10
三木麻子「実朝詠歌、方法と内実―歌枕表現を中心として―」女子大文学第33号、一九八二・3
仲野良一「実朝の「世の中」の歌二十一首」文芸論叢第19号、一九八二・9
仲野良一「金槐和歌集の一歌群について」文芸論叢第21号、一九八三・9
鈴木太吉「実朝「はこやの山のかげとなりにき」別解」解釈、一九八四・4
笹川伸一「定家本金槐和歌集の編纂意識の一面―雑部四季構成を中心として―」文芸と批評第6巻第2号、一九八五・8
伊丹末雄「定家所伝本金槐和歌集の成立」大阪青山短大国文、一九八七・2
難波　修「金槐和歌集について―定家本・貞享本の編纂意識をめぐって―」和歌文学研究55、一九八七・11
三木麻子「実朝歌考―定家本における海・故郷・雨題の歌―」片桐洋一編『王朝の文学とその系譜』和泉書院、一九九一・10
笹川伸一「実朝的選択―「山吹」歌に関して」成蹊論叢第30号、一九九一・12
長谷川泉「源実朝考―京都への憧憬―」愛知淑徳大学国語国文第15号、一九九二・3
稲葉美樹「『金槐集』柳営亜槐本編者考」明治大学日本文学第21号、一九九三・8
小林龍森「定家本『金槐和歌集』の成立年号に関する一考察」皇學館論叢第26巻第1号、一九九三・2
麻原美子「将軍源実朝と和歌をめぐる試論」国文目白第33号、一九九四・1
石川泰水「実朝詠「たまくしげ箱根のみうみ」の検討―「けけれ」「たゆたふ」から―」久保田淳編『論集中世の文学　韻文編』、一九九四・7
太田美波「源実朝論―メモリアルとしての『金槐和歌集』―」日本文学ノート（宮城学院女子大学）第31号、一九九六・1
犬井善壽「『金槐和歌集』定家本系統本文考―四系統分類と定家本系統の系列分類―」筑波大学平家部会論集第六集、一九九七・6
原田正彦「源実朝と後鳥羽院歌壇―金槐集と新古今集成立期の和歌との関連を中心に―」実践研究第2号、一九九八・6

安保如子「源実朝の『露色随詠集』享受の可能性」国文90、一九九九
犬井善壽「『千載館抄書』所収『鎌倉右府家集抄出』の本文について―真淵評語本『金槐和歌集』の抜粋諸系統の所拠本文に関する報告―」筑波大学大学院人文社会学研究科紀要文藝言語研究文藝編39、二〇〇一・3
犬井善壽「『新時代不同歌合』所収実朝歌の本文の吟味から―『金槐和歌集』の本文流動との関連において―」筑波大学大学院人文社会学研究科紀要文藝言語研究文藝編42、二〇〇二・10
犬井善壽「秀逸本系統『金槐和歌集』の本文について―柳営亜槐本との比較および本系三伝本の本文の吟味―」筑波大学大学院人文社会学研究科紀要文藝言語研究文藝編46、二〇〇四・10
吉野朋美「虚実のあわい―実朝の梅花詠から『吾妻鏡』叙述方法へ」明月記研究・記録と文学9号、二〇〇四・12
坂井孝一「源実朝覚書―青年将軍の心にさした光―」創価大学人文論集第21号、二〇〇九・3
今関敏子「実朝と後鳥羽院―定家所伝本『金槐和歌集』をめぐる試論―」川村学園女子大学研究紀要第23巻第1号、二〇一二・3
今関敏子「実朝と信生法師―東国の和歌表現―」川村学園女子大学研究紀要第24号第1号、二〇一三・3

初句索引

あ

今関敏子（いまぜき としこ）
〔専門領域〕日本文学
〔現職〕川村学園女子大学教授
〔編著書〕
『中世女流日記文学論考』（和泉書院　一九八七）
『校注弁内侍日記』（和泉書院　一九八九）
『〈色好み〉の系譜』（世界思想社　一九九六）
『『金槐和歌集』の時空』（和泉書院　二〇〇〇）
『信生法師集新訳註』（風間書房　二〇〇二）
『旅する女たち』（笠間書房　二〇〇四）
『涙の文化学』（青簡舎　二〇〇九）
その他共著書、論文多数

実朝の歌　金槐和歌集訳注

二〇一三年六月一〇日　初版第一刷発行

著　者　今関敏子
発行者　大貫祥子
発行所　株式会社青簡舎
〒一〇一-〇〇五一
東京都千代田区神田神保町二-一四
電　話　〇三-五二一三-四八八一
振　替　〇〇一七〇-九-四六五四五二
印刷・製本　モリモト印刷株式会社

ISBN978-4-903996-65-3 C3092